Andreas Heßelmann
Zementschlacht
Der zweite Padua-Krimi

Bibliografische Information der
Deutschen Nationalbibliothek:
Die Deutsche Nationalbibliothek verzeichnet diese Publikation in der Deutschen Nationalbibliografie;
detaillierte bibliografische Daten sind im Internet über
http://dnb.dnb.de abrufbar.

TWENTYSIX – Der Self-Publishing-Verlag
Eine Kooperation zwischen der
Verlagsgruppe Random House
und BoD – Books on Demand
Alle Rechte vorbehalten.

© 2019 Andreas Heßelmann
andreas-hesselmann.de

Herstellung und Verlag:
BoD – Books on Demand, Norderstedt

ISBN: 978-3-7407-1492-5

Korrektorat: Brigitte Bausch und Werner Deininger
Coverfoto: Andreas Heßelmann
Autorenbild: Rainer Simon

In Italien ist es komplizierter:
Die Feinde sind unentwirrbar, so mit sich und der Wirk-
lichkeit befasst, dass sie sich untereinander verirren.
(unbekannt)

Prolog

Dreharbeiten. Es sah aus wie Dreharbeiten. Mit freundlicher Unterstützung der städtischen Feuerwehr, die mit entsprechenden Gerätschaften kamerawirksam für die enormen und angemessenen Regenschauer sorgte. Für die Beleuchtung war ebenso gesorgt. Eine riesige Anzahl von Scheinwerfern war für das passende Licht- und Schattenspiel hochgezogen worden. Genügend Kameras und Fotografen waren dafür auch in Position. Er fuhr sich über die feuchte Stirn und nickte, als könne er sich dadurch selber Mut machen. Dann schüttelte er kurz den Kopf, zog die Augenbrauen hoch und murmelte: „Tatsächlich wie Dreharbeiten." Wie für eine Fernsehserie, die sich von Folge zu Folge immer mörderischer darstellen muss. Mit einem grauslich blutigen Reißer als Vorlage. Vollkommen hirnlos. Natürlich mit viel rotem Saft, rohen Fleischbrocken von irgendwelchen Schlachtabfällen, überzogen von hautfarbener Folie und geschminkten Verletzungen, Verstümmelungen und Wunden. Als Ergebnis unvorstellbarer Gewalt. Schauerliche Effekte, die Bilder eines Krieges vergessen machen können. Für ein Programm nach Mitternacht. Frei ab 16 – besser 18. Jedenfalls nichts für Kinder. Alles andere wäre ja auch langweilig. Ansonsten gingen die Quoten zurück und die Anteilseigner des Senders gerieten in schlechte Stimmung. So funktionierte heutzutage das Geschäft der Medien, mit Blick auf die Rendite schupste man mit solchen Produktionen alles immer blutiger werdend zur Seite, bis Fiktion und Wirklichkeit ineinander kollabierten.

Wie jetzt. Denn in dieser Aufführung stimmte etwas nicht, die Hektik um ihn herum war keine Schauspielerei. War nichts mit Regieanweisungen. Der Regen, der auf ihn niederprasselte, kam nicht von den Freunden der *pompieri* oder aus Duschköpfen, die man vor die Kameras hielt. Sondern war ein Wolkenbruch, der sich mit Grollen und Getöse schon seit Minuten über ihn ergoss. Auch der Arm vor ihm war kein zurechtgemachtes Teil eines Tieres. Schon gar nicht aus Kunststoff. Darüber hinaus war der Gestank, der Geruch des Todes zu real und fürchterlich. Und die zuckenden und flackernden Lichter, die zunächst wie eine feierliche, nach mittelalterlichem Vorbild gemachte Illumination der *Loggia Amulea* im Hintergrund wirkten und auch jedem lauten Open-Air-Rockkonzert gut zu Gesicht gestanden hätten, kamen nicht aus entsprechenden Batterien verschiedenfarbiger Scheinwerfer, sondern vom Widerschein aufschlagender Flammen.

Loderndes Benzin und Öl, heißes Eisen, beißende Lacke, ein Gemisch aus schmelzenden Schaumstoffen und vor allem verbranntem und verkohltem Fleisch ließen drei Männer etwas abseits von ihm ihre übermüdeten Mägen auf die Wiesen des ovalen Platzes entleeren. Vorher hatten sie mit weiteren Helfern versucht, irgendwie an das Wrack heranzukommen. Aber durch die Hitze war es für die Einsatzkräfte kaum möglich, sich diesem zu nähern. Vor allem, weil sich die ölgefütterten Flammen auf den Pfützen schwimmend unter ihren Füßen regelrecht durchfraßen.

Ausgerechnet der Wagen mit dem Löschschaum hatte einen Defekt und stand, von einer Handvoll hektischer Männer umringt, nutzlos herum. Der ganze Platz war in das unwirkliche Gewitter aus lodernden Flammen und zuckenden Blaulichtern getaucht, begleitet von den Blitzen über ihm, die sich genau über dem *Prato della Valle* austobten und der skandierenden Blitze der schon wieder im Haufen herumrennenden Fotografen. Warum waren die immer so viel schneller da, als die meisten Rettungskräfte?

Obwohl der Regen sich nach wie vor wie aus Kübeln auf ihn entlud und die Feuerwehren die ganze Zeit kühles Wasser auf das Wrack gesprüht, und damit versucht hatten, den Brand einzudämmen, glühten sogar noch einzelne Metallteile und die Säulen der Karosserie, wie armdicke Wolframfäden in riesigen Glühbirnen. Die großen Platanen in der Mitte des Platzes, hatten auf dieser Seite verkohlte Äste. Aber die brennenden Reifen waren am schlimmsten. Kaum zu löschen.

Bis auf wenige hatten sich selbst die meisten der 78 steinernen Figuren im ovalen Rund auf ihren weißgrauen Sockeln abgewendet. Spielten seit jeher stoisch ausnahmslos die Unschuldslämmer; und waren logischerweise nicht zu Zeugenaussagen imstande. Lediglich Antonio Savonarola, der durch genügend Schlachten gestählt war, der Sieger über Ezzelino, unweit von hier, vor einigen hundertfünfzig Jahren, schaute mit verschränkten Armen und etwas süffisant von seinem Postament genau durch eine freie Lücke zwischen den Bäumen auf die flackernden Reste hinüber. Im Gegensatz zu Fortunio Liceti, dem viel jüngeren und trotzdem alten Mediziner, rechts von ihm. Der war eigentlich an Monster, Missbildungen und Verstümmelungen gewöhnt. Doch selbst der wendete seinen Blick mit einer zweifelnden Miene ab. Auch er würde nicht helfen können, für die Grausamkeiten vor ihnen kannte er keine Lösung. Über ihnen hektisch umeinander flatternde Taubenschwärme, heimatlos geworden, hofften sie, das, was sie sahen, nur zu träumen.

Als das Licht der Scheinwerfer es schaffte, durch den Rauch zu dringen, wurden die Fakten kaum nachvollziehbar deutlich: In einem Fiat Bravo, älteres Baujahr, waren der Tank mit vielleicht fünfzig Liter und ein leckender Zusatztank aus Kunststoff, mit fast zwanzig Liter, der unter das Heck des Wagens gelegt worden war, morgens um halb drei mit mehreren Sprengsätzen, vermutlich kleinen Molotowcocktails, zur Explosion gebracht worden. Allein diese Schläge mussten schon angesichts der nächtlichen Stunde ohrenbetäubend gewesen sein und den halben Bezirk aus dem Schlaf gerissen haben. Doch hatte es tatsächlich über zwanzig Minuten gedauert, bis endlich nach und nach über zwei Dutzend verschiedene Einsatzfahrzeuge eingetroffen waren, obwohl sich alles mitten in der Stadt abgespielt hatte. Selbst die Carabinieri in ihrem Gebäude fast an der Ecke *Umberto I* und *Alberto Cavaletto* brauchten einige Minuten, bis sie reagierten. Erst dann sahen sie, als sie durch den inzwischen strömenden und peitschenden Regen herbeigeeilt waren, in dem Wagen Körper sitzen, die in diesem Moment kaum noch als menschlich zu erkennen waren. Eher an schwarz verkohltes Geäst von Bäumen erinnerten, die von einem gewaltigen Blitz getroffen waren. Denn das glutheiße Benzin hatte sie schon fast gänzlich kremiert.

Nachdem die Pumpen dann endlich nach mehr als einer Stunde abgestellt worden waren und die Schläuche aufgehört hatten, das Wasser aus dem Kanal des *Prato della Valle* auf das vollkommen zerstörte Fahrzeug zu spritzen, wurden aus dem Inneren und dem aufgebrochenen Kofferraum acht fast bis zur Unkenntlichkeit verkohlte Leichen herausgezogen und auf den mit Pfützen bedeckten Weg gelegt. Drei Männer der Spurensicherung und des medizinischen Dienstes beugten sich zu ihnen herunter. Jede wies am Hinterkopf eindeutig ein Einschussloch auf, und jeder waren die Arme fast bis zum Hals hinauf auf den Rücken gebogen und mit Draht zusammengeschnürt worden. Vermutlich, um den Toten selbst noch in diesem Moment die allerletzte Würde zu nehmen, hatte man ihre Körper zuvor auch noch entblößt.

Ispettore Collasso stand mit hochgeschlagenem Kragen, der schon längst jeglichen Schutz aufgegeben hatte, und daher vom Regen durchnässt, zitternd und mit einem zur Maske gewordenem Gesicht seit einer gefühlten Ewigkeit neben der Szenerie. Eine vollkommen durchnässte Zigarette hing kaum als solche erkennbar zwischen seinen Lippen. Auf das unbeschreibliche Inferno blickend, versuchte er, nunmehr dementsprechend fluchend, ebenfalls seit fast einer Stunde seinen Chef, Commissario Berlingui, auf dessen Mobiltelefon zu erreichen. Aber der erste Anblick eines Tatorts wurde wieder einmal ihm überlassen. Und wie immer unverhältnismäßig lang.

Östlich Mailand, 26. März, 4 Uhr 10

Erst vor einer knappen halben Stunde waren Alessia, Alessandro und er wieder eingestiegen, um nach dem Konzert im *Datch Forum* in Assago südwestlich von Mailand nach Hause zu fahren. Sie waren allerdings wenige Kilometer später immer noch so aufgedreht, dass Berlingui jetzt mitten in der Nacht mit ihnen kurzerhand im Autobahnrasthof *Muggiano Ovest* eingekehrt war, weil er hoffte, sie würden sich nach einem Drink und kurzer Pause beruhigen.

Die Raststätte war ein langer schmaler Schlauch, in dem die Funzellampen sich vergeblich anstrengten, Licht zu verteilen. Der Bau ähnelte ohnehin eher einer Baracke mit Theke, die Berlingui an Alessandros alten Kaufmannsladen erinnerte, den er als Fünfjähriger zum Geburtstag geschenkt bekommen hatte. So provisorisch sah sie aus. Schmal und vollgestopft mit Schälchen voller Zuckertütchen, Pocket-Coffee-Packungen zum Sonderpreis und Raffaello und Mon-Chéri-Angeboten. An der Wand Kabel und Leitungen. Das Ganze war sicherlich seit Jahrhunderten nicht renoviert worden. Am liebsten wäre Berlingui umgedreht, aber die zwei jungen Leute waren schon an ihm vorbeigetänzelt. Der knubbelige Typ hinter der Theke musterte sie und verzog seinen Mund. Sie waren keine Fernlastfahrer, gehörten somit nicht der arbeitenden Bevölkerung an und schon gar nicht seiner Partei. Mit dem gleichen missbilligenden Blick köpfte er zwei Flaschen Bier und zauberte aus seiner La-Cimbali-Espressomaschine mit vier Brühköpfen ein sensationelles Gebräu. Während Berlingui gleich drei Espressos schlürfte, die besten, die er jemals außerhalb Filippos Bar getrunken hatte und den aufgeklebten Spruch auf der Maschine studierte: *C'è sempre una storia di caffè da vivere lungo il tuo viaggio,* tranken die beiden genüsslich ihre großen Forst-Biere und sangen dabei nicht besonders leise noch mal das halbe Konzert, samt der ganzen ollen Lieblingshits von Ligabue und Tiziano Ferro, in der Hoffnung, dass irgendjemand mit ihnen *Buonanotte all'Italia* oder *Ti scatterò una foto* mitgrölen würde.

Bis Berlingui nach einem Blick auf einige lange Gesichter vor der Theke und an den Tischen links vor dem Zeitungsständer mit betenden Händen um ein wenig mehr Ruhe bat und hoffte, für diese Reise würde seine *storia di caffè*, seine Kaffeegeschichte, noch ein gutes Ende nehmen.

„Menschenskinder! Leute! Ihr seid doch keine kleinen Kinder mehr!"
Alessia beugte sich zu ihm herüber, hielt seinen Kopf fest und gab ihm aufgedreht und mit glitzernden Augen einen schmatzenden Kuss auf die Wange. Berlingui lief rot an und Alessia gluckste mit einer Hand vor ihrem Mund, bis sie sich verschluckte. Der Rundling hinter dem Tresen warf die riesige Kimbo-Kaffeemühle an, ließ sie im Dauerbetrieb dagegen anlärmen und kommentierte murmelnd, durch den Lärm aber unverständlich, bestimmt nicht besonders freundlich die Szene. Vielleicht dachte er in diesem Moment, dass die Verbindungen unter den dreien ganz andere waren.

Einige Zeit später, gerade als er am Autobahndreieck *Agrate Brianza* der *Autostrada della Serenissima* vorbeifuhr, riss ihn das *Azzurro* seines Mobiltelefons viel zu laut aus dem seit Alessias Kuss noch andauernden, schwärmerischen Gefühl, das ihn die ganze Zeit grinsen ließ. Auch weil ihm das Bild von ihr einfiel, das sie ihm geboten hatte, als sie ihm im Flur begegnet war, nur mit einem knappen Slip bekleidet. Commissario Piero Berlingui bestrafte das Mobiltelefon deshalb mit einem verächtlichen Blick, zögerte kurz und nahm dann doch ab. Widerwillig. Bei 140 Stundenkilometer. Während er in den ersten Sekunden versuchte der durch Störungen verzerrten Stimme am anderen Ende konzentriert zuzuhören, wurde der Wagen langsamer. Mit einer Hand zu lenken, den Verkehr zu beobachten, den Wagen auch noch sicher zu manövrieren, während er versuchte, diesen einen Gedanken aus seinem Kopf zu verscheuchen und mit der anderen das Handy zu halten, war nicht nur theoretisch unmöglich.

Sofort hupte dicht hinter ihm ein riesiger Scania-Laster mit Kofferauflieger, zündete zusätzlich seine Fernscheinwerfer und drängelte anschließend an ihm vorbei. Berlingui fluchte, ließ das Lenkrad los und zeigte dem Fahrer über das Lenkrad gebeugt einen Vogel. Keine fünfhundert Meter weiter pflügte er zwischen den anderen Autos hindurch, drängelte genauso gewalttätig über die rechte Spur und hielt auf dem schmalen Standstreifen an. Die Tür halb geöffnet saß er, die Füße auf dem Asphalt, auf seinem Sitz und fuhr sich mit einer Hand über die Stirn. Nach einer Weile stand er auf und dann mit wächsernem Gesicht neben dem C5. Autos hupten und brausten dennoch kaum bremsend an ihm vorbei. Mit einer wedelnden Hand wehrte er die ungeduldigen Fragen der beiden jungen Leute ab, die auch ausgestiegen waren und um ihn herumtanzten, immer noch aufgedreht, immer noch high. Dann drehte er ihnen den Rücken zu und lehnte sich ein paar Schritte weiter ständig kopfschüttelnd an die Leitplanke. Der vorbeirauschende Verkehr war die passende, tosende Untermalung für das, was er aus dem Lautsprecher seines Handys hörte.

„… am *Prato della Valle?* Mitten in der Stadt? Gottes willen …"

Padua, 17. März 1939

Der Schlag traf ihn ohne jede Vorbereitung am Hinterkopf. Sein Kopf schien zu explodieren, wie die Spitze des abnehmenden Mondes über ihm, auf der in diesem Moment irgendein gleißend heller Stern aufgespießt war, und den er noch kurz wahrnahm, bevor eine Faust ihn mitten im Gesicht traf. Sofort spürte er seine platzende Unterlippe auf den knacksenden Zähnen und schmeckte Blut. Nach hinten taumelnd versuchte er Halt zu finden, doch seine Beine gaben nach und knickten um. Genau in dem Moment, als der dritte Schlag seine Kniekehlen traf. Mit voller Wucht fiel er der Länge nach auf den Rücken und rang nach Luft, sah dabei wieder in den nächtlichen Himmel und nahm statt des Mondes nur drei dunkle Schatten über sich wahr. Zeit für einen Widerspruch ließen sie ihm nicht.

„Du Scheiß-Faschistenschwein! Du und deine großmäuligen Freunde, ihr seid schuld! Jetzt werdet ihr dafür büßen. Alle nacheinander!"

Der folgende Tritt gegen seinen Kopf drohte ihn bewusstlos werden zu lassen. Kurz wurde ihm schwarz vor Augen, doch reflexartig versuchte er sich aufzurappeln, aber schon schmerzten seine Rippen beim nächsten Stoß.

„Komm, lass gut sein! Der Idiot kann doch auch nichts dafür. Hitler holt sich alle Staaten. Die Tschechei ist nur der Anfang, sag ich dir."

„Und der da? – Der da ist doch genauso ein Vollidiot! Schon immer gewesen. Schon in der Schule hatte er rumgetönt, wie gut dieser Hitler und die Freundschaft zu Mussolini sei und diese Scheißlieder gegrölt!"

„Er hat jetzt seine Abreibung bekommen. Das kann er den anderen erzählen. Dann wissen die, was ihnen demnächst blüht."

Einer von denen schlug ihm noch mit der flachen Hand ins Gesicht, dass sein Kopf ein weiteres Mal zur Seite flog. Dann hörte er nur noch das leiser werdende Klackern der Sohlen der drei auf dem Asphalt. Er richtete sich auf, musste husten und rang gleich darauf nach Luft, spuckte dabei einen Mund voll Blut neben sich aus und hörte es auf den Asphalt klatschen. Ein Zahn war nicht dabei. *Der da ist ein Vollidiot! Schon immer gewesen!* Die Stimme glaubte er zu kennen. Die kam ihm bekannt vor. Woher nur? Aus der Schule vielleicht? Oder Nachbarschaft? Oder war es einer aus dieser fußballkickenden Truppe von der *Piazza della Vittoria* in Montegrotto, bei denen er nicht mitspielen durfte und deshalb manchmal nur zuschaute, oder aus dem Café in der *Viale della Stazione*? Kannte er sie tatsächlich?

Vor ein paar Tagen hatten ihm schon einmal ein paar Kerle aufgelauert, ihn angegriffen und weiß Gott was genannt. Alles Schwachsinnige, die keine Ahnung davon hatten, wie sich in solchen Zeiten eine Nation, Italien darstellen musste. Vielleicht waren es sogar die gleichen gewesen. Da konnte er denen noch ein paar Steine hinterherwerfen und sich freuen, weil er einen von ihnen am Kopf getroffen hatte. Aber hier, mitten im Ort, lag ja so was nicht herum. Sein Vater sollte ihm lieber die kleine Pistole geben, statt ihn jedes Mal anzuschnauzen. Die Zeiten erforderten es einfach, dass er sich mit fast 16 wie ein Mann verteidigen konnte.

Er schüttelte den Kopf, ließ ihn anschließend langsam auf seiner Schulter kreisen, versuchte sich zu orientieren und schaute auf seine Uhr. Sofort zuckte er vor Schreck zusammen. Das Glas der vergoldeten Cortebert war zersprungen und der große Zeiger fehlte. Es würde schwer werden, seinem Vater alles zu erklären, ohne die nächsten Prügel einzustecken. Schon hörte er ihn dröhnen:

„Bist du nicht Kerl genug, dich gegen dieses Lumpenpack zu stellen? Habe ich dir nicht beigebracht, dich zu wehren? Diesen Kommunisten werden wir ihr Hirn ausblasen, wie einem rohen Ei das Innere. Erinnere dich, aus welchem Haus du kommst! *Maledizione!*"
Gib mir endlich die Pistole, wollte er ihm da noch sagen und: *Sonst kannst du deine Worte nach dem nächsten Mal zu einem Sarg sagen.* Aber er war still geblieben. Die Zeit in der er seine Größe und Stärke zeigen könnte, würde sicher noch kommen. Wenn er dann Chef des väterlichen Geschäfts wäre, würde er einen nach dem anderen umhauen und verdrängen. Noch hatte er nicht die richtigen Ideen dafür, aber die Zeit war auf seiner Seite. Politisch hatte er sich doch schon für die Richtigen entschieden. Man musste einfach darauf schauen, dass von den Gleichgesinnten genug an der Macht waren, dann konnte man alles unter sich ausmachen.

Ihn wunderte nur, dass sein Vater nie richtig Gebrauch davon machte, sondern immer nur meinte, er wäre zu übermütig und noch zu jung. Sich zu wehren bedeutet nicht, sich zu prügeln. Wie das aber funktionieren sollte, hatte er ihm nicht gesagt. Was sollten also diese dummen Sprüche?

Er wischte sich mit einem Taschentuch über den Mund und richtete im spiegelnden Glas eines Fensters seine Kleider. Wenigstens diese waren so gut wie unversehrt und kaum verschmutzt. Dann spuckte er in die Hände und fuhr sich durch die Haare. Gott sei Dank waren die Zeiten dabei sich zu ändern. Endlich wurde alles geregelt und die Verhältnisse geändert. Diese starke Hand brauchte das Land. Und wenn ihm wieder einfiele, wer diese Idioten waren, dann würden die schon noch was erleben!

Padua, 26. März, 4 Uhr 55

Collasso mochte nicht länger hinsehen, schon gar nicht bei Regen. Alles schien auf ihn zuzufließen: die Scherben, Teile des Fahrzeugs, die Reste des brennenden, im Wasser schwimmenden Unrats. Er zog den Kragen, so gut es ging, hoch, warf die nasse Zigarette fort und wendete sich ab, ging zu einem der Carabinieri, der sich wohl durch nichts erschüttern ließ, sondern vielmehr neugierig, vielleicht aber auch stoisch auf den Wirrwarr vor ihnen schaute, in eine Stulle biss und voller Genuss kaute. Wie konnte man in einer solchen Situation Hunger haben?

„Gibt's hier in der Nähe irgendwas zu trinken? Das macht einen ja total fertig! Und dann noch dieses Sch...wetter!", sagte Collasso zu ihm.
Ohne ihn anzuschauen oder ein Wort zu sagen, zog der *Appuntato*, der Oberstabsgefreite, ein kleines Fläschchen aus seiner Jacke und reichte es Collasso.

„Nehmen Sie einen tüchtigen Schluck, ich halte so was auch nicht anders aus", und, als sei es etwas Dienstliches, hob er die Brothand salutierend an das dunkelblaue Barett. Collasso zog die Augenbrauen in die Stirn, schob den Kopf noch mehr zwischen die Schulterblätter und zögerte. Dann öffnete er doch das flache, metallene Fläschchen.

„Ein Grappa von meinem Onkel in Bassano, der lagert ihn ein paar Jahre in Kastanienfässer, daher die Farbe. Wenn er Ihnen schmeckt, könnte ich Ihnen was besorgen. Sicher kein Problem. Von mir aus einen ganzen Karton. – Ohne zu übertreiben, der hilft auch bei Unfällen. Ich hab' Sachen gesehen, sag ich Ihnen ... Fürchterlich!"
Der Ispettore schnupperte und verzog anerkennend das Gesicht, dann trank er einen kräftigen Schluck. Warm

rann dieser seine Kehle hinunter – und stark. Er räusperte sich ein paar Mal. Gerade noch konnte er ein Husten verhindern.

„Hat fast 55 Prozent", erklärte der Carabiniere trocken.
Collasso räusperte sich ein weiteres Mal und nickte stumm. Der Grappa würde sicher auch manchem Unfallopfer helfen, sie wiederbeleben oder zumindest ihre Wunden desinfizieren, hier war allerdings schon alles zu spät. Er zog das Handy hervor und tippte Berlinguis Nummer ein. Es war der dritte Versuch. Jetzt hatte der wirklich lang genug geschlafen.

„*Buondi*, Chef! – Tut mir leid. – Wo? Auf der Autobahn? – Ach ja, das Konzert. – Es wäre besser, wenn sie kämen. – *Si! Subito!*"

Battaglia Terme, 7. August 1941

„Lass dir Zeit! Nicht so schnell! Das Geruckel kann den Schlitten auf der Pritsche verrutschen lassen. Und dann Gnade uns Gott, wenn etwas auf die *spoletta*, die Spitze schlägt."
Der schmächtige, vielleicht zwölfjährige Junge rutschte zappelig auf der Vorderkante des Sitzes herum, nahm den Fuß vom Gaspedal und streckte den Kopf hoch. Durch den kleinen Rückspiegel konnte er hinter sich unter der Plane der Ladefläche des Ceirano-Lasters ein Stück der zwar bonbonblauen und doch hochexplosiven Fracht sehen. Sofort schaute er wieder auf die Straße, denn im gleichen Moment hatte Alberto ihm ins Steuerrad gegriffen und die Fahrt ein wenig korrigiert.

„Du musst schon aufpassen, wohin du fährst. Sonst fliegen wir in die Luft, ohne dass das Ding da überhaupt vorher an einem Flieger durch die Luft geflogen ist."

Alberto lachte über seinen eigenen Witz. In ein paar Kilometern würden sie den Flughafen erreicht haben und die gefährliche Fracht zusammen mit den Kameraden unter einen der dort wartenden Stukas montieren. Am Morgen hatten sie die hochexplosive Ladung am Bahnhof von Abano Terme aufgeladen bekommen. Das allein hatte schon viel länger als geplant gedauert, da es für das Militär nur ein Gleis gab und zuvor Verletzte, Medikamente und Lebensmittel versorgt und verladen werden mussten.

Nun fuhren sie über die *Ponte di Chiodare.* Anschließend links nach Carrara San Giorgo, auf einer durchweg ziemlich schmalen und holprigen Strecke. Die einzige Strecke, wenn man nicht noch mehr enge Kurven und Kreuzungen durchfahren wollte. Wenigstens die Schlaglöcher hätten die Verantwortlichen instand setzen lassen können. So waren diese Transporte jedes Mal auch ein bisschen wie ein Himmelfahrtskommando. Auch wenn bisher noch nichts Schlimmes passiert war. Trotzdem meinte Alberto:

„Du bist ja nicht Tazio Nuvolari, unser *Mantovano volante.*" Wieder lachte er herzerfrischend auf, schüttelte amüsiert den Kopf und fuhr mit unverhohlenem Stolz fort: „Schade, dass du unseren fliegenden Mantuaner nicht gesehen hast, wie er auf der Fahrt Bologna–Padua an unserem Flughafen vorbeigesaust ist. – Wruuumm!" Er beugte sich hin und her, als müsse er den Fliehkräften von Kurven standhalten. „Mann, dem sein Alfa war so was von schnell und superschön. Dein Alter hat extra befohlen, den Himmel zu kontrollieren und notfalls mit der Flak für Sicherheit zu sorgen, wenn irgendwelche Deppen einen Angriff von oben versuchen sollten. – Wenn du um die Kurve bist, tauschen wir wieder. Stell dir vor jemand sieht uns vom *Palazzo Talpo* aus oder dieser Neue, dieser Gibellato, dieser

Großkotz und Weltverbesserer, dann kannst du deinen Flug vergessen und ich meine Beförderung. Und so ein Monarchist wie der ist, will ich schon gar nicht werden. Also, langsam weiter jetzt!"

„Papa kann ihn auch nicht leiden. Angeblich hat sein Vater ihn zu uns geschickt, damit er schnell Karriere machen kann. Der hat wohl ein Baugeschäft und sein Sohn soll für gute Verbindungen sorgen."

„Was will der im Krieg für Geschäfte machen? Wenn er Glück hat, wird sein Laden nicht kaputtgebombt. – Pass auf! Da sind tiefe Schlaglöcher. Fahr langsam! Gleich tauschen wir!"

Flaviano nickte Alberto zu. Er schien für die Entscheidung dankbar zu sein. Traktor zu fahren war doch etwas anderes, als dieses schwere und unübersichtliche Ding. Da hätte er schon die Kraft eines Pferdes oder eines anderen Viehs haben müssen, um den Lkw leichter lenken zu können. Trotzdem hatte er vorhin nicht Nein sagen können, als Alberto ihn kurz hinter den *Case Cavallini* fragte, ob er nicht mal ein paar Meter mit so einem Gefährt fahren wolle. Flaviano hatte ihn verwundert angeschaut, aber wenn es um Mutproben ging, war er ohnehin nie ganz feige. Etwas ausprobieren tat er gerne, solange er glaubte, dass das, was er machen sollte, gelingen konnte und dies nichts mit Kaputtmachen oder Schmerzen zu tun hatte. Also hatten sie hinter einer Kurve schnell den Platz gewechselt und er war ganz vorne auf die Kante des Sitzes gerutscht, um an die Pedale zu kommen.

Hätte sein Vater von mancher Mutprobe erfahren, hätte er ihn sicher nicht so sorglos durch die Welt springen lassen. Hätte er ihn nicht nur ermahnt, vorsichtiger zu sein, sondern scharfe Verbote ausgesprochen. So war Flaviano nicht nur auf den Fahrersitz geklettert, sondern in den letzten Wochen, wenn er nicht zur Schule musste oder es auf dem Landeplatz etwas zu tun gab, mit seinem Freund Mauro in den kleinen Panzerkampfwagen, einen M11/39, geklettert, der statt nach Afrika verschifft, der Verteidigung des Flugplatzes in Albignasego zur Verfügung gestellt wurde, und hatte in ihm hockend an den Hebeln herumgespielt und gleich mehrere Schlachten gewonnen oder war mit Mauro, von der *Ponte Chiodare*, über die sie gerade gefahren waren, in den *Canale* gesprungen, der in den Sommern dafür eigentlich viel zu wenig Wasser führte. Jedoch hielt sich Flaviano in letzter Zeit mit solchen Dingen zurück, vor allem seit dieser Gibellato aufgekreuzt war und ihn anschaute, als sei er ein Schwerverbrecher oder so etwas Ähnliches.

Ausgerechnet jetzt rumpelte das Gefährt durch eines der Schlaglöcher und die Konstruktion auf der Pritsche hinter ihnen ächzte. Flaviano drehte sich erschrocken um und schaute durch das kleine Fenster. Aber das Gestell hatte gehalten und der Zünder war weit entfernt von irgendeinem gefährlichen Teil der hölzernen Konstruktion, die ihn hätte berühren können.

Diesen Gibellato konnte also keiner am Flughafen leiden. Der war ein Wichtigtuer, kommandierte jeden herum, obwohl er nur ein ganz normaler Soldat war und erst in ein paar Wochen Gefreiter werden würde. Aber Gefreiter, was ist das schon? Doch der alte Gibellato hatte inzwischen überall ein Wörtchen mitzureden und deshalb traute sich keiner von den anderen Soldaten seinem Sohn zu widersprechen und Flaviano schon gar nicht. Am besten ging man dem Typen zur Hand und dann aus dem Weg, ignorierte seine ständig miese Laune und suchte sich anderswo eine Tätigkeit, damit man seine Ruhe hatte. Flaviano war jedes Mal froh, wenn Mauro ihn zum Fußballspielen oder Lernen abholte oder sein Vater eine Aufgabe für ihn hatte.

Der war auch der Einzige, der diesem Kerl Befehle geben und ihn in Schranken weisen konnte. Immerhin war Vater ja auch der Chef vom Flughafen und schaute mit Argusaugen darauf, dass der Betrieb anständig und reibungslos lief. Manchmal erlaubte er Flaviano sich in eine Kanzel zu setzen oder sogar mal die ein oder andere Maschine zu starten. Danach hatte er natürlich seine Finger still zu halten und einem echten Piloten Platz zu machen. Papa kannte sie alle gut, war mit Manchem sogar ein wenig befreundet, wie zum Beispiel mit Adriano Visconti, Franco Lucchini oder Franco Bordoni-Bisleri. Jener war sogar schon von diesem Flugplatz hier aus gestartet, bevor er mit seinem alten Doppeldecker Fiat CR-42 in Nordafrika vier Bristol-Bomber abgeschossen hatte. Flaviano hatte in seinem Schulheft eine Unterschrift von ihm mit einem Spruch darunter: *D'un male nasce spesso un bene.* Aus einem Übel erwächst oft etwas Gutes. Anschließend hatte er ihm auf die Schulter geklopft und gemeint:

„Weißt du, dieser dumme Krieg ist eines Tages auch zu Ende, und dann bin ich entweder tot oder vergessen."

„Niemals!", hatte Flaviano geantwortet: „Für mich und all die anderen sind Sie jetzt schon ein Held. So einer würde ich auch werden wollen."

Jetzt atmete er tief durch und schaute noch mal in den Spiegel nach hinten, aber ein Held zu werden, war wirklich gar nicht so einfach.

Sein Bruder Stefano hatte die Sache mit dem Zum-Held-Werden auch nicht geschafft. Er war am 6. Januar im kargen und kalten, nördlichen Teil der kleinen libyschen Hafenstadt Bardia, kurz hinter der ägyptischen Grenze – in der eigentlich eine Übermacht von zigtausenden italienischen Soldaten war –, schnell unter Beschuss und anschließend in britische Gefangenschaft geraten. Gott sei Dank unverletzt, meinte Vater. Aber er sagte es mit einer gewissen Enttäuschung, die Flaviano wundern ließ, da er nicht sofort wusste, auf was sein Vater anspielte. Unverletzt war doch was und die Briten waren angeblich keine, die prügelten. Lieber in Gefangenschaft als an der Front, hatte er seinem Vater daher geantwortet und dafür ein seltsames Schulterzucken und „Manchmal ist es besser, du bist der loyale Soldat, und manchmal ist es besser, wenn du auf dich achtest" als Reaktion erhalten.

Endlich kam die Kurve und wenige Meter später stoppte er den Transporter. Etwas zu früh ließ er die Bremse los, als er den Gang herausnahm und das Gefährt machte einen Hopser nach vorne. Wieder drehte er sich erschrocken um. Schweiß glitzerte auf seiner Stirn und Flaviano fluchte:

„Vaffan cul!"

„So schnell macht es nun auch wieder nicht *Bumms.*" Alberto strich dem Kleinen gelassen über den Kopf. „Sonst wären schon viele von uns draufgegangen", versuchte er ihn zu beruhigen. Trotzdem bleich geworden, sprang Flaviano vom Sitz auf den Schotter herunter und rannte die drei Schritte zum Straßenrand. Zappelig öffnete er den Hosenlatz.

„Ich muss ma'!", rief er Alberto zu.

Genau in dem Moment, als er zu pinkeln begann, schauten sie beide in den Himmel. Über ihnen ein Brummen. Langsam schien es lauter zu werden. Mit schnellen Kopfbewegungen suchten sie den leicht bedeckten Himmel ab. Dann, zwischen ein paar Wolken, schräg über ihnen, konnte man sie sehen. Fünf größere Maschinen, höchstens ein, zwei Kilometer westlich von ihnen, offenbar Richtung Bologna oder Modena unterwegs. Somit an Padua, Venedig und in wenigen Augenblicken auch ihnen vorbei.

„Deutsche, vielleicht in Graz gestartet", meinte Alberto, der plötzlich einen Schritt hinter ihm stand und mit einer Hand die Augen abschattete, „sind Junkers, glaub ich. Komisch! Was machen die denn hier? Da ist doch nichts, wo die hinfliegen."

„Von uns wollen die sicher nix. Da hängen keine Bomben unten dran und für die haben wir auch keine auf der Pritsche", bemerkte Flaviano und schloss wieder seine Hose.

„Was wollen die uns auch bombardieren. Diese Idioten. Angeblich sind wir doch dicke Freunde. Wenn du mit diesem Fabrizio Gibellato redest, hörst du nur Lobeshymnen über unsere Verbündete. *Das* sind die Weltenretter. Da versteht er keinen Spaß, so verzückt ist der von denen." Er machte ein paar mädchenhafte Bewegungen und *Heitatei*. Dann drehte er sich lachend zu Flaviano und legte ihm eine Hand auf die Schulter.

„Was soll's?! Wahrscheinlich verlegen die nur eine Staffel. Vielleicht geht's für die von Civitavecchia nach Sizilien. Die Deutschen haben die Insel erobert und brauchen sie dringend als Brückenkopf, denn in Afrika muss es gerade fürchterlich abgehen für die. Hat mir Sebastiano neulich in der Bar erzählt. Jede Menge Verluste und Tobruk haben die auch nicht erobern können, jetzt reiben sie sich auf. Die brauchen Nachschub ohne Ende. Also ziehen sie Teile ihrer Truppen von hier ab. – Biste fertig? *Dai vieni! Andiamo!* Weiter geht's!"

„*Sì, subito!* Der Gibellato hat auch davon gesprochen und wie feige wir alle wären. – Mein Gott kann der Typ nerven, ich weiß gar nicht, was der sich einbildet?"

„Er wird sicher mal der größte Feldmarschall", lachte Alberto und schlug die Tür zu, „der allergrößte natürlich! – Einssiebenundachtzig."

26. März, 5 Uhr 35

„Ich wüsste nicht, was *Sie* davon haben?!"

„Das kann ich Ihnen jetzt auch noch nicht sagen. Es ist lediglich – nun ja, Gefühl ist vielleicht der falsche Ausdruck, aber ... ich bitte Sie ja nur darum."

„Mein Gott!" Er gähnte laut, damit der andere wusste, worin er ihn unterbrochen hatte, setzte sich etwas umständlich auf und stopfte sich dabei das Kissen hinter den Rücken. „Morgens, zu einer Zeit, wenn andere Leute sich noch mindestens zweimal in ihrem warmen Bett umdrehen?" Seine Stimme klang nun weniger erbost als beunruhigt, denn im Grunde genommen hatte er seit Jahren einen solchen Anruf erwartet und war darüber erstaunt, dass dieser erst jetzt erfolgte. Zwar zu einer skandalösen Zeit, aber erst jetzt. Seltsamerweise war sein Gegenüber auch nicht wie sonst, bestimmend, herrisch und nahezu despotisch, sondern sogar alles andere als souverän, nein im Gegenteil, geradezu kleinlaut und hochgradig nervös.

„Ich versuche Sie seit Tagen zu erreichen."

„Ist ganz einfach, wenn man mich anrufen würde. Geht sogar tagsüber. Sie haben meine Nummer."

„Dann weiß ich aber nicht, wer neben Ihnen stehen wird."

„In der Regel pflege ich meine geschäftlichen Telefonate alleine zu führen. Auch zu normalen Zeiten. – Meine Frau ist an diesen nicht interessiert, falls Sie das meinten. Und wenn ich nicht abnehmen kann, darf man den Anrufbeantworter gerne benutzen. Ab und zu rufe ich sogar zurück."

„Es könnte ja sein, dass ..."

„Sie wissen genau, dass Ihre Geschäfte bisher nur von ganz bestimmten, von für *uns* wichtigen Stellen inszeniert und wahrgenommen wurden. Selbst die Presse, ihr ganz spezieller Freund, wenn ich mich recht erinnere, ist bislang auf Ihrer Seite. Also, reden wir nicht lange um den heißen Brei! Ich weiß, wo bei Ihnen der Schuh drückt. Und ich weiß, wie sehr die Zeit und die lieben Banken bei Ihnen drängen. Sie kennen unsere Spielregeln. – Regeln Sie das mit dem Geld, es geht nun mal nicht anders und wir werden uns einig. Dann haben auch die ganz oben nichts einzuwenden."

„Geben Sie mir ein, zwei Tage Zeit. Es ist ja einiges davon abhängig."

Es klang resigniert. Langsam dämmerte ihm, dass alles, was er in den letzten Tagen angeleiert hatte, bald nichts mehr wert sein würde, dass der kleine Vorteil, den er glaubte durch seine Manöver und die aktuellen Geschehnisse zu erlangen, doch verspielt war. Die Größe seines Unternehmens spielte von nun an keine Rolle mehr. Die andere Seite hatte ihn längst in der Hand. Irgendwann waren die Projekte zu groß geworden, als dass er sie auf seine Art stemmen konnte. Er brauchte jetzt erst recht Zeit und Geld und dachte an seinen Vater. An das, was dieser immer wieder zu ihm gesagt hatte und verzog nahezu angewidert das Gesicht. Auch von seinem neuen Partner wollte er nicht allzu viel erwarten. Ausgerechnet jetzt befürchtete er, sich einem Dampfplauderer anvertraut zu haben. Nur konnte er das niemanden gegenüber zugeben.

Schon von Anfang an hatte die Chemie zwischen ihnen nicht so gestimmt, wie er erhofft hatte. Nur dieses Vorhaben und die Strategie, wie alles umgesetzt werden sollte, hatten ihn bei der Stange gehalten. Und natürlich das Geld, das sein Partner in das Projekt hineinbringen wollte. Von diesem war er leider sogar zu abhängig geworden. Die modernen Zeiten funktionierten leider nicht mehr so, wie damals, als sein Vater noch die Geschäfte bestimmte. Heutzutage bestimmte ein ungleich härterer Preiskampf das Ganze und den Wert eines Unternehmens. Diesen immer hochzuhalten, bedeutete durchweg steigende Ausgaben. Was früher mit großzügigen Geschenken klappte, bedeutete nun, nicht nur *eine* Person zu korrumpieren und bei Laune zu halten. Der am anderen Ende war da keine Ausnahme. Der hatte für sich schon einige Dinge zurechtgelegt, mit denen er sich noch besser darstellen konnte, das lag nicht nur an seinem Namen, der nach Fertigstellung des Baus über einem Abschnitt prangen sollte.

„Höchstens diesen einen. Nämlich den heutigen. Nicht, dass Sie sich noch mit irgendjemand absprechen. Gerade mit Ihrem Freund von der Presse zum Beispiel."

„Wie soll das jetzt noch funktionieren? Glauben Sie, das könnte ich ohne – wie soll ich sagen? – Schaden zu nehmen? Meine Reputation …"

„… Ihre Reputation, mein Gott, was reden Sie da? Die wird nicht nur unangetastet bleiben, sondern wachsen. Dafür werde ich sorgen. Vertrauen Sie mir! Ich habe ja noch eigene Interessen. Aber auch das sind die ganz normalen Spielregeln in unserem Geschäft. Die sollten Ihnen eigentlich längst bekannt sein. Haben Sie diese nicht jahrelang versucht zu bestimmen? Sie hätten sich viel früher um Kooperationen bemühen müssen. Das ist Ihr Problem. Ich hatte es Ihnen schon einmal gesagt, Ihre Art ist vielleicht nicht immer zielführend. Sie sollten das wenigstens mal überdenken."

„Ich möchte trotzdem …"

„… nur heute!"

„Und wenn nicht?"

„Im Moment fallen mir nur schändliche Sachen ein. Äußerst schändliche", er unterbrach sich, schüttelte den Kopf und lachte leise, „wenn Sie verstehen, was ich meine. Oder glauben Sie, ich kenne nicht all Ihre Wege, auf denen Sie unterwegs sind und waren? Menschenskind, seit Jahren hole ich Sie aus der Patsche. Organisiere ich Ihnen einen feinen Neubau nach dem anderen und lasse Sie schalten und walten. Jedes Mal hätte ich Sie dabei hochgehen lassen können. Nun gut, ich habe auch davon profitiert. Trotzdem, ich kenne Ihre Probleme. Die Bedingungen können also jetzt nicht einfach *noch* besser werden. Irgendwann ist mal Schluss. Kooperieren Sie, *managgia!* Verkaufen Sie von mir aus. Geld ist auf so vielfältige Weise herbeizuschaffen."

Da war er der Moment. Der Moment, der in den letzten Jahren unausgesprochen geblieben war. Der als Drohung schon immer sein Leben begleitet hatte. Von Jugend an. Schon als Soldat. Und egal, ob man es mit Freunden, Bekannten oder Geschäftspartnern zu tun hatte. Er baute und die anderen nagelten ihren Namen an die Bauwerke. *Schändlich.* Und damit die Angst, die mit dem letzten Satz ausgelöst wurde. Was für eine Metapher, für das Ungemach, das ihm seit diesem Tag, vor weiß Gott wie vielen Jahren drohte, nur, weil seinerzeit Profession und private Lebensvorstellungen fürchterlich miteinander kollidiert waren. *Schändlich.* Nein, sogar: *Äußerst schändlich.* Er wusste sofort, was es bedeuten würde.

„Ich sage Ihnen nachher Bescheid. Sie dürfen ausnahmsweise Menschen auch mal zugestehen – ich weiß dabei durchaus zu schätzen, was Sie für mich in den letzten Jahren geleistet haben – sich auf gänzlich neue Situationen einzustellen. – Lassen Sie mich wenigstens einen Kaffee trinken und nachdenken."

„Gänzlich neue Situation. – Sie belieben zu scherzen. Soll ich Ihnen etwa Ihre ganzen Vorgeschichten erzählen? Zum Beispiel die mit dem Deutschen – was ist er noch? – ach ja, Würstchenbudenbesitzer, mit dem Sie jetzt im Endeffekt weiß Gott wie viele Leute über den

Tisch gezogen haben. – Nun, immerhin haben Sie fast Danke gesagt. Und was nachdenken und diese neuen Situationen angeht, hatten Sie all die Jahre Zeit genug. Nun ist diese abgelaufen. So einfach sind die anderen Spielregeln, die man uns auferlegt, und die sind nicht von mir erfunden worden."

„Dieser Würstchenbudenbesitzer, wie Sie ihn nennen, hat bislang meinem Namen in Zusammenhang mit diesem Projekt immerhin zu grenzüberschreitendem Ansehen verholfen. Ohne ihn hätte ich einen solchen Auftrag sicher nicht alleine verwirklichen können! Da hätte ich ganz andere Partner gebraucht, die nicht so im Hintergrund hätten bleiben wollen. Allerdings kann er im Moment nicht …"

„… Ansehen und Ruhm allein verhelfen nicht zu vollen Kassen. – Ich kann deshalb nicht länger und ständig die Kastanien für Sie aus dem Feuer holen. Auch ich muss mein Handeln erklären. Auch mir sitzt man im Nacken. Ich werde fortwährend gefragt. Und das nicht erst seit gestern. Dazu kommt, Padua ist keine Kleinstadt mehr. Europa wacht inzwischen mit all seinen Institutionen über uns. Dazu haben wir *Ja* gesagt, und solche wie Sie haben profitiert. Leider aber nur mit Ansehen und Ruhm, wie mir scheint – und nicht mit den nötigen Einsichten. Seien Sie also froh, dass *ich* bis jetzt auf der anderen Seite des Bretts gesessen habe. Machen Sie sich also an die Arbeit! Ich muss mich heute noch an anderer Stelle rechtfertigen und die lässt sich nicht länger hinhalten. – Bis zehn erreichen Sie mich unter der alten Nummer."

Der Tonfall ließ keinen Widerspruch und er atmete tief durch. Ihm blieb nur eine Antwort:

„Ist in Ordnung, Senatore."

Albignasego, Anfang September 1943

„Ob wir die noch mal brauchen?"
Flavianos Vater schob die Kutsche durch das schmale Tor in den linken, flachen Teil des Gebäudes und blieb daraufhin mit den Händen in die Seiten gestemmt stehen. Sollte es stimmen, was er gehört hatte, wollten die Deutschen den Spieß jetzt umdrehen und Italien besetzen. Würden sie das genauso machen wie drüben in Russland oder Polen? Wie mit der Tschechei oder Österreich? Dann bliebe vermutlich kein Stein auf dem anderen. Eine Kutsche oder der Laster rechts, im anderen Teil des Gebäudes, der für ihn bisher eine sehr wichtige Rolle in seinem Leben eingenommen hatte, spielte dann keine Rolle mehr, selbst wenn beide Dinge eine Bombardierung überständen. Er drehte sich um, klatschte dem Muli auf die Kruppe und befahl:

„Bring Orediana in den Stall und gib ihr was zu fressen. Nachher kommst du zu mir ins Büro. Ich habe ein paar Aufträge für dich. Du kannst dich bei ein paar Sachen nützlich machen."

„Ist gut Vater."
Ohne ein Widerwort tat Flaviano, wie ihm geheißen. Vater war der Chef und nicht dieser Fabrizio Gibellato, der gemeint hatte, er solle unverzüglich zu ihm kommen. Also war alles besser, als diesem Gibellato zu begegnen. Der bei seinen Spezialanordnungen jedes Mal die Faust reckte, auf ihn zuging und ihm leise drohend ins Ohr raunte: *Ihr kommt jetzt auch bald dran! Ihr Landesverräter. Mach dich an die Arbeit und hilf mir.* Dann hatte er irgendeinen Mist zu tun. Manchmal musste er seine Schuhe putzen oder seine herumliegende Wäsche zusammenlegen, manchmal seine Stube wienern und manchmal sogar den absichtlich verschissenen Abort schrubben.

Seinem Vater konnte er davon nichts erzählen. So tief steckte die Angst in ihm. – Nützlich machen also. Ihm war jetzt schon klar, was das hieß. Den Stall ausmisten, füttern und die beiden Mulis auf die kleine Koppel unter das grüne, mit Blättern und Ästen getarnte und als Sichtschutz aufgespannte Netz führen. Dann die Kutsche säubern und dicht an die doppelt starke Mauer schieben. Wie jeden Mittwoch, wenn Markttag war und seine Eltern Proviant besorgten. Was sollte sonst noch folgen? Dennoch war das alles besser, als Gibellatos Blick hinter sich zu spüren, der glaubte, ständig seinen Frust an ihm ausleben zu dürfen. Er würde sich also Zeit lassen und sich mit den beiden Maultieren unterhalten, vielleicht hatten sie einen Tipp.

Oder hatte Vater recht und die Situation hatte sich tatsächlich dramatisch verändert. Mussolini war auf jeden Fall auch für ihn zum Alleinschuldigen geworden. *Er ist dem Größenwahn dieses Deutschen gefolgt,* hatte er vor ein paar Wochen gesagt, *und das wird sich weiter rächen. Dass er verhaftet wurde, wird nicht reichen. Die Streiks im Frühjahr, die Eroberung Siziliens und der Idiot Badoglio werden uns vielleicht noch das Genick brechen. Die Lage ist verworren und kompliziert.*

Vielleicht musste er deshalb statt irgendwelcher Säuberungsaktionen die Munition für die Gewehre in das Nachbargebäude räumen, in dem der Laster stand, und das Fenster zur Garage zumauern, damit herumfliegende Splitter nicht den Wagen beschädigten, oder den Grubengang nochmals mit Kanthölzern abstützen. Im Fall von Bombardierungen war dieser Gang hier der einzige Schutz. Flaviano kratzte sich am Kopf und überlegte. Landesverrat sah für ihn jedenfalls anders aus. Dann nahm er den Farbeimer und strich das grüne Tor braunschwarz an.

„Du bist geschickt! Wenn du mit der Schule fertig bist, ist dieser Krieg hoffentlich endgültig vorbei und du könntest etwas Sinnvolles lernen, statt Krieg zu spielen. Auf dem Bau brauchen sie sicher Leute. Es gibt einiges wiederaufzubauen und Stefano ist auch noch nicht zu Hause. Wäre das nichts für dich? Wenn ich einen guten Tag bei ihm erwische, könnten wir mal mit deinem Onkel sprechen. Er hätte eine recht billige Arbeitskraft und du könntest bei ihm vieles lernen. Besser schon jetzt an die Zukunft denken."

Flaviano zuckte mit den Schultern und füllte in den letzten verbliebenen Schlitz Mörtel. Morgen würde das zugemauerte Fenster schon einen Wumms aushalten können. Sein Bruder hätte dies alles auch noch machen können, immerhin sollte er in den nächsten Tagen, am 8. oder 9. September, aus der britischen Gefangenschaft zurückkehren dürfen. Wenn es stimmte, was die Kommandantur berichtete.

Steine schleppen, im Mörtel matschen und bei Regen auf sumpfigen Baustellen arbeiten, war bisher nicht das, was er sich vorgestellt hatte. Er hatte seinen Vater angeschaut und wollte etwas sagen, denn ehrlich gesagt, hatte er sich darüber auch noch gar keine Gedanken gemacht. Zukunft war etwas, was in seinem Vokabular noch nicht vorkam und schon gar nicht gestaltet werden musste. Selbst dieser Krieg, der hier noch keine großen Schäden hinterlassen hatte, konnte daran nichts ändern. Und mit seinem Onkel hatte er sich bislang genauso schlecht verstanden wie Papa.

Bis jetzt war alles sowieso eher Abenteuer. Er hatte ja auch noch mindestens zwei Jahre Zeit und wer weiß, was dann überhaupt war!? Wieder hielt er inne. Vielleicht war Vaters Vorschlag keine so schlechte Idee, schoss es ihm durch den Kopf. Wäre ja auch so etwas wie eine Familientradition. Großvater war als junger

Mann Polier gewesen und hatte vor über dreißig Jahren das inzwischen berühmte *Hotel Trieste & Victoria* in Abano Terme mitgebaut. Den Geschichten, die er darüber erzählte, hatte er immer gerne zugehört. Mit Opas Arbeit verband er zwar viel und harte Arbeit, aber auch viel Spaß und Kameradschaft. Er würde also mal darüber nachdenken. So zuckte er nun mit den Schultern und sah wieder seinen Vater an:

„Wir werden sehen."

„Ich kenn noch ein paar andere Leute, die dann helfen können. Zum Beispiel der Wirt vom *Sorci Verdi*, der war früher Elektriker. Solche braucht man immer. Nicht nur im Krieg und für Flugzeuge. – Den kennst du doch auch?!"

Wieder zuckte Flaviano mit den Schultern, denn den Wirt konnte er auch nicht leiden, der schaute ihn immer so grimmig an.

„*Sì, popà!*", antwortete er daher nur wieder knapp. Sein Vater lächelte und klopfte ihm auf die Schulter.

26. März, 6 Uhr 05

Vorher noch nach Tencarola, also nach Hause zu fahren, wäre Blödsinn gewesen. Der *Prato* lag zu nah an der Strecke. Das hätte unnötigerweise eine weitere Dreiviertelstunde gekostet. Hätte er aber auch nur die geringste Vorstellung von diesem Inferno gehabt, das ihn nun hier erwartet hatte und von dem, was inzwischen mehrere riesige Flutlichter daneben beleuchteten, und hätte Collasso nur ein paar Takte mehr erklärt, was für ein blutiges Chaos das alles war, wäre er doch noch nach Hause gefahren, um die *Kinder* abzuliefern. Stattdessen stand er auf dem Platz, angelehnt an eine der Statuen, die scheinbar genauso fassungslos auf die

Mitte des Platzes starrte, der durch die hell gleißende Beleuchtung einer Bühne für ein Rockkonzert glich. Gerade hatte man einen weiteren Leichnam aus dem inzwischen mit schweren Scheren aufgeschnittenen Auto herausgeholt und auf die Wiese gelegt. Schwarz. An manchen Stellen des Körpers aufgerissen und nahezu verkohlt. Er glaubte, hängende Fetzen verbrannter und geplatzter Haut zu sehen und darunter sogar das rohe Fleisch. Wie bei den aufgespießten Schweinen beim mittelalterlichen Stadtfest in Cittadella im letzten Monat, kam ihm in den Sinn und er schaute zur Seite, eine Übelkeit hinterschluckend.

Plötzlich verharrte alles, als hätte jemand Einhalt geboten, eine Stopptaste gedrückt. Im Kino wäre längst die nächste Szene gekommen. Wäre die Handlung weitergegangen. Hätte ein Polizist vermeintliche Zeugen zur Seite genommen und befragt. Im Hintergrund wäre höchstens noch eine Fast-Food-Kette zu sehen gewesen. Natürlich hätten sie für diese Einstellung – modernes *product placement* – eine horrende Summe gezahlt. Doch hier schien es viel zu lange Minuten kein Weiter zu geben. Dazu lag noch eine abartige Wärme über dem Platz. Geschwängert vom typischen Gestank verbrannten Benzins und Fleischs. Bitter, süß, beißend. Von einem Grillabend allerdings weit entfernt.

Berlingui schaute nochmals hin, schaute sich dann um, wieder hin und doch wieder weg, fühlte die Übelkeit wieder in sich aufsteigen, schaffte es aber, sie durch Räuspern und Hüsteln zu kontrollieren. Er fixierte einen dunklen nichtssagenden Punkt neben einem Gebüsch vor sich. Plötzlich spürte er eine klammernde Hand, die wohl versuchte, an seinem Arm Halt zu finden. Gerade noch rechtzeitig drehte er sich um, griff nach den davongleitenden Fingern und fing Alessias taumelnden Körper auf.

Die Bewegung glich einem Aufwecken. Denn endlich kam Bewegung auf. Endlich lief der Film weiter. Endlich war er Teil der Geschehnisse. Alessia rutschte zu Boden. Ihr Gesicht war kreidebleich und die Augen flimmerten. Ein leises, brüchiges *Mi dispiace!* kam durch die zitternden Lippen und er strich ihr automatisch über den Kopf. Froh über die Ablenkung, die er dadurch erhielt, und ganz den besorgten Vater spielend, der er nicht war.

„Ist schon gut Kleines", hörte Berlingui statt sich eine andere Stimme sagen. Als er sich umdrehte, stand Alessandro bereits neben ihm. Genauso hustend und bleich wie alle anderen, aber gefasst.

„Ich kümmere mich um sie, mach dir keine Sorgen, wir werden ein Taxi nehmen."

Bevor der Commissario etwas erwidern konnte, zog ihn Ispettore Collasso, wie aus dem Nichts aufgetaucht, nun am anderen Ärmel. Auch dessen Gesicht um Jahre gealtert. Auch seines von dem ganzen widerlichen Geschehen abgewendet. Wunden, geschweige denn Blut, waren genauso wenig sein Ding.

„Commissario, wenn Sie bitte ..."

Berlingui quittierte die Aufforderung mit dem seit Jahren üblichen Blick und nickte seinem Sohn zu.

„Ravanelli will zwei Tote für eine Identifizierung fotografieren. Die wurden so weit unten ins Fahrzeug gequetscht, dass die Flammen noch nicht allzu viel haben anrichten können. Das heißt, ... also ... die Gesichter wenigstens. Vielleicht wollen Sie ...?"

„Wenn's denn sein muss?!", gab Berlingui widerwillig zurück und drehte sich zu Alessandro um.

„Ich denke schon. Ravanelli würde sonst nicht fragen." Und damit der Commissario es sich nicht doch noch anders überlegte, zog er ihn weiter am Ärmel, bis sich Berlingui langsam in Gang setzte. Der nickte also lediglich mit verzogenem Mund seinem Sohn *In Ordnung!* zu und folgte widerwillig dem Ispettore.

„Wo ist eigentlich …?", begann Berlingui beim Loslaufen zu fragen. In diesem Moment war ihm nämlich aufgefallen, dass er Mandroni heute noch gar nicht gesehen hatte. Collasso wusste sofort, wen er meinte, Mandroni der Neugierige, schreibender Freund seines Chefs. Daher war er dankbar für die Frage, endlich drehte sich auch für ihn etwas nicht um die Toten dort drüben. Aber trotzdem zuckte er lediglich mit den Schultern.

„Um Blut macht er doch immer einen Bogen."
Berlingui wollte widersprechen, atmete wie ein Lungenkranker ein und beließ es bei:

„Weiß man schon, wem der Wagen gehörte?"
„Die haben die Nummernschilder vorher abmontiert. Wird etwas dauern, bis man an die Fahrzeugnummer im Motorraum rankommt. Das alles glüht noch wie der Rost eines Grills. Aber wahrscheinlich ist die eh rausgeschliffen worden."
Der Commissario verzog das Gesicht. Grill. Wie passend. Hatte er doch Sekunden vorher genau an so etwas gedacht. Mit einem Blick in den rabenschwarzen Himmel – vor nicht einmal einer Minute hatte es aufgehört zu regnen – ging er zu Ravanelli hinüber. Seine Augen auf ihn und seinen Rücken gerichtet und nicht auf die Körper zu dessen Füßen. Erst kurz bevor er Ravanelli erreichte, sah er, dass die Leichname zugedeckt waren, und seufzte auf. Erleichtert. Blut war auch nicht unbedingt sein Ding. Musste er sich eine Leiche angucken, bat er darum, nicht zu viel von den zumeist hässlichen Wunden zu zeigen. Die Standardantwort darauf war jedes Mal: *Wie stellst du dir das vor? Du bist der Polizist, du musst dir ein Bild vom Mörder machen können, damit du sie schnappen kannst. Iss vorher nicht so viel, dann*

klapp't's. Also betrachtete er nun die an moderne Kunst erinnernden Objekte unter den Folien und Decken.

„Wer soll die wiedererkennen?", wollte er wissen.

Ravanelli zuckte mit den Schultern.

„Kann sein, dass sie so illegal sind, dass niemand sie zuvor gesehen hat, sie vermisst oder eine Ahnung hat, ob sie aus Eritrea, Somalia oder sonst woher kommen. Den Schleusern fallen ja immer neue Sachen ein, um solche Dinge zu vertuschen und sie dennoch hierherzubringen. Aber vielleicht sind sie ja doch in einer eurer biometrischen Dateien."

„Der das gemacht hat, muss ja vollkommen krank sein." Berlingui deutete mit dem Kinn zur Mitte des Platzes.

Wieder zuckte Ravanelli mit den Schultern.

„Oder eifersüchtig, neidzerfressen und missgünstig. – Stammt nicht von mir, sondern vor Jahrzehnten zu meinen Universitätszeiten von meinem Prof", war seine Antwort.

„Worauf willst du hinaus?"

„Wenn du mich fragst, ist das kein Racheakt irgendeiner rechtsradikalen Truppe oder so. Was wollten die damit erreichen? Da hört auch in den eigenen Reihen jede Sympathie auf. Da gibt es sicher andere Zusammenhänge, vielleicht ist das eine ganz heftige Warnung an diejenigen, die die armen Kerle – vielleicht als Einzige – kennen. Oder an den, der sie beschäftigt hat. Es gibt in unserem Land zu viele, die von so etwas profitieren. Was müssen die manchmal alles machen? Erntehelfer oder schlecht bezahlte Hilfen auf dem Bau sind noch die besseren Arbeiten. – Die Mafia lyncht jedenfalls in den eigenen Kreisen, Verräter, Abweichler, Besserwisser. Und bei denen gibt's keine Schwarzen."

„Aber es könnte sie jemand in ihren Geschäften gestört haben", entgegnete Berlingui.

„Wann hast du jemals einen Fall auf deinem Tisch gehabt, der aufzeigt, wie einer die Mafia gestört hat. Die Einzigen, die die Mafia stören, sind ehrliche und staatstreue Polizisten und Anwälte. Die werden erstens in die Luft gesprengt und zweitens kenne ich bei denen auch nicht so viele Schwarze. Alle anderen kuschen, zahlen oder ducken sich weg. Politiker allen voran."

Berlingui schaute verdrießlich auf den verdeckten Körper zu seinen Füßen.

„Dann lass uns mal anfangen, uns erfolgreich im Kreis zu drehen."

Damit beugte er sich hinunter und deckte vorsichtig eines der Gesichter auf. Zunächst kam ein glatt rasierter Kopf zum Vorschein, der erfreulicherweise so auf dem zusammengebauschten Tuch lag, das dies dadurch die Wunde am Hinterkopf verbarg. Dann die Augen – wie bei einem Schlafenden waren sie geschlossen. Nur der Mund schien durch Schmerz verzerrt. Das Gesicht war überraschenderweise nahezu unverletzt. Erst unterhalb des Kinns sah er den Beginn des zerfetzten Rands des Austrittslochs der Kugel. Schnell legte er das Tuch wieder zurück, bevor Ravanelli den womöglich schlimmer verwundeten Rest des Körpers aufdecken konnte.

„Ich muss ihn noch fotografieren", hörte er hinter sich. Schon war Ravanelli vorgetreten und zog die Decke nahezu gänzlich vom Leichnam. Berlingui wollte sich abwenden, sah in der Bewegung aber noch die von der Brust abwärts verbrannte Haut. Er schluckte und musste doch husten.

„Wie schaffst du's, dir so etwas immer wieder anzusehen?"

„Ich bin wie du an dem Warum interessiert, sonst hätte ich diesen Beruf erst gar nicht gewählt", war die Antwort, „und dazu kommt, dass ich fast ausnahmslos mit den Ergebnissen menschlichen Irrsinns zu tun habe, die diese Frage provozieren, also konnte ich mir ein dickes Fell antrainieren, wie du siehst."

„Und die Schusswunde?" Der Commissario deutete auf die Wunde unterhalb des Gesichts.

„Vielleicht wollte er mit seinem Kopf im Moment des Schusses seinen Mörder noch nach hinten stoßen, also verunglückte der Schuss", mutmaßte Ravanelli mit einem Schulterzucken. Wie immer klang er vollkommen emotionslos. „Der war trotzdem tödlich und er wird nicht viel gespürt haben. Deshalb mache ich von ihm eine Aufnahme. Die Gesichter der anderen sind teilweise übel zugerichtet. Und ihr wollt die Aufnahmen ja sicher rumzeigen?!"
Berlingui verzog das Gesicht.

„Vielleicht lässt sich's so besser ertragen", hörte er Collasso hinter sich und drehte sich um. In einer Hand des Ispettores sah er ein Fläschchen.

„Was ist das?", fragte der Commissario.

„Ein Grappa aus Kastanienfässern. Hilft tatsächlich. Nehmen Sie einen Schluck. Der Carabiniere dort drüben hat ihn mir spendiert. Wenn er Ihnen schmeckt ..."

„Collasso! Wir sind hier nicht bei einer Schnapsverkostung!", zischte Berlingui, setzte aber trotzdem das Fläschchen an, um sich gleich darauf prustend zu verschlucken. Kurz blieb ihm die Luft weg.

„Grappa aus Kastanienfässern also", keuchte er und schlug sich mit der Hand auf den Brustkorb, „zumindest nimmt der den schlechten Geschmack von der Zunge."

„Und lässt die Bilder vor uns wie von einem Weichzeichner manipuliert erscheinen."

„Collasso! Mimen Sie nicht den Betrunkenen!"
Neben ihnen bekam Ravanelli einen Lachanfall.

Albignasego, 10. September 1943

Der Trupp fuhr ausgesprochen langsam. Die ausgebüxten Hühner, die auf der geschotterten Straße ganz in der Nähe des kleinen Flugplatzes im Weg waren und von den ganzen Geschehnissen um sich herum nichts ahnten, hatten keine Mühe zu entkommen. Hinter dem Kübelwagen, der die kleine Kolonne mit Munition vollgestopfter Laster anführte, folgte ein durch das große Gewicht unter der Plane schwankender, erster Büssing-Lastwagen. Aus dessen Dachluke schaute ein Offizier heraus, der seinen Helm lässig aufgesetzt hatte. Die Bändel hingen locker an den Seiten des Kopfes herunter und schaukelten hin und her, da der Offizier mit einem Fernglas immer wieder links und rechts in der nicht allzu großen Ferne hinter Büschen und Bäumen, in vielleicht versteckten Gräben und kaum einsehbaren Kanälen nach Partisanen Ausschau hielt. Hin und wieder ließ er anhalten und wischte sich währenddessen den Schweiß von der Stirn, der nicht durch irgendeine Hitze zustande gekommen war. Anschließend spähte er in die für ihn viel zu übersichtliche und aufgeräumte Landschaft, die sich hier südwestlich von Padua vor ihm erstreckte.

Heute Abend wollte er in Rovigo sein, doch bei diesem Tempo würde er bei Einbruch der Dunkelheit nicht einmal Monselice erreicht haben. Er ließ den Trupp wieder anfahren und bedeutete mit einem Handzeichen, einen Gang höher zu schalten. Sie waren kaum zweihundert Meter weit gekommen, als er in Höhe der *Villa Osti* das lange Rohr entdeckte. Es stach wie auf der Suche nach himmlischen Opfern in Richtung der wenigen Wolken. Nur ein kurzes Zucken am unteren unsichtbaren Ende mit den Griffen und es könnte auf ihn gerichtet sein. Die Breda 20/65 war ihm bekannt genug. Sie hatte eine enorme Durchschlagskraft. Ohne Mühe würde das Geschütz den ganzen Transport in die Luft jagen können. Sie hätten nicht den Hauch einer Chance, sich mit der eigenen mageren Bewaffnung wehren zu können. Nur was hatte das Ding hier noch zu suchen?

Der Kommandant hatte ihm zuvor nichts von drohenden Gefahren mitgeteilt, vielleicht waren es ja auch keine Partisanen, die das Geschütz bedienen würden, aber warum war die Flak nicht wenigstens mit einer Plane abgedeckt und in Ruheposition? Er fluchte leise. Waren nicht entsprechende Verträge ausgehandelt worden? Er gab dem Fahrer ein Zeichen und sie blieben hinter einigen genügend dichten Büschen ein weiteres Mal stehen. Wenn er eine halbe Stunde warten würde, wären vielleicht endlich auch die Panzerkampfwagen da und könnten ihm das versprochene Geleit und damit genügend Schutz geben.

Ohne Unterbrechung starrte er durch den Feldstecher auf das Dach des Gebäudes und wartete ab. Er versuchte die Gefahr auszumachen und eine menschliche Bewegung hinter der vermeintlich niedrigen Mauer zu erkennen. Doch war nichts zu erkennen. Auch hier hatten wohl alle die Flucht ergriffen und waren getürmt. Elende Vaterlandsverräter. In den ganzen letzten Wochen traf er nur auf Menschen, die mit nichts zu tun hatten und niemanden kannten. Natürlich hatte auch keiner von ihnen jemals eine Waffe in der Hand gehabt. Hier war nicht mal eine weiße Flagge gehisst.

Er ahnte natürlich nicht, dass er durch ein Loch in der dunklen Mauer genauso beobachtet wurde. Genauso bewegungslos, genauso abwartend. Sein Gegenüber hatte zwar zuvor die Wehrmachtsabzeichen auf den Fahrzeugen erkennen können, dennoch zweifelte er daran, einen normalen Transport zu sehen, zumal der entsprechende Begleitschutz fehlte und für Leerfahrzeuge fuhren sie viel zu langsam. Kurz überlegte er, Geschichte zu schreiben. Aber er wusste durch Berichte der Verwaltung, dass mit Oppositionellen kurzer Prozess gemacht werden würde. Und ein Oppositioneller war er nun auch wieder nicht. Irgendwann würde dieser Krieg auch mal zu Ende gehen. Und darauf hatte er sicherlich nicht den geringsten Einfluss. Er war genauso bedeutungslos geworden wie sein Flughafen.

Tomè legte das Fernglas zur Seite, wischte sich mit einem Tuch über die Stirn und lehnte sich zurück. Was suchten die hier? Wonach hielten sie Ausschau? Warum fuhren sie so langsam die Straße entlang? Was war unter ihrer Plane? Wollten die etwa das letzte Stück besetztes Land kurz und klein schlagen? *Sein* Flughafen, diese grasgrüne Landepiste, dieser Acker hatte doch schon seit Wochen, eigentlich sogar Monaten, tatsächlich keine Bedeutung mehr. Die letzten großen Aktionen waren schon weiß Gott wie lang vorbei. Hier gab es nichts mehr. Nichts, was wichtig war. Die Breda oben auf dem Dach verteidigte wertlosen Kram. Die wirklich wichtigen Maschinen, wenn es sie überhaupt noch gab, waren in Treviso oder weiß Gott wo. *Also lass uns in Ruhe! Wir tun euch nichts*, dachte er und wedelte mit einer Hand, als wolle er den Trupp damit verscheuchen.

Im Geist sah er den Flieger von Bruno Mussolini noch einmal vor sich abheben. Da hatte er noch an so etwas wie einen Endsieg geglaubt. Da standen die Fronten noch gut. Das war vor nicht einmal zwei Jahren gewesen, Anfang August. Etwas hoppelnd hatte die Piaggio hier Anlauf genommen, um dann in Richtung Bologna und Rom, immer knapp über dem Boden, weiterzufliegen. *Sorci verdi* hatte man irgendwann zuvor auf die Seiten ihres Rumpfes geschrieben. Kurz darauf hatten die Corazzas ihre Trattoria so genannt. Fast jeden

Abend waren sie seitdem dort eingekehrt und Bruno und seine Kumpels seitdem schon längst im abgerissenen Cockpit ums Leben gekommen. Mit einem Flügel in einem Bauernhof bei Pisa stecken geblieben und dann mit der Maschine abgeschmiert. Ein paar wollen gesehen haben, dass Bruno bis kurz hinter Lucca, bis Santa Maria del Giudice von deutschen Maschinen begleitet worden war. Da war die angebliche Freundschaft schon nichts mehr wert.

Fast wie zu erwarten war, hatte sich damals der fast neunzehnjährige Fabrizio, der Obergefreite, der Möchtegern, Sohn dieses kleinen, selbst ernannten Bauunternehmers, der nur halb fertiges Zeugs in die Landschaft stellen konnte, als größter Faschist der Gegend herausgestellt. Als engster Getreuer der Deutschen, die hier schon zu diesem Zeitpunkt keiner mehr mochte. Sein Vater sorgte durch seine zweifelhaften Verbindungen dafür, dass Fabrizio nun Karriere machte, damit er später große Pläne schmieden konnte. Inzwischen war so etwas allerdings militärisch völlig zwecklos. Trotzdem schwadronierte er jedes Mal in der Kneipe über den noch kommenden Sieg.

Doch er fand nicht immer das erhoffte Gehör. *„Wehe uns, wenn sie sich hier häuslich einrichten würden"*, haben die Alten ihm warnend gesagt und noch erklärt, *„guck doch nur, was sie überall hinterlassen. Die wollen nicht Italien stark machen, sondern sich selber."* – *„Und wehe, ihr quatscht weiterhin so einen Blödsinn"*, hat er ihnen dann geantwortet, *„ohne die Deutschen wärt ihr im größten Dreckloch der Erde. Jetzt versuchen sie euren Arsch sogar im Süden des Landes noch zu retten. Aber ihr mit euren roten Träumen, ihr seid ja so schlau und wisst immer alles besser. Ihr elenden Kommunisten …"* Hätte er das Wort gekannt, hätte er von Verschwörungstheorien gesprochen.

Keiner der ehemaligen Soldaten, geschweige denn höherer Dienstgrade zeigte eine Reaktion, als die Nachricht vom Absturz kam. Sie alle waren froh, nicht gefangen genommen oder als Partisan verdächtigt und mit einem Loch im Kopf in einem Straßengraben abgelegt worden zu sein. Aber dieser Fabrizio stand mitten auf dem Kreidekreuz, das den Beginn der Piste markierte, mit verhuelten Augen und sang, nein schrie die *Balilla* der von allen hier ungeliebten Römer. *Fiero l'occhio, svelto il passo, chiaro il grido del valore, ai nemici in fronte sasso, ai nemici tutto il cuore.* Damals in der Euphorie der ersten Tage, als der Duce noch Grund zum Angeben hatte, hätte es Flaviano, Tomès Sohn, vielleicht auch noch getan. Mitgesungen und mitgeheult. Aber irgendwann muss man kapieren, was vor sich geht, was dem Land bevorsteht und der alte Tomè hatte seinem Sohn Gott sei Dank längst Angemesseneres beibringen können.

Tomè spürte einen Windhauch hinter sich und drehte sich um. Ausgerechnet jetzt kam dieser Fabrizio Gibellato und nicht einer seiner Söhne und blubberte etwas vor sich hin. Tomè hob energisch eine Hand und mahnte ihn mit strengem Gesicht, die Schnauze zu halten. „*Sonst sind es vielleicht deine hochgelobten und nun einmarschierenden Deutschen dort drüben, die uns wegblasen werden, weil sie inzwischen hinter jeder Mauer einen Verräter vermuten. Wenn du Lust auf Blei im Bauch hast, geh raus und winke ihnen freundlich zu.*" Aber das letzte Wort musste wieder dieser Knilch haben:

„Natürlich sind das Deutsche, was dachten Sie denn? Unsere einzigen wahren Freunde, die wir noch haben! Zeigen Sie sich, verdammt noch mal, und helfen Sie denen. Oder wollen Sie von den Briten eingelocht werden? Wir haben doch eine gute Kanone", zischelte er von hinten und deutete nach oben.

„Halt die Schnauze, das Einzige, was die tun werden, ist uns tatsächlich umzulegen, wenn wir eine falsche Bewegung machen, Badoglio hat einen Waffenstillstandsvertrag unterschrieben. Das ist Verrat genug für die da drüben. Mein Sohn Stefano hat dafür schon genug büßen dürfen. Den haben die da gestern verhaftet, kaum dass die Briten ihn freigelassen haben. Jetzt wollen sie unser Land besetzen und zeigen, wer Herr im Hause ist. Oder glaubst du, sie machen vorher einen Gesinnungstest mit dir, wie linientreu du bist? Deine Zukunft besteht nicht aus einem Dienstgrad! – Du Idiot! Wenn du Komplexe hast geh zu einem Arzt."
Fabrizio Gibellato schnaubte, schluckte eine unausgesprochene Abfälligkeit hinunter und blieb tatsächlich still, blickte den Alten aber mit ungezügelter Wut an. Seine bebenden Lippen sagten alles. Schon seit dem ersten Tag hier auf diesem vermaledeiten Flughafen dachte er nichts anderes als:
Solche Typen wie ihr und eure Brut waren von Anfang an die eigentlichen Verräter, Deserteure und Kollaborateure. Ihr seid doch die, die unser Land in den Ruin treiben. An eurem mangelnden Engagement ist doch letztendlich alles gescheitert. Deshalb kam Italien nicht vorwärts. Ihr habt weder Anstand noch Vaterlandsliebe. Ihr kneift jedes Mal, wenn es darum geht, dem Land zu helfen. Deshalb hat Badoglio diesen Mist gemacht und die eigene Armee in Aufruhr gebracht. Die einen schlossen sich den Deutschen an, die anderen bekämpften sie. Weiter im Süden rotteten sich die Ersten zusammen, um folglich gegen die eigenen Leute zu kämpfen. Alles mutlose und das eigene Vaterland hassende Idioten. Wie damals die, die mich verprügelt und mir gedroht hatten: Du und deine großmäuligen Freunde, ihr seid schuld und vermehrt euch auch noch wie die Karnickel! Jetzt werdet ihr dafür büßen. Alle nacheinander!

Sein Vater hatte ihn immer gewarnt und gesagt: *Du wirst schon sehen, zum Schluss fallen sie uns sogar noch in den Rücken, verraten uns, die Idee und das Land.* Wie diese Tomès und deren Sohn Stefano. Wochen später war ihm nämlich eingefallen, wessen Stimme er damals gehört hatte, und es seinem Vater gesagt. Wochen später wusste er deshalb, warum er diese Familie für immer hassen würde. Wochen später verurteilte sein Vater ihn dazu, auf diesem Flughafen etwas Nützliches für Italien und seinen eigenen Werdegang zu tun. *Mit Flughäfen wird die Welt erobert.*

Ja, das hatte sein Alter gedacht, vielleicht gehofft. Nichts war's. Wenn es so gewesen wäre, hätte er doch auf einem richtigen Flughafen Dienst tun müssen. Statt auf so einer Dorfpiste, die eher eine Wiese war. Nun gut, die Tarnung war zwar nahezu perfekt, aber einen Krieg gewinnen konnte man mit so was nicht. Und dieser Stefano. Verhaftet? So ein Quatsch. War doch klar, was der wollte. Zu den Partisanen und dann weiter eifrig Leute verprügeln und denunzieren. Untergetaucht war der. Nichts anderes. Mit einem ganzen Dutzend Freigelassener. Das wusste er von einem Mann aus der Bar. Warum sollte der gelogen haben?

Was würde passieren, wenn er jetzt rausrennen würde, um sich zu zeigen, sich zu stellen, um vielleicht überlaufen zu können? Die schießen doch nicht einfach so, oder? Hatte er irgendetwas Weißes dabei. Mit beiden Armen in der Luft und einem solchen Tuch wäre doch klar, dass er nichts von ihnen wollte ... Einen Versuch war es wert.

Der Tross da vorne ruckte wieder an. Weder der Offizier auf dem Laster noch der alte Tomè hatten bemerkt, dass sie sich vorher für eine kurze Sekunde gegenseitig in die Ferngläser schauten. Beide mit einer guten Portion Furcht, den letzten Einsatz zu haben. Der

Offizier klopfte auf die Plane hinter sich, rief etwas halblaut seinen Männern zu und verschwand durch die Dachluke nach unten. Kurz darauf drehte sich Tomè um, der junge Gibellato hatte sich davongeschlichen. Auch gut! Auf diesen Obergefreiten musste er jetzt nicht auch noch aufpassen. Der war groß genug. Kaum zehn Minuten später war auch von dem Trupp nichts mehr zu sehen, genauso wie von diesem Fabrizio. Sollte er doch denen hinterherrennen. Dieser Idiot. *Der* Krieg war hier vorbei.

Aber dieser Gibellato war ein Abenteurer. Am ersten Tag meinte er, eigentlich gehöre er an die Front, nur dort würde das Land verteidigt werden. Hier im Hinterland ducke sich ja jeder weg. Als er ihn zurechtweisen und daran erinnern wollte, wer von diesem Flughafen genau dies schon versucht hatte, erntete er nur ein verächtliches Aufschnauben und: *Ja? Wirklich? Und, wo sind die nun, die meisten haben wohl nicht richtig getaugt, haben sich abschießen lassen und jetzt, wo wir gute Piloten hätten, gibt es keine Maschinen mehr.* Commandante Tomè blieb nichts anderes übrig, als ihm außerhalb des Dienstes einen verschärften Stubenarrest zu geben, den er bei einem nächsten Mal in der Zelle verbringen würde.

Tomè schaute noch einmal durch das kleine Fenster, weder der Trupp noch sonst irgendwelche Fahrzeuge waren zu sehen, vielleicht würden sie es nicht ohne Störungen bis zur Po-Ebene schaffen. Überall erzählte man sich, wie die Deutschen die ehemaligen Verbündeten ein verräterisches Lumpenvolk nannten und dieses sich zu wehren begann. Aber was hatten sie Italien nicht alles versprochen? Und was davon gehalten? Tomè verzog das Gesicht, winkte ab und verließ seinen Posten. Egal, was folgen würde, es gab genug zu tun, da spielte es keine Rolle, wer dieses Land regierte.

Draußen angekommen sah er Alberto zu sich herüberkommen. Schon von Weitem sah er das Grinsen in seinem Gesicht.

„Jetzt hat er die freie Wahl: Deutsche, Badoglio und Pavolini. Der hat gestern die Gegenregierung ausgerufen."

Tomè drehte sich um und schaute nach Süden, als könne er Gibellato noch laufen sehen.

„Was bringt es. Es gibt doch schon genug Tote. Jetzt bringt jeder jeden um, weil sie sich Verräter nennen."

26. März, 6 Uhr 15

„Also doch Schwarzafrikaner?"
Collasso nickte.
„Illegale?"
Collasso zuckte mit den Schultern.
„Identifiziert sind die also noch nicht?"
Collasso schüttelte den Kopf.
„Wie denn?"
„Angenommen, die anderen im Auto sind auch *negri* …"

„… *africani*!", verbesserte ihn der Ispettore und betrachtete die beiden Toten, die Ravanelli abgelichtet hatte, auf dem Bildschirm des mitgebrachten Laptops wieder eingehender.

„Collasso! – Also angenommen. Dann könnten wir verdammt lange suchen, nämlich bei den Typen, die an jeder Ecke Taschen verkloppen, die da draußen Drogen verhökern, die …"

„… als illegale Arbeiter in den Häfen oder auf Baustellen und was weiß ich herumlungern. Klar. Wollten Sie das sagen? Aber dann inszeniere ich keine öffentliche Massenhinrichtung. Möchte ich unter den Illegalen richtig und effektiv Angst aus so einem Grund schüren wollen, mache ich es genau andersrum, dann bring ich einen nach dem anderen um und sorge dafür, dass entsprechende Gerüchte sich rasend schnell verbreiten. Nein, mit dieser Abschlachterei hat man anderen etwas mitteilen wollen. Wer weiß, vielleicht waren sie gerade erst mit ihren Booten angekommen."

„Sie reden schon wie Ravanelli!"
Berlingui schüttelte den Kopf, schaute mit vorwurfsvoller Mine den Ispettore an und dann wieder zu den Bildern der Leichen, dabei fuchtelte er mit den Händen herum.

„Und Sie haben sicher auch schon eine Idee."
Den stichelnden Ton missachtete Collasso und antwortete:

„Ehrlich gesagt, habe ich keine Ahnung, aber, wenn ich mir deren Statur anschaue, kommen für mich frisch angekommene Flüchtlinge schon mal nicht infrage. Die Konstitution erscheint mir zu gut. Die meisten haben Horrorüberfahrten hinter sich. Sind tagelang ohne Essen mit höchstens einem halben Liter Wasser in ihren kleinen Schiffchen unterwegs."

„Also?"
„Ich glaube, unsere Taschenhändler können wir auch ausschließen. Eher Drogenmilieu oder Straßenstrich. Die beiden da sehen aus, als wenn sie keinen Stein auf dem anderen stehen lassen würden, wenn man ihnen falsch kommt."

„Na ja, viele Steine können das aber nicht gewesen sein. Angeblich waren sie sehr jung, bevor man sie ausgeschaltet hat. – Drogen könnte allerdings passen, den Strich kontrollieren meines Wissens die Russen. Oder hat Chiara inzwischen andere Informationen?"

„Chiara geht nicht auf den Strich, verdammt noch mal!"

„Entschuldigung! Das habe ich ja auch nicht so behauptet."

„Chiara arbeitet in einem anständigen Haus. Da haben diese Art von Russen nicht einmal Zugang."

„Außer mit Gewalt, weil sie bestimmte – nun ja – Situationen oder Besitzverhältnisse ändern möchten."

„Sie meinen, den Laden übernehmen?"

„Wenn Sie das übernehmen nennen?"

„Und die zwei dort sollten dann die Drecksarbeit erledigen?"

„Was weiß ich! Es könnte doch eine Option sein?!"

„Sarahs Laden der Grund für dieses Massaker?"

„Nein! Natürlich nicht!" Berlingui stand auf, sauer und wütend auf sich selber, weil er es einfach nicht lassen konnte, Collasso zu triezen, wenn es um Chiara ging. Als sei er selber der moralisch Unantastbare. Aus dem Fenster in den inzwischen wolkenlosen Himmel schauend, fuhr er nun etwas sanfter fort: „Aber vielleicht ein Laden, der auf deren langen Liste steht – ohne dass Sie eine Ahnung davon haben."

„Vielleicht suchen wir auch im ganz falschen Umfeld? Wenn wir den Eigner des Wagens ..."

„... der ihn womöglich als gestohlen gemeldet hat."

„... finden, wissen wir unter Umständen mehr."

„Wie soll das denn gehen? Erstens könnte er, wie gesagt, tatsächlich gestohlen sein. Zweitens, wenn er reich ist, was er nicht sein wird bei so einem Auto, war er dann deren Arbeit- beziehungsweise Auftraggeber? Oder wenn er nicht reich ist, gehörte er mehr oder weniger zu der Gruppe und wohnte zusammen mit denen in einem Problemviertel und ist dann dadurch gleich einer der Verdächtigen, weil er den Schlüssel weitergegeben hat?" Wieder provozierte Berlingui.

„Chef!! Natürlich nicht, aber wir hätten einen Ausgangspunkt."

„Der doch aber genauso gut aus Zufall entstanden sein könnte."

„Aber der es wert sein könnte, untersucht zu werden."

„Nutzlos. Die Karre wird uns nicht weiterbringen."

„Ich organisiere mal einen anständigen Espresso."

Es klang nicht nur erschöpft und frustriert. Sein Chef war ohne seine Droge wieder einmal nicht zu gebrauchen. Collasso verdrehte die Augen.

Der Ausgangspunkt erscheint mir am vernünftigsten."

„Dann bringt uns das auch weiter!"

Mestre, 27. März 1944

Sein Vater hatte ihn in den letzten Monaten ermahnt, sich in die Nähe der Türen zu setzen. Wenn alles über ihm zusammenbrechen sollte, wäre er auf jeden Fall immer schnell wieder draußen. Und der Türstock hielt meist ein wenig länger dem Druck von oben stand. So hockte er nun am Ende der *Via Piave* in Nähe der *Via Felice Cavalotti* im Bunker 100, einem der wenigen und deshalb natürlich überfüllten Luftschutzkeller der Stadt, und hörte am Türsturz hockend durch deren Fugen die dröhnenden Sirenen der Stadt.

Vorher hatte er sie kommen sehen. Brummend flogen sie langsam und elegant wie eine Formation Wildgänse heran, waren längst an Marghera und den Raffinerien vorbei. Es waren die Amis. Es waren *Gott sei Dank die Amis*, riefen die Menschen auf dem Platz vor dem Bahnhof um ihn herum und schauten fasziniert nach oben. Die würden von ihnen nichts wollen, keine Bomben werfen. Auch wenn sie den Faschisten die Treibstoffe vernichten könnten. Aber das spielte doch jetzt keine Rolle mehr. Jetzt, wo der Krieg doch so gut wie zu Ende war, sie aufgegeben und die Aliierten das Land schon fast erobert hatten. Jetzt ging es nur noch darum den Deutschen ihre Macht und Schlagkraft zu zeigen. Dieser hatte niemand mehr etwas entgegenzusetzen. Schon gar nicht die paar Flieger der Deutschen.

Als die viermotorigen Maschinen begannen aus den Wolken herabzuklettern und dadurch ihr beruhigendes Aussehen in Opfer suchende Greifvögel veränderten, sich ihr Brummen in ein unmissverständliches Grollen verwandelte, schrie in ihm eine innere Stimme und er begann zu laufen, während die anderen in den Straßen stehen blieben und den Flugzeugen zuwinkten, deren Manöver und Abzeichen sie nicht erkennen konnten oder wollten. Wer wusste schon, welche Maschinen da über ihnen herumflogen?

Es waren kaum mehr als hundert Meter. Er rannte und keuchte. Trotzdem erschien die Strecke unendlich und er glaubte, das Ziel nicht zu erreichen. Endlich sprang er ein paar Stufen hinunter und stürzte in den Raum. Die Luft in ihm empfing ihn wie ein Faustschlag. Sie traf ihn hart wie Beton und voller Staub. Geschwängert mit einem bestialischen, säuerlichen Gestank. Eine Mischung aus abgestandener Luft, Zigaretten, Schweiß und Ausscheidungen aller Art. Der Raum war überraschend voll. Hatte er nicht all die Menschen vorher noch den Fliegern zujubeln sehen? Nun drängten sie sich an den Wänden und aus der wabernden Menge entfuhren ständig Seufzer der Angst. Alle versuchten in der Tiefe des nahezu dunklen Raums ein vermeintlich sicheres Plätzchen zu finden, während ein Pope unablässig mit erhobenen Händen betete. Der Raum hatte jedoch keine Chance, seiner Aufgabe Herr zu werden. *Sia fatta la tua volonta, come in cielo cosi in terra*[1].

---

[1] Dein Wille geschehe, wie im Himmel so auf Erden.

Über ihm eine mit Fliesen verkleidete Decke aus deren Mitte eine einzelne, von einem eisernen Korb umhüllte Glühbirne baumelte. Der Boden bestand nur aus getretenem, vollkommen unebenem Lehm. An einer Handvoll Stellen war er feucht vom Urin. Einige hatten sich wohl in ihrer Angst erleichtern müssen. Vielleicht harrten sie auch schon seit Stunden hier aus. Manchen Kleidern sah er dies sogar an, genauso wie Kinder, die sich mit schreckgeweiteten Augen in ihre Hosen schissen. Jetzt hatte er ohnehin nur noch Platz an der Tür, weil alle anderen glaubten, tief in diesem Keller in Sicherheit zu sein. Eine Sirene verstummte abrupt und das Zittern der Erde mutierte. Anfangs war es ein leichtes Vibrieren, doch wurde es mehr und mehr zu einem ständig stärker werdenden Beben, während das Donnern, Grollen und Dröhnen tosend, kreischend und brüllend alle Sinne betäubte. *Ma liberaci dal male*[2].

Der Gestank des Bodens verband sich mit dem Lärm über seinem Kopf. Mit dem Staub am Boden, der wie eine Nebelschwade über ihm schwebte. Die wenigen Farben zu einem widerlichen Schmerz und dieser wieder vermischte sich mit Clustern aus Empfindungen, Panik und Gräuel. Unaufhörlich näherten sich die Einschläge und er kauerte sich tiefer in die Fuge zwischen der rauen, feucht gewordenen Wand und dem bald schwimmenden Boden, der im Schein der schwachen Lampe an eine zähe Wasserfläche erinnerte. Er war überzeugt, dass solche Räume auch hätten anders gebaut werden können.

Er versuchte aufzustehen und griff über sich nach der Klinke der Tür. Im gleichen Moment zerbarst die Birne, bevor eine Welle der vier Elemente den Raum aufzublähen schien. Erst dann kam die Explosion. Flaviano drückte die Klinke und rannte die Stufen nach

---

[2] Sondern erlöse uns vom Übel.

oben. Noch einmal hörte er den Geistlichen verzweifelt flehend beten, *prega per noi peccatori, adesso e nell'ora della nostra morte[3]*, aber im nächsten Moment der Detonation hatte dieser aufgehört. Hinter sich schauend, sah er nur noch die züngelnde Fratze eines vernichtenden Feuers, aus dem Nichts entstanden, dann presste ihn der Druck auf die oberste Stufe und die Flammen brandeten an seiner Jacke fressend hoch zur Straße.

Einige Minuten verstrichen und er richtete sich hustend und Dreck spuckend auf, sah hinauf in den nun schmutzig grauen Himmel, in dem das Brummen allmählich leiser wurde, währenddessen hinter und über ihm noch Explosionen in der Stadt zu hören waren. Ohne sich noch einmal umzudrehen, hastete er auf die Straße. Viele Jahre später sollte er erfahren, dass ausgerechnet die Amerikaner wenige Wochen später genau auf diesem Bunker, in dem so viele Menschen starben, ihren Sieg feierten und dessen Decke zum Tanzboden machten.

Ohne Ahnung davon hetzte er nun also an zerschossenen Häusern vorbei in die Straße, in der seine Tante wohnte, und blieb nach wenigen Metern stehen. Die Fassade des Hauses war zur Straße hin eingebrochen. Im zweiten Stock konnte er in die kleine Küche sehen. Der weiße Tisch und die zwei Stühle standen in ihr, als sei nichts geschehen. Sogar das Geschirr schien unversehrt auf ihm zu stehen. Über Trümmer steigend erreichte er den Eingang. Statt der Tür gab es nur ein Loch. Dahinter das Treppenhaus. Voller Steine, Staub, Dreck und Mauerresten. Doch schien es in Ordnung zu sein. Hastig eilte er die knirschenden Stufen hinauf. Auch die Wohnungstür hatte es aus den Angeln gerissen. Unter ihr stehend rief er den Namen seiner Tante.

---

[3] Bitte für uns Sünder, jetzt und in der Stunde unseres Todes.

Zia Sofia. Zia Sofia. Aber er erhielt keine Antwort.

Vorsichtig betrat er die Wohnung. Von seiner Tante keine Spur. Nicht im ersten Raum zur Linken, nicht rechts im Bad. Etwas erleichtert atmete er auf. Im nun zerstörten Bunker hatte er sie auch nicht gesehen. Sie hatte vielleicht ein besseres Versteck. Dann stand er in der Küche und schaute über den mit Steinsplitter übersäten Tisch nach draußen. Auf dem zersprungenen Teller lag neben dem angebissenen Brot ein Stück Stuck aus der Decke. In der Tasse noch Kaffee. Zu seinen Füßen die kaputte Küchenuhr. 13 Uhr 29 zeigte sie.

Als er die Hände in die Hosentasche schob, fand er den Zettel mit der Adresse seiner Tante, den er von seinem Vater bekommen hatte, während er ihm noch zusätzlich Ratschläge gab. *Da ist es sicherer als hier. Bleib ein paar Tage. Und lauf nicht so viel herum! Man weiß nie. Die Leute schwätzen manchmal.*

Also hatte er sich vorgenommen, unauffällig zu bleiben und sich vielleicht ein wenig umzuschauen. Doch nicht nur dieser Plan war jetzt zerstört, sondern auch das Haus seiner Tante. Wie könnte er sie nun finden? Würde er es überhaupt? Er beschloss, die Zanchettis zu suchen, zwei Straßen weiter. Vielleicht war dort nichts zerstört. Vielleicht war sie bei ihnen, sie waren ja alte Bekannte seiner Tante. Vielleicht konnten sie helfen. Vielleicht... vielleicht... er mochte nicht daran denken. Er sah vom Zettel wieder hoch, hinaus auf die andere Seite der Straße, auch da waren die Häuser beschädigt, nur etwas weiter links sogar gänzlich zerstört. Durch die Lücke konnte er in die nächsten beiden Straßen hineinschauen. In einer von diesen war das alte Stammhaus der Familie Gibellato, die sich dann in Padua ein Haus gekauft hatte. *Die sollen auch wieder in Mestre sein und deren spezielle Freunde sowieso. Sie planen den Wiederaufbau wie ein Syndikat*, hatte sein Vater gemeint.

Sofort war ihm eingefallen, wie dieser schmächtige Obergefreite ihn vor ein paar Jahren immer wieder geärgert hatte. Meinte, er müsste den Starken, den Wichtigeren gegenüber ihm mimen. Und mit dem Geschäft seines Vaters angeben.

„Was wollen die in Mestre? Ich dachte, die sind in Padua?!", fragte er zurück.

„Ihre Geschäfte besprechen und vorantreiben. Jetzt, wo es so vieles instand zu setzen gibt. Und davon profitieren, dass sie so viele Leute kennen."

„Und vielen ein Bein stellen können."

Auch daran erinnerte sich Flaviano sofort. Gibellato hatte ihn nie für voll genommen, ihm war egal, dass er der Sohn des Flughafenkommandanten war, er mäkelte an allem herum. Wusste und konnte alles besser. War eingebildet hoch drei. Mal war die Munition nicht richtig aufgeräumt, mal der kleine Lastwagen im Weg, mal die Mulis zu laut. War seine Laune ganz mies, schubste er ihn herum oder ließ ihn stolpern. Und damals, bei der Fahrt mit dem Laster, hatte er tatsächlich mitbekommen, dass nicht Alberto, sondern er am Steuer gesessen hatte, und ihm und Alberto gesagt, er würde es der richtigen Stelle mitteilen. Danach zahlte der junge Tomè sozusagen Schweigegeld. Er würde diesen Kerl also wirklich nicht vermissen. Der konnte seine Spielchen treiben, mit wem er wollte.

„Wo ist der seinerzeit eigentlich hin?", fragte er seinen Vater.

„Abgehauen ist er, als die Deutschen kamen. Mit hochgereckten Armen und einem weißen Taschentuch. Dachte wohl, er allein könnte Italien retten. Vielleicht zusammen mit denen. Spätestens, wenn der Krieg vorbei ist. Deutsch hatte er auch ein wenig gelernt. Als wenn die auf ihn gewartet hätten. Aber er hat die ganze

Zeit davon geträumt mit dem gut gehenden Zimmermannsgeschäft seines Vaters alles wieder aufzubauen. Allein, versteht sich. Sein Vater hat den Namen bekannt gemacht und an ziemlich vielen Häusern mitgebaut. Auch häufig Sachen erledigt, für die er eigentlich nicht zuständig war, Elektrik, Fenster oder Estriche. Das spricht sich rum. Da wollte er ganz groß einsteigen."

„Wer weiß, was die Deutschen mit ihm gemacht haben?! Vielleicht sitzt der nun in einem Kerker. Und sowieso: Ist doch alles kaputt. Elektrik, Fenster und Estriche. Das kann er jetzt also vergessen."

„Das warte mal ab. Das passt denen genau rein. Die wissen inzwischen, wie es geht. Der Vater ist vielleicht zu alt und jetzt ist der Krieg dazwischengekommen, aber sein Sohn hat einen ungesunden Ehrgeiz, dem kam dieser Krieg gerade recht. Und er geht sicher davon aus, wenn er auf der richtigen Seite steht – wie es gerade passt, ist er mal Monarchist, mal Faschist –, kriegt er mehr vom Kuchen ab. Dann kann er Häuser ein zweites Mal bauen. Aber ich glaube, seit einem halben Jahr gibt es in Italien keine richtigen Seiten mehr."

Der alte Tomè schlug Flaviano auf die Schulter.

„Du kannst ihm ja zeigen, wie man's richtig macht. Wie sieht's aus? Soll ich mal mit dem Onkel sprechen?" Flaviano hatte genickt und gleichzeitig mit der Schulter gezuckt. Mit dem Onkel sprechen. Und dann? Bei den paar reichen Leuten hier in ein oder zwei Jahren Kloschüsseln einbauen? Wenn, dann wollte er für alle etwas tun. Nicht so großkotzig und angeberisch wie dieser Gibellato es kundgetan hatte. Aber vielleicht hatte sein Vater recht, und damit wäre ein Anfang gemacht. Er hatte ihn angesehen und dann doch genickt. Doch nun war dieser Plan wohl zerstört, denn die Straßen dort drüben waren auch in Mitleidenschaft gezogen.

26. März, 7 Uhr 30

„Haben Sie endlich seine Unterschrift?"
„Ja wie denn?! Seit bald sechs Wochen liegt er im Krankenhaus. Schwerer Herzinfarkt. Sie kennen die rechtlichen Gepflogenheiten. Stirbt er, könnten wir wenigstens die restlichen Anteile an seinem Unternehmen kaufen. Das habe ich abgeklärt. Sollte er rauskommen, machen wir Druck, und ihm bleibt nichts anderes über, als endlich das letzte Tafelsilber zu verkaufen. Ansonsten müsste mich der Bauträger beauftragen, die ausstehenden Bereiche zu übernehmen. Aber so ..."
Seine Nervosität war nicht zu überhören.
„Sie wissen, dass man ungeduldig wird. *Ihre* Gläubiger kennen leider nicht das Wort Geduld. Wenn Sie nicht seine Leistungen übernehmen können oder dürfen – ich hab' ja keine Ahnung, wie das bewerkstelligt wird –, haben die Sie am Wickel. Dann können Sie die Bude zumachen und es werden andere gesucht. Fertig, Schluss und Feierabend. Weil Sie nämlich dann nicht weitermachen können. Ihnen wird der Hahn zugedreht. Und das bei den Verpflichtungen, die Sie bereits eingegangen sind. Vielleicht hätte es Ihnen gutgetan, von Anfang an etwas kooperativer gewesen zu sein. Bis nun die Verträge um-, beziehungsweise die betroffenen Lose neu ausgeschrieben sind, ist Ihr letztes Geld längst verdampft – wenn es überhaupt noch Ihr Geld ist –, weil Sie bezahlen mussten, ohne selbst Geld vorher eintreiben zu können. Und an das, was mit dem Bau zu tun hat, mag ich gar nicht denken ... Mann! Die Hyänen stehen jetzt schon Schlange! Und den Zeitungen sind sie dann nur noch Abgesänge wert. Wissen Sie überhaupt, was Sie da bauen? Geht das daneben, sind Sie ruiniert! Dann sind sie weg vom Fenster. *E l'affare è andato a monte.* Und das Geschäft ist geplatzt."

„Jetzt übertreiben Sie mal nicht. Von einer Pleite bin ich noch ein ganzes Stück entfernt. Dass der Bau nicht vorankommt, liegt ja nicht an unserer Firma. Dafür tragen auch *Sie* eine ganze Menge Verantwortung. Oder wer hat die Lieferungen gestoppt? Ohne Material kann keiner bauen. Flexibilität würde auch Ihnen gut stehen. Kann ich etwas für das Unvermögen der anderen?"

„Selbst, wenn es so wäre, spielt das in diesem Moment nicht die geringste Rolle. Hier geht es um Geld! Geld und nochmals Geld. Das verliert nämlich keiner gern. Und draußen auf der Baustelle sieht man nur die, die das Ding hochziehen, die arbeiten. Aber da draußen zieht gerade keiner was hoch oder arbeitet. Da ist Totenstille auf der Baustelle. Wenn Sie wollen, können wir beide ja mal rausfahren und ihre angeblich arbeitswütigen Leute besuchen. Dann werden wir ja sehen, ob Sie den Mund immer noch so voll nehmen. Denen geht's nämlich nicht um Material, sondern die wollen ihre ausstehenden Löhne und die Banken – wie gesagt – wollen ihr Geld für das, was sie vorfinanziert haben, wieder zurück. Aber wer nicht baut, erfüllt nicht seine Aufgaben, kann somit keine Rechnungen schreiben, bekommt daher kein Geld."

„Ich sage es Ihnen noch mal: Ich bin meilenweit von einer Zahlungsunfähigkeit entfernt. Alle Beteiligten sollten allmählich wissen, dass ich nur nach erbrachter Leistung zahle. Das sind meine Spielregeln und die waren von Anfang an bekannt. Wenn andere dabei verlieren, kann ich jetzt nicht das Betteln für die übernehmen. Dann müssen sie halt ihren Laden abgeben."

„Und ich bleib dabei: Da draußen wird schlicht und einfach nichts fertig. Es wird dabei keine Rolle spielen, ob Sie deren Läden übernehmen können. Das kostet mehr Geld, als Sie sich denken können. Sie sind nun mal in erster Linie davon betroffen. So ist das nun mal."

„Dass ich die ganzen Planungen für dieses Projekt vorfinanziert habe, interessiert wohl keinen? Wenn ich *mein* Geld da rausziehe, nenn ich Ross und Reiter, erzähl ich meinen Freunden von der Presse die Vorgeschichte und dann werden wir ja sehen, wie ihr alle reagieren werdet."

„Mitfinanziert mit Krediten. Schade nur, dass diese sogenannten Freunde auch schon Geld von anderer Seite kassiert haben und manches davon von den Banken stammt, die es in dem Fall nicht interessiert, *was* Sie geplant und vorfinanziert haben, sondern in welcher Geschwindigkeit und Effizienz *jetzt* gebaut und fertiggestellt wird, damit so schnell wie möglich die Erträge fließen und die Refinanzierung stimmt. Und die stimmt erst dann, wenn alles pünktlich fertig ist. Nicht in etwa dann oder dann, sondern pünktlich. Verstehen Sie das? Dieses *Pünktlich* ist in vier Monaten, falls sie noch einmal daran erinnert werden wollen. Und da gibt es keinen Tag zusätzlich, weil der Rasen noch nicht ganz fertig ist. Da gibt es keinen Spielraum! Vier Monate, dann ist Saisonstart. Oder glauben Sie etwa, die Leute von der Serie B verschieben wegen Ihnen die Termine. Die wollen hoch hinaus, die wollen das Stadion in der nächsten Saison in einer anderen Liga nutzen."

„Ich sagte ja bereits, ich hatte das Material rechtzeitig bestellt. Und ich zahle es auch erst, wenn es geliefert wurde."

„Bestellen kann man alles im Leben. Zu jeder Zeit. – Nur wann dann die Lieferungen erfolgen, das bleibt oft ein Geheimnis. Material zu bestellen, ja, zu bezahlen ist nicht alles. Ihre Männer können davon ein Lied singen. – Wissen Sie, mein Lieber, da gibt es eine ganze Menge Leute, die im Vorfeld genickt haben, obwohl sie das Projekt nach wie vor für verrückt halten, allerdings glaubten die da noch, ihre eigene Karriere hinge davon ab.

Und wenn die das Gefühl haben, dass diese dann doch nicht in die Gänge kommt, weil geschlampert oder spekuliert wurde, weil Hauptakteure plötzlich widerspenstig werden, hängen die ihr Fähnchen an einen anderen Mast. Einen Tag später steigen die aus dem Projekt aus und lassen sich auszahlen – und wie das funktioniert, auch wenn nicht ein Cent geflossen ist, muss ich Ihnen wohl nicht erklären. Auf jeden Fall würde das die Sache zusätzlich teuer machen – für Sie. Also kommen Sie endlich Ihrer Aufgabe nach!"

Treviso, 8. April 1944

Die Meldung kam am frühen Morgen über den Fernschreiber. Ein Blick auf das Papier genügte. Bestätigte nur seinen Verdacht, nach allem, was er schon gehört hatte. Denn die Gerüchte hatten die anderen Dörfer, Gemeinden und Städte Venetiens schon vor Stunden, noch am Abend zuvor, flutwellengleich erreicht und in Angst und Schrecken versetzt. Sofort setzte er sich in den Alfa seines Vaters und versuchte von Mestre nach Treviso durchzukommen. Doch auf den Straßen, diesen Pisten, war die Hölle los. Schon bald kamen ihm Lancia-Pritschenwagen entgegen, unter deren Planen leblose menschliche Körper zu erkennen waren. Hinter Scorzè reihte er sich in eine unendlich erscheinende Schlange von Militärfahrzeugen, Feuerwehrautos, Pkws und mit provisorischen roten Kreuzen bemalten Lastern ein, aber es war ein mühevolles Weiterkommen.

Kilometer später hatte er die Nase voll und stellte den Wagen in einem Feldweg ab. In den würde sowieso niemand mehr hineinfahren, ein zerschossener Panzer stand keine fünfzig Meter weiter und blockierte tonnenschwer und mit abgerissenen Ketten die restliche

Zufahrt. Als wenn er noch etwas retten könnte, stieg er wie ein Getriebener aus und begann zu laufen. Mitten auf der Straße zwischen den Fahrzeugen hindurch. Minutenlang. Was für ein sinnloses Unterfangen. Für die geschätzten, über fünfzehn Kilometer würde er Stunden brauchen. Vielleicht den ganzen Tag. Der Weg war vollkommen ausgefahren, vielleicht auch zerbombt, holprig und übersät mit Schlammlöchern. Immer wieder kamen ihm Menschen entgegen, die ihn verstört und herumirrend anrempelten. Seine Uniform, die er extra noch angelegt hatte, allerdings ohne Epauletten, war jetzt eher Provokation als Hilfe.

Gegen Mittag kam er, nachdem er gen Osten quer über die Felder zur *Via Terraglio* gelaufen war und ihn ein Mannschaftswagen wenig später den letzten Kilometer mitgenommen hatte, in der *Via Santa Margherita* an, beziehungsweise in das, was von ihr übrig geblieben war. Über den rauchenden und zum Teil noch brennenden Ruinen rechts neben sich sah er den schlanken Turm der *Chiesa di San Leonardo*, der sonst von hier nicht zu sehen war. Eingekesselt von einer Häuserfront, die gänzlich ihr herrschaftliches und prachtvolles Äußeres verloren hatte. Eine Schlucht schwarz verbrannter und fensterloser Wände. Zerklüftet, zusammengehauen und zerstört. Auf deren Grund sich Schutt, Schrott und Scherben türmten. Hier und da loderten noch Flammen aus den Mauern, machte sich Gestank zusammen mit verkohlten Seelen auf den Weg in den Himmel. Ein normales Durchkommen war unmöglich, als wäre er hier noch nie gewesen, musste er sich orientieren.

Für die restlichen zweihundert Meter bis zum *Palazzo dei Trecento* brauchte er daher fast eine Stunde. Er fühlte sich wie ein Amputierter, wie einer, dessen Körper in dem Schutt und Durcheinander, den Resten des gestrigen Angriffs und zwischen den erschossenen und zugedeckten Leibern um ihn herum zu versinken drohte. Vor dem kolossalen und gestern noch imposanten Palazzo setzte er sich auf herabgefallene Trümmer. Versuchte er zur Ruhe zu kommen und ließ gleichzeitig seiner Wut, seinen Gefühlen und Tränen freien Lauf. Durch seinen Kopf schoss ein undefinierbares Konglomerat von Gedanken, alter Gesprächsfetzen und Erinnerungen. Er war unverwundet, sein Gesicht jedoch schmerzverzerrt. Geschockt, erschlagen und entkräftet suchte er nach Antworten. Was sollte dieser brutale und sinnlose Angriff? Die wussten doch genau, dass an einem solchen Tag, gestern, Karfreitag, viele Menschen in der Stadt sein würden. Was für ein Rachefeldzug steckte dahinter? Die Messen waren trotz des Krieges gut besucht, daran änderte kein Kampf etwas. Im Gegenteil. Selbst seine Eltern gingen seit Monaten erst recht regelmäßig in die Kirche. Jedes Gebet konnte und sollte weitere Tote verhindern, so dachten sie, so dachten die anderen, und danach gab es genug, was besprochen werden konnte und musste. Wie sollte es weitergehen, wenn alles vorbei ist? Wem konnte man noch vertrauen? Wer sollte führen, regieren, den Wiederaufbau leiten? Die Menschen beruhigen? – Aber so eine Zerstörung schien selbst ihm zu viel zu sein. Wieder fluchte er und erhob sich schwerfällig, wischte mit beiden Händen die Tränen aus seinem Gesicht und schleppte sich ein paar Schritte weiter. Das deutsche Hauptquartier hätte man auch anders ausschalten können. Dafür gab es Spezialisten. Dafür musste man nicht mit unzähligen B-17-Bombern in diesen Tagen noch ein solches Blutbad anrichten.

Als er von der *Via Calmaggiore* in die *Paris Bordone* blickte, sah er nichts mehr von der ehemaligen Pracht, von der viel gepriesenen Herrschaftlichkeit, nur noch den schwer beschädigten Dom und das fehlende Haus, das er aufsuchen wollte. Jetzt noch in den Ruinen nach Überlebenden zu suchen, war zwecklos. Diese Wucht der Zerstörung hatte niemand überlebt. Wie vielleicht seine Eltern am Tag zuvor in der Kirche während der Karfreitagsmesse sank er nun auf die Knie. Betrachtete ungläubig und fassungslos das Geschehene, das Ergebnis der Apokalypse um sich herum und begann mit sich selber zu hadern. Doch keiner der Konjunktive konnte jetzt noch helfen.

Plötzlich stand ein alter Mann neben ihm und schlug ihm mit einem Stock auf die Schulter.

„Hör auf zu heulen wie ein *piagnone*, du bist doch kein Jammerlappen! Wenn ich richtig sehe, bist du sogar bei der Luftwaffe gewesen." Mit den letzten Worten stieß er seinen Stock auf das staubig gewordene Symbol auf der Jackentasche. „Wenn ihr schon nicht da wart, als man euch brauchte, dann sei wenigstens *du* jetzt ein Kerl! Steh auf und hilf! Uns, deinem Land, deiner Familie. Wir haben schon viele Kriege überstanden, und zumindest *du* kannst noch viele überstehen."
Erbost schaute Gibellato den Alten an.

„Meiner Familie kann keiner mehr helfen. Unser Haus steht nicht mehr. Das hat mit meiner Uniform nichts zu tun!"
Mit einer fahrigen Handbewegung deutete er auf die zertrümmerte Fassade vor sich.

„Ah, die *Casa Gibellato*. Verstehe. Bedank dich bei den Partisanen. Wie im ersten Krieg haben uns diese Idioten wieder einmal verraten, nur weil jetzt die Deutschen hier hausten. – Wir hätten es ohne die besser lösen können. Partisanen braucht man dafür nicht. Die Linken, Kommunisten und Spinner schon gar nicht!"

„Aber das waren doch nicht die Partisanen?!"

Skeptisch ließ Gibellato seinen Arm kreisen und deutete ein weiteres Mal auf das Haus vor sich.

„*Das* waren die Partisanen. Die brauchen keine Waffen mehr. Die quatschen nur zu viel. – Die einen quatschen und die anderen jammern", erwiderte der Alte, stupste ihn mit seinem Stock an und drehte sich irgendetwas murmelnd um. Nach wenigen Schritten blieb er stehen und fluchte, den Kopf über die Schulter gewendet:

„Schau mich an! Ich habe gekämpft. Ich lebe. Du aber jammerst und heulst. Was hast du gegen diese Idioten unternommen? Nichts! Gar nichts! Wie all die anderen. Und ihr schimpft euch Italiener."

Gibellato winkte ab. Hätte dem Alten am liebsten eine gescheuert. Was wusste der schon? Nichts! Gar nichts! Außer das mit den Partisanen. Das stimmte vielleicht. Die konnten die Stellungen verraten und sich aus dem Staub gemacht haben. Tatsächlich konnten *die* das meiste Kapital daraus schlagen, diese Opportunisten. Fabrizio Gibellato nickte wutentbrannt und schlug mit einer Faust neben sich. Dabei hatten höchstens die Monarchisten und bestenfalls die Faschisten das Recht, die Badogliani, und nicht diese falschen Kommunisten und Besserwisser, die schon immer ihre Schnauze gehalten hatten, als es wirklich wichtig gewesen wäre. Warum haben sie nicht stattdessen Mussolini aufgehalten und dafür gesorgt, auf die Seite Frankreichs zu gehen, dann wären viele Städte unzerstört geblieben und wenigstens etwas vom Kuchen übrig geblieben, den jetzt die Alliierten unter sich verteilten.

Seinerzeit, so lange war es noch gar nicht her, hatten sie an einem lauen Sommerabend draußen auf der Startbahn gesessen. Sie hatten ein Geschwader Savoias versorgt, das am nächsten Tag nach Cameri verlegt werden sollte. Da war dieser Flughafen noch in ihren eigenen Händen, bevor die Deutschen ihn okkupieren mussten, damit der Betrieb richtig funktionierte. Sie rauchten ein paar Toscani-Zigaretten und tranken einen billigen und viel zu süffigen Weißwein aus ihren Emailtassen. Da hatten sie über die Zeit *danach* gesprochen, über *ihre* Träume und Vorstellungen, wer das Land führen, regieren, wer den Wiederaufbau leiten und die Menschen beruhigen könnte, während die Sonne fast über den *Colli Euganei*, den Hügeln, untergegangen war. Eine eigentümliche, vielleicht auch verräterische Stille lag über dem Platz. Ja, sie war verräterisch, denn irgendwann meinte der alte Tomè:

„Glaubt mir, hier gibt's nicht mehr zu gewinnen. Alles sinnlose Arbeit. Die Deutschen brauchen uns nicht, sie benutzen uns nur. Wir sind denen nicht gut genug, sie saufen unseren Wein, fressen unsere Trauben und schauen unseren Mädchen hinterher, aber wenn es darum geht, uns zu helfen, tun sie es, nur um sich aus dem Dreck zu ziehen, in den sie uns alle gestoßen haben. Hört die richtigen Sender, dann wisst ihr, was sie unseren Soldaten angetan haben. Und jeden Tag bringen sie Dutzende mehr um. Ganze Familien."

Da war er, Fabrizio, noch zu verblüfft für eine passende, vor allem patriotische Antwort. Dieser Tomè, der große Chef des Flughafens, von dem einst Bruno in den Himmel gestartet war, um das Land in eine starke Zukunft zu führen, ausgerechnet dieser Tomè entpuppte sich plötzlich als Oppositioneller. Aber spätestens nach der Sache im September, als die Deutschen kamen, um zu retten, was zu retten war, und er neben Tomè den Transport beobachtete, als dieser an der einsatzbereiten Breda-Kanone vorbeifuhr, hatte er schon den Verdacht gehabt, ja, war ihm klar, dass Italien gerade von solchen, wie diesen Tomès, verraten worden war.

Und obwohl er angeblich in Libyen für die Krone gekämpft hatte, war Tomès ältester Sohn, dieser Stefano, genauso wenig ein Königstreuer gewesen, denn statt der Krone zu dienen, der einzig rechtmäßigen Nachfolgerin in der Führung, soll er nach seiner Flucht in der Brigade Matteotti untergetaucht sein, in diese Brutstätte voller Dahergelaufener, Inhaftierter und zurückgekehrter Exilanten. Das würde nur zu gut passen. Um die eigene Seele reinzuwaschen, verrät er die eigenen Leute, die heimatliche Region, sein Vaterland – und damit die letzten Treuen. Wie nun die Trevisaner. Mit ihren Familien, den Santis, Rossis, Tollers und – Gibellatos. Warum sonst hatte dieses Haus einen Volltreffer abbekommen? *Sie haben dem Duce, dem König und uns ins Gesicht gespuckt*, sagte sein Vater, bevor er nach Treviso aufgebrochen war. Jetzt wusste er, dass er recht hatte. Jetzt wusste er, dass er für eine neue Größe zu sorgen hatte. Jetzt wusste er, wer seine Feinde waren. Gegen wen er zu kämpfen hatte. Gibellato stand auf, drehte sich zu dem Alten um und schrie:

„Ihr werdet schon noch sehen, mit wem ihr euch angelegt habt. Ich sag auch dir meinen Namen, alter Mann! Ich bin Fabrizio Gibellato. Ich kann zwar deinen Krieg nicht mehr gewinnen, aber die Schlacht danach! Das Land baue *ich* wieder auf."

26. März, 7 Uhr 45

„Ich muss Filippo unbedingt sagen, dass 9 Uhr einfach zu spät ist." Berlingui schaute mit nahezu verzerrtem Blick in den kleinen Becher: „Dieses Gesöff ist ja nicht zu ertragen. Kein Wunder, dass der Teppich einen solchen Farbton hat und aus Synthetik ist. Müsste er das Zeug aufsaugen, würde er mit Wonne kotzen."

Berlingui schüttete angewidert den Rest der bräunlichen Flüssigkeit in den Abfallkorb neben dem Kaffeeautomaten, in dem schon mindestens drei Fingerhoch der gleichfarbigen Plörre Wellen schlug. Auf deren Oberfläche dümpelte bereits eine ganze Menge dieser kleinen Plastikbecher. Er betrachtete den Seegang en miniature und rümpfte die Nase.

„Kein Wunder, dass mir schlecht ist."

Dann drehte er sich zu Collasso um und schaute ihn mit zitronensaurem Gesicht an. Der kannte die frühmorgendlichen Launen des Commissarios allzu gut und wusste, dass die meist von nur einem Detail abhingen: Kaffee mies, Laune schlecht. Die Organisation eines anständigen Kaffees war somit danebengegangen. Somit hatte auch dieser Fall für mitunter eine gute Stunde auf weitere Aufklärung zu warten. Selbst wenn ein Attentat auf den Staatspräsidenten erfolgt wäre. Aufgrund der aktuellen Situation würde auch noch einige Zeit mehr vergehen, bis sich dieser Zustand verändern würde.

Draußen auf dem *Prato* hatte es für sie nichts zu tun gegeben, nichts, was sie in irgendeiner Weise vorwärtsgebracht hätte. Deshalb versuchten sie, mehr aus Langeweile als aus dienstlicher Beflissenheit, aus der kleinen Polizeistation an der Ecke *Umberto I* eine Einsatzzentrale zu machen, in der alle wichtigen Nachrichten, Neuigkeiten und Erkenntnisse zusammenliefen. Zumal das Wetter einfach widerlich war und in den letzten zwei Stunden nichts anderes als die berühmte Gerüchteküche gekocht hatte.

„Also, noch mal …", versuchte Berlingui es wieder, „wenn das mit den Drogen stimmen würde, dann muss der betreffende Klub da draußen versucht haben, einem verdammt dicken Fisch die Suppe zu versalzen. Und ich dachte, unsere Leute wären bezüglich solcher Dinge zurzeit gut informiert. Warum kommt von denen dann nichts? Kein Mucks. Nicht Mann, nicht Maus, nicht Ton. Also bleibe ich zunächst bei der These, ein total durchgeknallter Mob, glaubte damit das Migrationsproblem lösen zu können."

Der Ispettore musterte missmutig seinen Chef. Er hatte keine Lust, den ganzen Vormittag mit dessen schlechter Laune zu verbringen. Viel lieber würde er jetzt noch neben Chiara liegen, ihren Duft einatmen, ihren Körper und ihre Wärme spüren und anschließend mit ihr im Bett gefrühstückt haben. Aber irgendwann würde der Tag schon noch kommen, an dem er sein Handy in genau solchen Momenten genüsslich missachten würde, statt jedes Mal brav die Gespräche anzunehmen, wenn Verbrecherbanden, politisch Verwirrte und diverse Syndikate der Welt meinten, sich in den Straßen Paduas abschlachten zu müssen. Das könnten sie auch ohne sein Beisein tun. Jederzeit. Und wo sie wollten. Seine Neugierde dafür hielt sich allmählich in Grenzen. Er hatte wirklich kein Interesse daran, danach dauernd deren Schlachtfelder zu begutachten. Er wendete seinen Kopf und schielte zu Fenster hinaus.

„Wenn es die Haschbrüder waren, wissen wir es ja eh bald. In der Regel folgt ja dann ein Sechstagekrieg und eine der beiden Seiten hat dann Mann und Maus, wie sie sagen, verloren – und einen Umschlagplatz. Für ihr Zeug. War's ein politischer Anschlag, werden die entsprechenden Parteien von der Unitalia bis zur Lega Nord im Stillen aber hörbar jubilieren."

„Ist aber ein bisschen heftig inszeniert, oder?"

„Vielleicht trudelt ja noch ein Bekennerschreiben ein." Collasso gähnte und driftete in Gedanken nochmals in sein Schlafzimmer ab.

„Ein Bekennerschreiben? Das wär' wirklich mal was Neues."

Dann schaute auch Berlingui aus einem der vergitterten Fenster und versuchte mit einem Blick nach links Neuigkeiten zu erhaschen. Aber das einzig wirklich erkennbar Neue war der wieder einsetzende Regen, der es schaffte, zwischen den Eisenstäben hindurch an die Scheiben zu klatschen.

Immer noch griesgrämig beschloss er – vielleicht gegen später – wieder nach draußen zu gehen, schon allein, um aus diesem stickigen Raum herauszukommen, diese demotivierende Hektik hinter sich zu lassen, um besser nachdenken zu können. Auch hatte er das Gefühl, dass die Suppe in dem Abfalleimer allmählich einen seltsamen Duft verströmte. Verächtlich sah er zu dem Ding herunter und zischte:

„Kann man diesen Scheiß-Eimer nicht woanders hinstellen?"

Collasso zuckte nicht einmal, sondern meinte seufzend:

„Klar kann man das ...", und nach einer kleinen Pause, „der hat ja sogar extra einen Henkel dafür. – Zum Tragen."

„Also gut. Gewonnen. Was machen wir jetzt?"

„Hoffen, dass es Zeugen gab. Dass Ravanellis Fotos etwas bringen. Dass der Fiat Bravo einen Besitzer hatte. Dass wir die Namen der Opfer herausfinden. Dass wir erfahren, worin sie verstrickt waren und dass wir in drei Tagen alle gefasst haben. Ach, viel wichtiger, dass wir einen anständigen Espresso für Sie finden. Und das, wenn's geht, innerhalb der nächsten fünf Minuten."

Berlingui verzog das Gesicht und hatte keine Lust darauf einzugehen. Schon Collassos erster Versuch dafür war danebengegangen. Wieder schaute er zum Eimer.

„Der Fiat muss ja irgendwie da hingekommen sein", meinte Berlingui mehr zu sich selbst, „so was fällt doch auf. Auch um die Zeit. – Und da draußen war niemand, der etwas gesehen hat?"

„Keiner, der fünf Minuten später angerannt kam, um es zu deklamieren. Bei dem Regen nicht verwunderlich. Wer geht in so einer Nacht freiwillig vor die Tür?"

„Zum Beispiel all die Menschen, die ihren Köter Gassi führen müssen."

„Mitten in der Nacht?"

„Ich kenn' einen, der muss alle drei Stunden mit seinem Hund raus. Sommers wie winters, Tag und Nacht."

„Na dann! Da haben wir unseren Ausgangspunkt! – Den fragen wir, was meinen Sie?", meinte Collasso grinsend.

Rovigo, 23. Mai 1944

Sieh, wie der Mond so klar
Füllet mit Silberglanz
Erde und Himmelsraum.
Engelsgleich schwebten die Töne der Sopranistin Renata Tebaldi durch das andächtig lauschende *Teatro Municipale*. Engelsgleich stand die junge 22-Jährige auf der Bühne des entzückenden, neoklassizistischen Baus, der die Unbill des Krieges bislang überstanden hatte, und sang den Rest der Besetzung nahezu nieder. Es war ihr Debüt. Der erste große Auftritt. Von der lokalen Presse seit Tagen enthusiastisch angekündigt. Am Ende dieser Oper. Keine große, aber eine glänzende Rolle. Betörend. Schön. Und klar. Sie, die Göttin Helena in Arrigo Boitos *Mefistofele*. Gleich würde Faust, der eigentliche Protagonist, in Würde langsam die Bühne betreten, sich vor ihr verneigen und seine Liebe gestehen.

Von dir, erhabnes Götterbild,
Strahlt Himmelsschönheit wider!
Vor dir werf' ich geblendet
In Lieb entbrannt mich nieder.

Das war wohl auch der Grund, warum sein Vater ihn mit hierhergenommen hatte. Neben all den wichtigen Menschen, die er kannte, wusste er wieder einmal seine Verbindungen auszuspielen und zu nutzen. Jetzt erst recht, nachdem der Krieg hier wohl gelaufen war. Selbst die eigenen Streitkräfte glaubten nun, allerdings viel zu spät, doch daran, bei den Alliierten ihr Heil zu finden und damit das Land retten zu können. Und die anderen suchten ihre Zukunft bei marodierenden Banden, denn nichts anderes waren ja diese losen Haufen, die Hammer und Sichel oder diesen widerlichen Stern in die *Tricolori* gemalt hatten.

„Sie ist wirklich sehr talentiert", meinte er und deutete entzückt und mit einem Schmunzeln auf das Bild in der Zeitung, „schön und vor allem jung genug. Ich habe daher – aber nicht nur deswegen – ein Treffen im Anschluss organisiert, man wird uns einander vorstellen. Das ist in unseren Kreisen nun mal wichtig – und gehört einfach dazu."

Er legte eine Hand gönnerhaft auf Fabrizios Schulter und schob ihn auf seinen mit rotem Samt bezogenen Stuhl im ersten Balkon über der Bühne: „Vielleicht gefällt sie dir, nein, nicht vielleicht, sondern ganz bestimmt, da bin ich mir ausnahmsweise sogar sicher."

Dann sah er zu den gegenüberliegenden Rängen, nickte einigen Bekannten zu und hob winkend eine Hand. *Signore e signori!*

Bis sie, diese Renata Tebaldi, in dem Stück dort unten allerdings zum Zuge kam und er all die Behauptungen seines Vaters kontrollieren konnte, musste er mehr als nur die eineinhalb Stunden ausharren, die es bis dahin brauchte, um diese Oper über sich ergehen lassen zu können. Doch als der vierte Akt begann und Faust seine Zeilen mit seinem satten Tenor beendet hatte, schaute sie plötzlich aus dem Nichts gekommen prompt nach oben und schien ausgerechnet ihn und nicht Faust sekundenlang für ihre Antwort in Augenschein zu nehmen.

Wie mich der Anblick mächtig bannt,
Mich hoch beglücket.
Unter allen Frauen aus Ilion, aus Hellas Landen
Ich bin auserkoren, Liebesgluth in dir zu entzünden.

Wie wahr, dachte er und beugte sich leicht über die Brüstung. Sein Vater hatte recht. Sie war schön. Nichts anderes. Eine Stunde später stand er ihr gegenüber. Kaum dass der Vorhang gefallen und der tosende, minutenlange Applaus verstummt war. Fabrizio, der nicht seine militärische Uniform hatte anziehen dürfen, sich deshalb anfangs nicht würdig genug und nicht so Respekt einflößend vorkam wie sein Vater, obwohl er in den Wochen zuvor, wie auch immer, noch den Dienstgrad eines Unteroffiziers der Luftwaffe erhalten hatte. Und sie, die Zarte, die strahlend Schöne, mit einer leisen, aber kristallenen und schmelzenden Stimme, lustig funkelnden Augen und glänzendem schwarzen Haar. Von dem Erfolg, den sie gerade erlebt hatte, sogar ein bisschen benommen. Sein Vater zupfte an verschiedenen Ärmeln um sich herum, zog mal diesen, mal jenen an sich heran, ohne zu versäumen, seinen Sohn, der ja mal, in nicht allzu weiter Ferne, die Geschicke seines Unternehmens übernehmen sollte, jedem vorzustellen. Was spielte es da für eine Rolle, welchen Dienstgrad dieser hatte. In wenigen Monaten war sicher alles vergessen und dann musste man sich seine Kunden auch auf der anderen Seite der politischen Überzeugungen zusammensuchen. Auch Kommunisten, Sozialisten und andere Freidenker wollten neue Häuser oder ihre in Mitleidenschaft gezogenen repariert haben. Von den offiziellen Bauten, die dann auch wieder entstehen würden, ganz zu schweigen. Kein Bürgermeister und kein Präsident einer Provinz wollte in einem zugigen Loch residieren, sondern wollte seiner Gemeinde, seiner Stadt zeigen, dass von nun an alles wieder aufwärtsgehen würde. Sein Sohn würde das schon noch lernen. Sein Sohn würde das schon noch lernen.

Dreimal versuchte sein Vater Renata Tebaldi und ihre Leute zu einem Umtrunk einzuladen, einschließlich des Regisseurs, damit sein Plan nicht gleich zu Beginn zu sehr auffiel. Doch das kleine Treffen drohte dafür zu kurz zu werden. Die Gespräche blieben für ihn in Unwichtigkeiten stecken. Was interessierte ihn jetzt die Kindheit der Tebaldi. *Eigentlich wollten meine Eltern, dass ich Klavier lerne, damit habe ich auch begonnen, aber ich habe immer schon gesungen, wollte nie etwas anderes.* So versuchte Gibellato wenigstens Zeit zu gewinnen:

„Lassen Sie uns diesen Abend, diesen grandiosen Erfolg feiern. Ohne Öffentlichkeit, ohne die lästige Presse, die uns nur aushorchen will – im kleinen Kreis." Mit den letzten Worten versuchte er mit ausgestreckten Armen, als seien sie ein Netz, die Gruppe einzufangen. Das *Caffè Borsa*, gleich nebenan, befand er dafür als gute Wahl. Giuseppe Gatti, der Leiter der Baubehörde, nickte, selbst der rote Morelli, von dem er da noch nicht wusste, dass er tatsächlich Jahre später Bürgermeister von Rovigo sein würde, stimmte zu. Doch der Regisseur schüttelte freundlich den Kopf, man habe eigene Verpflichtungen und die Fahrt hierher war anstrengend, musste sie doch aufgrund der bekannten, der Regisseur lächelte vorwurfsvoll, *unfriedlichen* Umstände mit einer Pferde-Kutsche gemacht werden und nahm die schöne, auch jetzt noch engelsgleiche Renata Tebaldi zur Seite und verschwand mit ihr und Faust und Mefistofeles und

Margarete, der anderen, lang nicht so jungen und hübschen Sopranistin in den Räumen hinter der Bühne.

Der alte Gibellato hätte am liebsten seinen Missmut auch unter so viel Prominenz kundgetan. Man lässt ihn nicht so stehen. So nicht. Nicht einen Gibellato. Egal, wie gut sie gesungen hatte. Egal, welche Umstände vorlagen. *Unfriedlich* war es in allen Teilen des Landes. Vielleicht war die Schlagzeile der *Il Gazzettino* im Feuilleton morgen, auch in diesen Zeiten nicht ungewöhnlich, schon das Ende ihrer Karriere. So lächelte er lediglich verbissen, während man ihm auf den Rücken klopfte, ihn zu seinem Sohn beglückwünschte, zu der gesicherten Zukunft, zu der Mitwirkung beim Wiederaufbau, zu der Wahl des *Caffès*, in das man dann doch noch zusammen entschwand, um all die wichtigen Dinge und Vorhaben, die noch folgen würden, zu besprechen.

Fabrizio kannte seinen Vater gut genug, hatte dessen Unmut gespürt und hielt seinen eigenen auf der Rückfahrt in der Nacht nach Mestre hingegen nicht zurück, sondern fühlte sich in seinem Denken wieder mal bestätigt und zischte deshalb säuerlich sein an sich selbst gerichtetes Versprechen:

„Eines Tages werde ich es dieser roten Brut zeigen und ihr die Flausen aus dem Kopf treiben. Du wirst sehen, wundern werden sie sich. Wundern über den angeblich kleinen Gibellato."

„Halt' dich zurück, du kannst nicht deinen Einbildungen folgen. Wenn du dieses Geschäft übernehmen willst, musst du einem furzenden Arsch ins Gesicht lächeln können und gerade dann deine Hand in dessen Sack voller Geld schieben", versuchte sein Vater ihm ins Gewissen zu reden: „Die kleine Tebaldi sehen wir wieder – und wenn nicht", jetzt lächelte er beschwichtigend und legte wieder eine Hand auf Fabrizios Schulter,

„andere Mütter haben auch schöne Töchter – mitunter sogar mit einer guten Mitgift. Und diese brauchen ein Haus, in dem sie ihre Würde darstellen können."

Es war kein ausreichender Trost, denn Fabrizios Frust, abgewiesen worden zu sein, wuchs noch mehr, als er später erfuhr, dass Renatas Zug auf der Fahrt von Rovigo zu ihrem nächsten Ziel mit Maschinengewehrsalven beschossen worden war und er nicht zu ihrem Schutz dabei gewesen war – selbstverständlich in Uniform, dem kleinen Revolver und daher mit einer *würdigen* Autorität ausgestattet.

„Sie hat dir also gefallen?", wollte sein Vater wissen und ergänzte, ohne die Antwort abzuwarten: „Wusste ich es doch. Warten wir also ab, ob sich nicht bei einem ihrer nächsten Konzerte eine Gelegenheit bietet."

26. März, 9 Uhr 15

„Schauen sie mal, was Ravanellis Leute unten im Motorraum gefunden haben."
Collasso hielt in seinen behandschuhten Händen einen verrußten, atlasgroßen Gegenstand, vermutlich aus Metall, den man anscheinend in mehrere große und durchsichtige Zipp-Tüten getan hatte, die natürlich zum größten Teil geschmolzen waren. Berlingui trat an ihn heran und inspizierte ihn aus sicherem Abstand nach vorne gebeugt und mit den Händen auf dem Rücken, als wenn irgendwelche gefährliche, auf ihn lauernde Viren zu befürchten wären.

„Was ist das denn? Sieht wie eine Geldkassette aus."
„Ist vielleicht auch eine. Lag unter den Resten des Motors auf dem Boden. Der ist aber sicher schon vorher nicht mehr gelaufen. Bei dem fehlten nämlich die meisten Teile. Wahrscheinlich haben die den Wagen also

doch auf den *Prato* geschoben oder mit einem anderen draufgezogen. Wollten sie das nicht vorhin wissen?"

„Ah! Sie waren wieder mal dabei, oder? Und wissen über alles längst Bescheid. Mich würde jetzt allerdings mehr interessieren, was sie in dem Ding da gefunden haben."

Mit einem spitzen Zeigefinger pikste er in einen Rest geschmolzener Folien.

„Nichts. Bisher. Weil die nämlich verschlossen ist. Und die Spurensicherung will als Erstes einen Blick hineinwerfen. Ich sollte sie nur in Sicherheit bringen."

Berlingui schaute den Ispettore mit verzogenem Gesicht an. Eigentlich war er gerade im Begriff gewesen, seine Laune aufzubessern und doch Filippo aufzusuchen, um endlich einen anständigen Kaffee zu bekommen.

„Und wann gedenken die Herren das zu tun?"

Collasso runzelte die Stirn und zuckte mit den Schultern.

„Ravanelli und seine Leute haben wie immer einen Haufen zu tun. Die machen das sicher nicht in der nächsten Stunde."

„Mein Gott! Aufmachen und reingucken kann doch kein Staatsakt sein." Berlingui hob seine Arme hoch und ließ sie wieder fallen, bevor seine schlechte Laune einen weiteren Anlauf nehmen konnte, meinte er: „Also gut, gehen wir zu Filippo und trinken einen anständigen Kaffee, der da war ja wohl nichts! Und bevor ich nur noch Unverschämtheiten von mir gebe ... Währenddessen können wir ja ein wenig fantasieren."

„Berlingui? Sie sind doch Berlingui? Oder?"

Der Commissario drehte sich um und der Ispettore schaute ihm auf den Fußspitzen stehend über die Schulter. Berlingui musste seinen Blick ziemlich stark senken, um dem Mann, der seinen Namen gerufen hatte, sozusagen unter sich, ins Gesicht zu schauen, denn der war mindestens einen Kopf kleiner. Was er sah, passte. In jedem mittelklassigen Fernsehkrimi hätte er in dieser Situation genau so eine Type erwartet. Klein. Unrasiert. Abgerissen. Ungepflegt und entsprechend duftend. Sein Bart hatte in diesem Monat – und der war nahezu vier Wochen rum – weder eine Schere noch Wasser und sicher auch noch keine Seife gesehen. Denn alle schmutzig dunklen Brauntöne waren in ihm zu erkennen, einschließlich eines eingetrockneten Rotztropfens. Eine fette Fahne aus verbrauchtem und noch reichlich dampfendem Alkohol und Schweiß und unsäglich altem Essen umgab dessen Körper. Nicht unbedingt ein Zeichen für qualitätsvolle Aussagen. Was wollte dieser zerlumpte Kerl also von ihm? Obwohl, schon mancher gute Zeuge sah eher wie ein potenzieller Täter aus. Wenn auch eher in Jogginghose als in so einem Aufzug. Der mutmaßliche Pennbruder deutete mit seinem Daumen hinter sich und wusste:

„Die haben das mit 'nem Unimog gemacht. Ich war zwar nicht ganz fit …" Er blies einen weiteren Schwall schlechter Luft zwischen seinen Lippen heraus und verhinderte im letzten Moment einen Rülpser: „… wegen meiner Zahnschmerzen, aber das hab' ich dann noch mitgekriegt."

Berlingui hätte nun zumindest ein Lallen erwartet, aber der Mann sprach fast normal. Schluderte lediglich mit der Verständlichkeit. Kein Wunder, da wo Normalsterbliche weiße Zähne hatten, war nur noch eine lückenvolle Ansammlung von schwarzen Zahnstümpfen zu sehen. An diese stieß eine Zunge, deren Farbe eher dem seltsamen Teppichboden glich. Wieder wies der Daumen nach hinten.

„Ich hab' da hinten gesessen und ein bisschen geschlafen."

Der Commissario schaute ihn irritiert an und dann aus dem Fenster in die gezeigte Richtung. Außer einer Bank neben dem Kiosk konnte er nichts sehen, was einem Schlafplatz würdig gewesen wäre.

„Bei dem Wetter?"

„Ja. Tut mir leid. Aber in meiner Suite hatte ich vor ein paar Tagen einen Kurzschluss und das Licht funktioniert jetzt nicht mehr. Und sie wissen ja, bis da die Handwerker kommen … Heutzutage. Fürchterlich! Jeder kann eine Story davon erzählen. Deshalb brauch ich jetzt so 'ne Laterne für meine Zeitungslektüre. Und als ich angefangen hatte zu lesen, war's ja auch noch richtig sommerlich."

„Ein Unimog also …" Berlingui verbarg seine Verblüffung.

„Bravo! Richtig zugehört. Ein alter blauer oder grüner. Nein, blauer. – Glaub ich. Einen der Typen kenn ich sogar, also ich meine, nicht so richtig, also nicht, wie er heißt oder so, aber der hat mir nämlich 'nen paar Flaschen spendiert."

„Also ein Bier?"

„Bier? Sehe ich etwa so aus, dass ich nicht weiß, was anständig ist? Nee, Signore Commissario, paar schöne Flaschen Podere Bosco. Ganz neue. 'n feiner Grappa kann ich nur sagen."

Berlingui verzog das Gesicht. Schon wieder Grappa.

„Aber wie der Mann aussieht, können Sie mir sagen?"

„Mein lieber Mann! Das ist 'ne Kampfmaschine. So ein Kreuz!" Er hielt seine Arme weit gestreckt auseinander: „Wirklich. Mit 'ner Bowlingkugel als Schädel. Mit Narben. Dick und tief wie ein Straßengraben. Und komischerweise nicht ein Bildchen auf seinen Armen oder was ich sonst an Haut gesehen hab. – Ich sag's nur, weil Sie ja immer nach so was fragen. Aber 'ne Fresse im Gesicht, die 'ne Stahlplatte durchbeißen kann. Wissen Sie, da gab es doch mal so 'n Film im Kino, sie wissen schon ... mit 'nem Deutschen ... So 'n Dicker ... Ach, keine Ahnung, wie der heißt. Aber der war jetzt nicht dick." Er machte eine kleine Pause und linste zu Collasso, der sich eine Zigarette ansteckte: „... wenn ich Ihnen Feuer leihe, ist in der Packung doch sicher auch noch eine für mich drin, oder?"

Eine Sekunde später fing er die Schachtel auf, linste hinein, nickte und grinste und steckte sie bedächtig in seine ausgefranste Hemdtasche. Die Selbstbelohnung für seine Redseligkeit sollte wohl später erfolgen, dann fuhr er zufrieden grinsend fort:

„Letzte Woche war das erst. Da hab' ich da auf der Wiese gesessen und mich ausgeruht, nachdem ich mal kurz in das Wasser gesprungen war. Die Dusche in meiner Villa ist nämlich auch kaputt. Da ist er immer um den Brunnen rumgestapft. Ich glaub, ich hab' den 'nen bisschen viel angeguckt. Auf jeden Fall stand der paar Minuten später neben mir, stellte die Flasche neben mich und meinte: *Salute, brauchst nicht auf mich aufpassen, krieg ich schon alleine hin.* Schlug mir noch auf die Schulter und weg war er."

„Das soll heißen, mehr wissen sie nicht?", fragte nun Collasso.

Der Clochard schüttelte den Kopf, fühlte, ob die Zigarettenschachtel noch an Ort und Stelle war und meinte:

„Ich sagte ja, ich war nicht richtig fit, die Zahnschmerzen, Sie wissen, vielleicht hätte ich ihm heute Nacht sonst *Guten Tag* gesagt und gefragt, ob ich helfen kann. Aber irgendwie hatte ich auch das Gefühl, dass ich zu dieser komischen Party nicht eingeladen war, wegen, was er gesagt hat, nicht aufpassen und so ..." Er kratzte sich in seinen total verklebten Haaren herum und schaute zuerst neugierig unter seinem schwarzen Fingernagel nach und dann am Commissario vorbei zur Mitte des Platzes, dort war aber seit über einer Stunde nichts Außergewöhnliches mehr passiert: „… der hatte dann auch noch so 'n Knilch dabeigehabt, der sah auch nicht besonders gesprächig aus. Eher wie einer, der vor ein paar Tagen 'ne schöne Prügelei gehabt hat. Da hab' ich gedacht, guck mal nicht so genau hin und troll dich. Die wissen sicher, was sie um diese Zeit hier machen. War ja immerhin mitten in der Nacht und tüchtig dunkel."

„Vom Unimog haben Sie aber sicherlich mehr als die Farbe gesehen?"

Ein verneinendes Kopfschütteln war die Antwort.

„Nummernschild oder irgendein Aufdruck? Ladung? Besonderheiten?"

„Nee, tut mir leid, nicht wirklich! Wollte ja nicht zu neugierig sein", lächelte er mit seinem stark ramponierten Gebiss zurück.

„Und was haben die zwei dann gemacht."

„Na ja, irgendwie hab' ich das dann auch nicht mehr so richtig mitbekommen. Sie wissen doch, die Zahnschmerzen, und dann hat das Schmerzmittel mich ganz taub gemacht und ich war ja auch ein Stück zur Seite gegangen. Aber den Knall hab' ich noch gehört. Ein toller Bumms. Oder waren das zwei? Keine Ahnung. Ist ja schad' für die da." Er zeigte auf das Wrack und blickte besonders intensiv hinüber: „Sind das Neger oder sind die jetzt nur so gegrillt? Sind auf jeden Fall tot oder so, oder? Wenigstens hat die Flasche nix abbekommen."

Der Commissario verdrehte die Augen und schaute bei seiner Antwort Collasso an.

„Nein, das sind vermutlich Afrikaner. Kennen sie ein paar in der Stadt?"

Der Ispettore schöpfte eine leise Hoffnung.

„Na, Sie haben Humor. Es reicht vollkommen, dass die mir die schönsten Schlafplätze streitig machen. Raten Sie mal, wer als Erstes bei den Sozialen was zu pennen bekommt? – Sehen Sie, alles klar! Unsereins guckt da in die Röhre. Ich hab' einundzwanzig Jahre gebuckelt und die dürfen duschen. – Und 'nen festes Einkommen haben die mit ihrem Zeugs, das die verkloppen, ja auch. Jeden Tag mindestens 'nen Hunderter. Rechnen Se das mal hoch! Krieg ich nix von ab. Die gucken nur blöd. Da müsstet ihr euch mal drum kümmern und nicht immer vorbeigehen. Das sind Steuern, die da verschwinden. Da kann ja für so einen wie mich nix mehr übrig bleiben." Wieder schaute er zur Mitte des Platzes. „Außer, dass ich vielleicht jetzt wieder 'nen anständigeren Platz zum Pennen bekomm. 'n bisschen mehr Platz müsste ja jetzt sein. Oder?"

„Also noch mal: Erkennen würden Sie den Typen – und den Unimog auch?"

Der zerdepperte Zwerg nickte, schüttelte gleich darauf wieder den Kopf und Berlingui schaute Collasso an. Blaue oder grüne Unimogs konnte es ja so viele nicht geben. Collasso verstand sofort und war nun derjenige, der nickte. Drei Sekunden später war er durch die schmalste Tür am Ende des Raums verschwunden und wieder drei Sekunden danach zurück.

„Sollte ich eigentlich wissen."

„Nehmen Sie ihn mit in unser Büro", war die Reaktion Berlinguis.

„Wollen Sie mich etwa verhaften?"

„Nee, bestimmt nicht. Wie wär's mit einem Kaffee und Wasser – zum Waschen?"

„'n Bett haben sie da zufällig nicht auch noch?"

Modena, 23. April 1945

Und der Sturm brach los. Nördlich und südlich des Pos. Im Norden hatten mittlerweile nicht nur die Partisanen das Land in einen Bürgerkrieg gestürzt, sondern auch die eigenen Soldaten, jedoch nun auf der anderen Seite kämpfend, auf der Seite, die von Befreiung redete, von einer neuen Zeit. Welch ein Aberwitz, wenn eine Nation mit einem Krieg gegen die eigenen Leute zu antworten begann. Ein stilles, fast heimliches Morden, dem Tage später der Aufstand der Partisanen folgen sollte, damit die Angriffswelle der Alliierten ungebremst fortgesetzt werden konnte, allerdings hielten sie sich in ihrem Handeln weitgehend zurück. Man wollte später, nach einer Kapitulation, allen Seiten dienen und von allen Seiten Zugeständnisse erhalten können. Der nächste Aberwitz!

Im Süden hingegen waren die Alliierten zwischenzeitlich in den letzten wenigen Wochen in einem wahren Sturmlauf bereits bei Modena angekommen, und es sah nicht so aus, als ob sie sich dort eine Ruhepause gönnen würden. Im Gegenteil, man nutzte die Gunst der Stunde, die Unlust der meisten Italiener, diesen Krieg auch nur einen Tag länger fortzuführen, und drang weiter in den Norden vor. Die Verluste waren überraschend gering und es war eher der Nachschub, der diesem Tempo manchmal nicht folgen konnte.

Schon gestern hatten die ersten Einheiten bei San Benedetto den Po erreicht, genau an dem Tag, als auf deutscher Seite die Kapitulationsvollmachten vorlagen und die Gespräche darüber jedoch zwei Tage zuvor abgebrochen worden waren. Nun galt es, im gleichen Eiltempo weiter voranzukommen und sie trieben die übrig gebliebenen, feindlichen Verbände wie Fliegen vor sich her, um an Padua und Venedig vorbei Triest zu erreichen. Dabei marschierten sie durch Dörfer und Höfe, die beinahe an jedem Haus weiße Tücher gehisst hatten.

Fabrizio Gibellato hatte davon natürlich gehört, auch dass es wohl Listen gab, die die regimetreuesten Namen beinhalteten. Aber was sagte das über die Zuverlässigkeit der Leute aus? Trotzdem eilte er durch das Haus und suchte die wichtigsten Dokumente zusammen. In fast allen Räumen war in irgendeinem Schrank oder einer Schublade eines Tisches etwas versteckt. Ja, sogar in der Küche unter dem Fußboden hatte sein Vater aufgrund der Entwicklungen Listen mit Adressen möglicher Lieferanten deponiert, um sie bei einer eventuellen Bombardierung oder einem Einbruch sicher zu wissen. Darunter war auch ein Artikel, der von den Anschlägen und Besetzungen einiger Städte der Partisanen berichtete und in dem er einige Anmerkungen gemacht hatte, die ihn unter bestimmten Umständen verraten könnten.

Kurz kam ihm der Gedanke, sich selbst in einen Partisan zu verwandeln, sich also genau in einen von denen zu verwandeln, der ja die heranstürmenden Truppen unterstützen würde, vor allem damit er später keine unbequemen Fragen beantworten musste. Daher nahm er auch seine Uniform, mitsamt den Schuhen und Waffen aus dem versteckt eingebauten Eichenschrank und warf sie auf die brennenden Äste und Holzreste einer alten Pinie, die er im Garten gefällt und angezündet hatte. Sollten sie im Haus nach Verräterischem suchen, würden sie somit nur seine weiße Weste finden.

Lediglich den kleinen, alten Revolver, mit dem er einst diese junge Opernsängerin hatte befreien wollen, hatte er aufgehoben und sich in die Innentasche der Anzugsjacke gesteckt. Freilich nicht, um sie doch noch irgendwann zu befreien oder zu retten, sondern vielmehr, um sich bei einer Begegnung mit durchgedrehten Abtrünnigen wehren zu können. Das Versprechen, dass er sich selber machte, genau das zu tun, würde er ohne Skrupel umsetzen.

Prompt fielen ihm einige Namen ein, die ihm mal ein Bein gestellt hatten, ob in der Schule oder der Nachbarschaft, wie Bianchi, Moretti und Rinaldi. Und nicht erst seit dem Flugplatz der Name Tomè. Allein einem von denen zu begegnen, erzeugte eine plötzliche Übelkeit. Trieben sich diese nicht wieder in der Gegend herum? Angeblich war dieser Stefano doch noch unter den Lebenden und machte bei den Kommunisten und Revoluzzern mit. Und der andere durfte in Venedig angeblich eine viel zu gute Lehre machen.

Und was er bei seinen Bekannten über diese Fahnenflüchtigen gehört hatte, reichte ihm schon. Früher auf dem Flughafen Befehle erteilen und dann, als es wichtig wurde, kneifen. Er hätte diesen kleinen, missratenen Sohn besser verprügeln sollen, statt ihn nur immer ein wenig zu ärgern. Und er hätte ihn auffliegen lassen sollen, nach dem Transport der Bombe. Dann wäre Schluss gewesen mit all den Tomès, die aus dem Nichts zu Ehren gekommen waren, weil sie eine ungerechte Wichtigkeit bekommen hatten. Was hatte der Alte schon vorzuweisen, außer der Art zackig zu grüßen? Und ein paar Stecker richtig zusammenzustecken? Die Hand in den Himmel strecken, konnte auch ein Bauer.

Hatte sein Vater ihm nicht mal erzählt, aufgrund seines Könnens und Engagements, seiner Karriere und Investitionen, wäre eigentlich ihm das Sprungbrett Albignasego zugestanden und nicht diesem Tunichtgut, der meinte, man können eine militärische Einrichtung wie einen Friseursalon führen? Zumal Vater von Anfang an in der richtigen Partei gewesen wäre. *Mit Überzeugung!* Wie er immer mit erhobenem Finger erklärte. Nur sein Alter damals war schlussendlich der Hinderungsgrund. Aber irgendwann würde der richtige Zeitpunkt schon noch kommen.

Das Feuer vor ihm fraß alles gierig auf. Nichtsdestoweniger wuchs mit jeder züngelnden Flamme, mit jeder Rauchsäule, die aufstieg, seine Wut auf das, was er bisher nicht erreichen konnte, auf die, von denen er überzeugt war, dass sie ihm im Weg standen. Auch drei oder vier junge Frauen waren inzwischen darunter, die ihn in den letzten Monaten schnöde abgewiesen hatten. Was bildeten die sich ein, was sie noch Besseres bekommen würden. Auch die bräuchten in ihrer Gesellschaft einen Mann, der es zu etwas gebracht hatte.

„Hast du es auch gehört?"
Erschrocken drehte sich Gibellato um und tastete in der Jacke nach dem alten Revolver seines Vaters.

„Ach, du bist es", antwortete Fabrizio Gibellato.
„An wen hast du denn gedacht?"
„An die, die wir längst aus den Weg hätten räumen sollen."
Sein Vater nickte gleichzeitig wissend und ungehalten.
„Du wirst mit deinem Ungestüm noch Ärger bekommen."
„Oder die, die meinen, sich mit mir anlegen zu müssen. Ich werde uns den Weg planieren. Du wirst schon sehen."
Er schaute an seinen Vater vorbei zum Portikus des Hauses. Vor Jahren war dieser dort auf der oberen Stufe nach einem Fest stehen geblieben und hatte nach dem Besuch eines Senators im Schein zweier riesiger Kerzen den gleichen Satz gesagt, *Ich werde uns den Weg planieren*, und dafür gesorgt, dass Fabrizio dann nicht an die Front musste. Nun aber meinte er:

„Red' keinen Quatsch! Dir hat bis jetzt keiner was getan! Und im Wege gestanden ist dir erst recht niemand! Woher hast du bloß diese Einbildung, diesen ... Größenwahn? Ich habe dir schon oft genug gesagt, dass du lieber einmal zu viel als zu wenig lächeln musst, um vorwärtszukommen. Auch wenn es schwerfällt."

„Ich lächle bei jedem, den ich hinter mich gelassen habe."

„Das kannst du durch deine Arbeit, Loyalität und Gefälligkeit, nicht durch Bestechung, Besserwisserei und Diffamieren. Wenn dich mal einer getreten hat, musst du ihm später vielleicht beim Aufstehen helfen! Sorge dafür, dass du Verbündete, Mitbeteiligte und Geschäftsfreunde bekommst, statt einen Haufen Gegner um dich zu scharen."

„Sie sollen nicht Gegner sein, sondern ihre Aufträge erfüllen. In den letzten Jahren haben die meisten gedacht, sie könnten sich ihre eigenen Süppchen kochen. Ich brauche keine Aktionäre, sondern Gefolgsleute."

„Und du wählst in deinem blinden Zorn einfach die Tomès aus, die du stellvertretend diffamieren kannst?!"

„Du hast vergessen, wie sie mich damals zugerichtet haben, dieser Stefano und seine Kumpane, wie dessen Vater meinte, mich auf seinem Acker herumkommandieren zu können, und dieser kleine missratene Sohn hat auch nie das gemacht, was ein Patriot hätte tun müssen."

Sein Vater wendete sich ab:

„Soweit ich weiß, gibt es wenige Zwölfjährige, die Patrioten sind. Weil sie nicht wissen, was das bedeutet. Und bei Stefano hast du dich nicht einmal gewehrt. Mein Gott, ich wusste nicht, dass ich einen *parolaio*, einen Sprücheklopfer und Schisser zum Sohn habe. Vielleicht sollte ich manches noch überdenken."

26. März, 11 Uhr 45

„Sechs Unimogs."

Collasso gab Berlingui das Formular und ergänzte:

„Allein in Padua zugelassen. Zwei gehören Landwirten, einer den *pompieri*, einer ist ein Ausstellungsstück und zwei gehören Bauunternehmungen. Baujahre der moderneren ab 1963. Drei sind älter, nämlich der historische, dann der eines Tochterunternehmens der Trevi-Group und der dritte von einem Bauernhof bei Polverara."

„Klingt nach Ausschlussverfahren."

Als Antwort erhielt er ein Schulterzucken und:

„Keiner ist blau."

„Sie verstehen es wieder einmal, die Pointe bis zum Schluss aufzuheben."

Jetzt erhielt er ein Nicken und:

„Keiner ist als gestohlen gemeldet."

„Wunderbar, Collasso! Und jetzt?"

„Ich kann das Gebiet noch etwas größer fassen, vielleicht inklusive Vicenza, Legnago, Rovigo, Chioggia und Venedig. Wenn es um die Standorte geht. Nur …"

„Ja?" Berlingui konnte seine Ungeduld nur schwer zähmen.

„… ich habe nur schon mal die Anzahl überprüft."

„Mein Gott, Collasso, spannen Sie mich doch nicht immer so auf die Folter!"

„Es sind dann neun und noch immer kein blauer darunter."

„So, wie ich Sie kenne, wissen Sie aber schon, wo der nächste blaue zu finden ist."

„In Parma."

„Also gut, ist zwar ein bisschen weit weg und macht im ersten Augenblick auch keinen Sinn. Aber genau das könnte gewollt sein. Lassen Sie uns hinfahren und nachschauen. Passt vielleicht. Man leiht sich den aus, karrt den Fiat Bravo auf die *Memmia* und stellt ihn wieder ab."

„Schön wär's. Ich habe natürlich angerufen, der Unimog steht in einer Werkstatt, seit mehr als drei Wochen – auch das hab' ich kontrolliert – und ist nicht fahrbereit."

„Und der nächste blaue, auch das haben Sie natürlich schon längst herausbekommen, steht in Neapel." Berlinguis Ton war unüberhörbar gereizt.

„Nein, nicht ganz so weit, sondern in Vercelli."

„Ach!" Kurz huschte ein Lächeln über Berlinguis Gesicht: „Kenn ich von früher, gut sogar, liegt bei Novara." Er seufzte auf, was jetzt aber unpassend resigniert klang, und er fing mit einem Mal an zu erzählen: „Nachdem ich mich 1984 bei der *Polizia di Stato* beworben hatte, ich war noch nicht allzu lange verheiratet, kam Alessandro auf die Welt. Ausgerechnet in der Zeit wurde ich nach Novara versetzt, aber nach zwei Jahren kam ich dann nach Padua zurück, also hierher. Das war vor weiß Gott wie vielen Jahren. Das Hin- und Hergefahre von und nach Novara hat mich schon damals ziemlich genervt, war aber besser als irgendwo im Niemandsland stationiert gewesen zu sein. – Ist zwar fast alles Autobahn, aber man ist nicht allein. Daher unwahrscheinlich, dass das unser Unimog ist."

„Unsere Registrierung ist ziemlich seltsam strukturiert. Ich habe ein anderes Fahrzeug gefunden. Eine Firma Paul in Deutschland baut Lastwagen um, ich kenne mich nicht besonders gut aus, aber der sieht doch wie ein Unimog aus, oder?"

Wieder reichte Collasso Berlingui ein Blatt. Der verzog genauso unwissend sein Gesicht. Darauf ein hochbeiniger Laster dessen Vorder- und Hinterräder um eine Kurve zu fahren schienen.

„Den hab' ich nicht unter Unimog gefunden, sondern unter Paul. Von dem gibt es in ganz Italien so gemeldet nur zwei."

„Aber keiner ist blau, stimmt's?" Berlingui war in seinem Tonfall wieder in der alten Spur angekommen.

„Stimmt! Einer rot und einer grün. – Aber mir ist was eingefallen, nachts ist der *Prato* dunkel …"

„Ach was?!"

„Chef! – Kaum Beleuchtung und – bei dem Gewitter pechschwarz. Die Augen lassen sich dann gut täuschen – besonders gut, wenn man nicht mehr nüchtern und nicht mehr ganz fit ist, also die Augen nicht besonders gut aufkriegt, dann wirken Farben oftmals anders als die originalen. Ein rotes oder grünes Auto kann dann je nach Art des Lichtes wie ein dunkles Blau wirken. Ich hab's ausprobiert."

„Ach, Sie haben getrunken?" Berlingui grinste: „Nun ja, Collasso, wenn's aber stimmt, haben Sie mich jetzt eine Viertelstunde zum Besten gehalten, weil Sie nämlich auch längst schon wissen, wem der entsprechende Paul oder Unimog, oder wie die Karre auch heißen mag, gehört."

„Einem Bauunternehmer aus Mestre."

„Und was ist mit den Farben der anderen?"

„Gelb, braun, orange, grau, zwei schwarze und der Rest relativ bunt. Das heißt, Fahrerhaus und Aufbauten unterschiedlich lackiert."

„Ihr Vorschlag?"

„Ich habe die Kollegen gebeten, uns ein Foto zuzusenden, das zeigen wir unserem obdachlosen Zeugen."

„Das kann eine schmutzige Sache werden."

„Das ist es längst", gab Collasso zurück.

Mestre, 9. Mai 1946

Das Getuschel war groß. Einer erzählte dem anderen was. Und umgekehrt. Der König hatte abgedankt und der nächste folgte. Begeisterungsstürme löste es nicht aus. Die Hypothek war einfach zu groß. Jeder wusste schon vor der Ernennung, dass Umberto nicht lange den Thron innehalten würde. Viele wetteten an den Theken ihrer Kneipen, wie lange oder kurz wohl seine Regentschaft dauern könnte. Nur Fabrizio Gibellato widerstand wieder mal jedem Spott. Er war sogar vor über einem Jahr in die promonarchistische Partei CDI eingetreten, es konnte einfach nicht sein, dass man das Land den Linken überließ. Prompt gab es welche, die ihm hinter vorgehaltener Hand gratulierten, ihm auf die Schulter schlugen und versprachen, sich an ihn zu erinnern, wenn es etwas zu *verteilen* gab. Und vielleicht würde die Volksabstimmung ja alles wieder geraderücken. Die Chancen dafür standen angeblich nicht schlecht.

Morgen schon würde er den ersten Vertrag unterzeichnen, der seinem Vater nicht nur den Part der Holzarbeiten sicherte, sondern auch den Trockenbau, die Installation der Elektrik und den gesamten Innenausbau. Und es wäre ein Objekt, mit dem er sich darstellen könnte, ein Rathaus war wahrlich keine schlechte Werbung für die zukünftigen Vorhaben.

„Brauchst du dafür nicht Geld?", wollte sein Vater wissen.

„Klar!", erhielt er als Antwort: „Aber das bringen die, die ihre Ware, ihr Material in dem Bau sehen wollen." Der junge Gibellato genoss den überraschten Blick seines Vaters. Wartete auf den Einspruch, dass das nicht die Art sei, wie er Geschäfte machen würde, und das nicht gut für den Ruf wäre.

„Weißt du", kam er Gibellato senior zuvor, „es hat jeder was davon. Die haben keine Scherereien mit dem Bau, aber trotzdem haben sie es geschafft, dass ihr Zeugs darin zu finden ist. Wenn sie es schlau angestellt haben, sogar mit einem Markenzeichen, das man mit ihnen in Verbindung bringen kann. – Das und die Mühe, die ich damit habe, lass ich mir bezahlen. Mehr nicht. So einfach ist das. Dafür können sie draußen ein Papier aufhängen, auf dem dann ihr Name steht: Estrich von Bianconero S.r.l. – zum Beispiel. – Hattest du nicht mal von Gefälligkeiten gesprochen? Hier sind sie! Und das nächste Objekt wird noch größer."

„Du weißt, was man hinter unserem Rücken schwätzen könnte?"

„Du sagst es: könnte. Keine Sorge, solange Umberto König ist, sind wir Monarchisten vorne. Da hat die Arbeiterbrut keine Chance."

„Und wenn er doch demissionieren muss?"

„Ist die Tinte meiner Unterschriften sicher längst unter den weiteren Verträgen trocken. Und wenn ich erst mal den Fuß in all diesen Türen habe … Ach, du wirst schon sehen. Es wird gut gehen. Wir werden treue Partner unter den Handwerkern bekommen. Und schon in ein paar Jahren renovieren wir nicht mehr nur irgendwelche verschissenen Hühnerställe, reparieren auch keine zerschossenen Dächer oder bauen denen ihre kleinen Häuser, sondern in der ganzen Welt anständige Gebäude."

Fabrizio Gibellato holte mit beiden Armen aus und ahmte seinen Vater nach, als er damals nach der Oper die ganze Meute ins *Caffè* treiben wollte.

„Weißt du noch, damals in Rovigo, nach der Oper? Als die schöne Elena nicht mit uns einkehren wollte?" Dann schlug er sich auf die Schenkel und begann zu lachen, bis es ihn schüttelte.

„Was hat sie damit zu tun?", wollte sein Vater verwundert wissen.

„Eines Tages, vielleicht schon bald, baue ich ein Opernhaus, mit allem Drum und Dran, sag ich dir! Entweder sie singt darin und ist begeistert oder – mal sehen, ob sich dann noch überhaupt jemand an die erinnert. Man serviert uns auf jeden Fall nicht ab!"
Sein Vater schaute ihn plötzlich ernst geworden an.

„Was das Abservieren angeht, gebe ich dir recht, bezüglich der Tebaldi wirst du dich allerdings noch wundern. – Befürchte ich. Aber baue es! Wenn du es kannst. Aber übertreibe nicht. Du weißt, dass ich glaube, dass du dies zu oft tust. Trotz allem, vielleicht wundert sie sich und ist dir dankbar. Vielleicht singt sie zur Eröffnung. Vielleicht geht sie *dann* mit dir mit."

26. März, 12 Uhr 10

Der Commissario schaute das Papier unentschlossen an und zuckte mit der Schulter.

„Was soll ich damit anfangen?", fragte er Collasso.

„Ravanelli hat Aufnahmen von den Händen gemacht", erhielt er zur Antwort.

„Und?"

„Sie haben Hände wie Bauarbeiter, meint er. Pranken. Und ein paar haben an ihren Armen und Beinen Kratzer und Schürfungen, die auch vom Bau stammen könnten. Er hält sie zumindest für typisch."

„Das kann er trotz der Verbrennungen sehen?"
Jetzt zuckte Ispettore Collasso mit der Schulter.

„Nach bald dreißig Jahren sollte er genug Ahnung haben."

„Davon gehe ich aus."

„Und die Sache mit den Flüchtlingen können wir damit auch vergessen."

„Wenn das welche vom Bau sind, arbeiten die ohne Papiere."

„Dann wären es Illegale."

„Dann waren es Illegale!", berichtigte Berlingui.

„Wird nicht leicht werden, was herauszufinden."

„Lassen Sie uns überlegen. Von dort, wo der Unimog vielleicht herkommt, müssen die armen Kerle nicht sein. Ich meine, wenn es ein Bauunternehmen wäre. Aber warum wird mitten in Padua so ein Massaker inszeniert? – Wenn Ravanelli recht hat, wir also tatsächlich Flüchtlinge als solches ausschließen können, muss es keine Firma von hier sein, sondern kann etwas, ein Bauvorhaben oder so, in der näheren Umgebung betreffen. Jedenfalls sollten so viele helfende Hände schnell vermisst werden. Entweder wird offiziell Ersatz gesucht oder irgendein Gerücht über deren Verbleib macht innerhalb von ein, zwei Tagen seine Runde. Da müssten wir nur zur Quelle von so einem Geschwätz."

„Das wäre zu einfach", entgegnete der Ispettore.

„Oder es sollte so einfach für die Polizeibehörde sein."

„Sie spielen auf die heftige Warnung an, die dahinterstecken könnte, und von der Ravanelli gesprochen hatte?!"

„Dann sollen wir nämlich genau das schnell herausbekommen. Weil da einer mit Illegalen sich eine goldene Nase verdient. Zu golden – vielleicht!"

„Mit oder ohne Mafia?"

„Würde das Gold etwa dadurch wertvoller?"

„Nein! Sicher nicht. Aber der Staatsanwalt wäre unangenehm neugierig."

„Wir werden das verhindern müssen."

„Sollen wir Sfarzi über den Verdacht informieren."

„Vielleicht nicht sofort. Er erfährt sowieso davon. Ist bislang eh nur ein Verdacht. Wir gehen der Sache ohne großes Brimborium nach."

„Dafür haben wir sicher nicht sehr viel Zeit. Ich sehe schon die Presse darauf lauern, wie sie uns zerfleischen kann."

„Was Sie wieder haben!?" Der Commissario schüttelte zweifelnd den Kopf.

„Ich sage Ihnen, dass das ebenso gewollt sein kann. Es ist durchsichtig genug, um viele neugierige Seiten darauf kommen zu lassen. Lassen Sie die Verwaltungen, die Bürgermeister, überhaupt die Politiker das Gleiche denken, schon haben wir die Staatsanwaltschaft im Genick, irgendeinen Senator mit spitzem Messer vor unserem Bauch und einen Typen vom DIA, einem für organisiertes Verbrechen auf unseren Füßen."

„Mein Gott, Collasso, jetzt übertreiben Sie mal nicht, was sollten die von uns wollen?"

„Dass wir die Hände nicht zu tief in irgendwelche Dinge stecken, die mit Unannehmlichkeiten wie zum Beispiel Schmiergeldern zu tun haben könnten."

„Was wissen Sie schon wieder, dass Sie solche Theorien haben?"

„Leider nicht mehr als Sie, aber wenn ich zu Chiara nach Loreo fahre, sind auf der Strecke inzwischen so viele Baustellen, auf denen auch ab und zu Schwarze rumspringen, dass mir das gerade irgendwie automatisch einfällt und auch Sinn macht. Finden Sie nicht?"

„Hatten Sie vorhin nicht etwas von *zu einfach* gesagt?"

Collasso zuckte mit der Schulter.

„Es kommt darauf an, von welcher Seite Sie das betrachten. Wenn wir dann in die Höhlen der Löwen vordringen, wird das schon kein einfaches Unterfangen sein. Wahrscheinlich werden die sehr schnell genau diejenigen aktivieren, die uns das Leben dann schwer machen werden. Einfach wird das Ganze auf jeden Fall nicht werden."

„Also gut, vielleicht macht es dann wenigstens etwas Spaß."

„Wir sollten zunächst in Zivil auftauchen."

„Das müssen Sie mit sich selber ausmachen. Ich weiß gar nicht, wo meine Uniform abgeblieben ist."

„Und ich muss überlegen, was ich habe, dass es nicht nach Freizeit aussieht", gab Collasso lächelnd zurück.

Mailand, 13. Mai 1946

Fabrizio Gibellato nahm die Zeitung vom Vortag wieder in die Hand, die er erst Sekunden vorher zur Seite geworfen hatte. Jetzt war er aber kurz davor, sie in tausend Stücke zu zerreißen. Schon die Schlagzeile hatte ihn nämlich zur Weißglut gebracht.

Mit einem Zauberstab ließ Toscanini die Scala aus dem Staub der Zerstörung wieder auferstehen

Am gestrigen Abend hat der große Toscanini nicht nur für die 3000 Zuschauer, die einen Platz im Theater ergattern konnten, Regie geführt: Nein! Er hat auch die Zuhörer draußen auf der Piazza del Duomo, die vor den Lautsprechern gesessen haben, in Bann gezogen. Sie alle erlebten nichts anderes als die Wiedergeburt der 1943 durch einen furchtbaren Luftangriff zerstörten Scala. Es waren kleine Leute, Menschen, die aus ihren quirligen, oft genug verschmutzten Straßen hierher strömten. Arbeiter, Handwerker, kleine Ladenbesitzer, Familien mit ihren Kindern, die oft sogar in den Armen ihrer Mütter schliefen. Am Ende eines jeden Stückes applaudierten sie enthusiastisch, wie auf einem Dorfplatz, wenn das Fest des Jahres stattfand. Ein schlichtweg sensationelles Konzert zur Wiedereröffnung, in dem die erst 24-jährige Renata Tebaldi mit ihrer engelsgleichen Stimme unter anderem das Sopran-Solo Te Deum *aus Verdis* Messa da Requiem *und das Gebet von* Mosè in Egitto *sang. Es war das Debüt eines noch jungen, aber großen Opernversprechens.*

Zum fünften Mal hatte er den Artikel gelesen. Wort für Wort. Ihr bräuchte er also kein Opernhaus mehr bauen. Sie hatte ihn überholt, zum kleinen Fatzke degradiert. Sie die Gleichaltrige, die nicht einmal einen Abschluss vorzuweisen hatte, die zwar trillern konnte wie ein Singvögelchen, sich jetzt aber wohl für die Größte hielt.

Dieser Artikel war ein Kampfaufruf. Jede dieser Zeilen und das ganze Gehabe von ihr. Ja, sie hatte eine gute Stimme, aber er hatte genauso viel Talent. Und sie und der komische Regisseur hatten es sich herausgenommen ihn abzuweisen. Nun gut, alle um ihn herum wollten es nicht anders. Ab jetzt würde gelten: *Un diavolo caccia l'altro*. Ein Teufel jagt den anderen weg. Und er wusste genau, wen und was er ins Visier nehmen würde. Vor zwei Tagen hatte die Gerüchteküche seine Ahnung bestätigt. Vor zwei Tagen hatte er erfahren, dass sein König ins Exil gehen würde. Nun stand er allein. Er musste auf niemanden mehr Rücksicht nehmen. Er würde anfangen aufzuräumen. Die Firma seines Vaters wäre ein guter Anfang. Und morgen der erste Tag dafür. Ihm war egal, für wie eingebildet man ihn hielt. In wenigen Jahren würden sie alle anders über ihn denken – und abhängig von ihm sein. Ab jetzt sollte sein Vater einsichtig werden.

Gibellato faltete die Zeitung zusammen und holte aus einer Schublade des Schreibtischs die Unterlagen für *seinen* ersten Bau heraus. Von diesem würde Vater erst erfahren, wenn genügend Lieferanten die Verträge unterschrieben hätten, Verträge, wie er sie aufgesetzt hatte. Mögliche, behördliche Strafen, *condono* genannt, würde er ihnen auferlegen, sie also weitergeben. Entweder sie wollten sich die Chance nicht entgehen lassen, im neu entstehenden Italien eine Rolle zu spielen, oder er würde sie über kurz oder lang in den Ruin treiben. Er hatte noch nie mit ihnen zusammengearbeitet, aber er hatte schon jetzt von den kleinen Handwerkern die Nase voll. Und wenn der König schon nicht mehr da war, würde er die längst wieder vorhandene Verquickung von Bürokratie und Geld anwenden. Fehlt die autoritäre Führung, musste an deren Stelle die finanzielle Verführung treten.

Er beugte sich über den Plan, zeichnete hier und da etwas hinein, um das Projekt in verschiedene Phasen zu gliedern, die Gewerke festzulegen und damit die ersten Aufgaben zu verteilen. Für diese nutzte er die Listen seines Vaters, wohlbedacht darauf, bei den Handwerkern diejenigen auszuwählen, die etwas zu verlieren hatten und seine Vorstellungen daher übernehmen würden. Vielleicht hofften sie auch, den ein oder anderen Konkurrenten verdrängen zu können. Das war ohnehin eines der Ziele, die er verfolgte.

Nach diesem desaströsen und für das Land blamablen Krieg musste frischer Wind in dieses System, eine andere Dynamik und eine Art neuer Intendant, der das Ganze koordinierte, choreografierte und zusammenfügte. Er grinste bei diesen Gedanken und hob den Bleistift, schwang ihn durch die Luft wie ein Dirigent und schaltete eine Sekunde später das Radio ab, in dem eines dieser neuen modernen Jazz-Stücke von Lionel Hampton angekündigt wurde.

„Das muss ich mir nicht antun!", zischte er.

26. März, 13 Uhr 20

Auf die Leute vom örtlichen Bauamt, dem *ufficio technico*, war Verlass. Drei Pläne, auf die ihre Beschreibung passte, lagen keine Viertelstunde später als Kopie im Faxgerät. Allerdings waren die Informationen hinsichtlich der Bauausführung dünn, also das, was das bauende Personal dabei betraf. Immerhin waren die Bauvorhaben genau beschrieben. Und das alles war schon interessant genug, beinhaltete eine große Lagerhalle, die für Hochregale konzipiert war, ein Fabrikationsgebäude, in dem für die Produktion von verschiedensten Verpackungsarten schwere Maschinen untergebracht werden mussten, und sogar die Pläne für das neue, sehr umstrittene Stadion.

„Ganz schön kompliziert solche Gebäude. Bislang dachte ich, man bräuchte ein paar Betonwände und ein Dach und über Tragfähigkeiten von Böden habe ich mir bisher auch keine Gedanken gemacht. Oder wussten Sie, dass die Kornfestigkeit ebenso wie der Wassergehalt und die Porendurchlässigkeit die Festigkeitseigenschaften des Bodens bestimmen?"

„Nun, das ist bei Zement nicht anders. Da können Sie auch nicht beliebig große Kieselsteine benutzen. Das muss alles auf einander abgestimmt sein, sonst bricht Ihnen das alles mal über Ihrem Kopf zusammen."

„Ich werde Sie beim nächsten Hausbau zurate ziehen." Berlingui schüttelte den Kopf: „Vielleicht können Sie aus den Unterlagen auch das herauslesen, wonach wir suchen."

„Ich tu mich dabei genauso schwer wie Sie. Aber ich bekomme eine leichte Ahnung, was alles passieren könnte, wenn – wie soll ich sagen – die Kontrollen beim Bau versagen oder ausbleiben. Das öffnet Schlamperei, Schwindel und Betrug Tür und Tor."

„Woran denken Sie?"

„An gekaufte und bestochene Lieferanten. An Material, das so nicht verbaut werden dürfte: zu dünne Stahlstützen, schlechter Beton, zu weiches Holz, falsche Ziegel, Kabel und Rohre, die selbst für den Modellbau eine zu miese Qualität hätten."

„Und dann wird jedes Mal das teurere Material abgerechnet. Wenn's keiner kontrolliert, werde ich durch Beschiss reich."

„Trotzdem fehlt mir in diesem Zusammenhang ein Grund für den Mord an acht Schwarzafrikaner."

„Unter Umständen bestand die Gefahr, dass sie zu Plaudertaschen mutierten."

„Acht illegale Schwarzafrikaner, die unter Umständen wie Sklaven beschäftigt wurden? Im Dreck wohnten? Schlecht bezahlt wurden? Acht auf einmal? Die wahrscheinlich nicht ein Wort Italienisch sprechen können? Niemals! Wenn ich Dinge ausplaudern wollte, will ich das Geld dafür alleine kassieren. Nein, irgendwas passt da nicht hinein. Irgendwas haben wir bis jetzt übersehen. Es ist vielleicht doch, wie Ravanelli sagte: eine ganz heftige Warnung an denjenigen, der die armen Kerle – vielleicht als Einziger – kannte. Oder an den, der sie beschäftigt hatte. In unserem Land gibt es zu viele, die von so etwas profitieren."

„Ich weiß nicht, Sie haben sich verändert. In letzter Zeit sprechen Sie in kryptischen Sätzen oder so, als wüssten Sie längst über alles Bescheid."

„Ich hab' von nichts eine Ahnung, aber ich befürchte inzwischen – wohlgemerkt, nicht wir haben es getan –, es wurde die Büchse der Pandora geöffnet. – Und der Inhalt wird den auffressen, der sie geöffnet hat und die Branche wie schlechten Beton erschüttern."

Mestre, 12. September 1947

„Du wirst sehen, man wird uns brauchen. Auch die Amis wollen keine Kommunisten in unserem Land, unser *Movimento* bekommt ihre Unterstützung. Schon in den letzten Jahren haben sie unsere Vorstellungen in ihre Pläne mit eingebunden. Jetzt sind wir durch den Friedensvertrag sogar noch gestärkt worden!"
Fabrizio Gibellato legte seinem Vater einige Papiere zur Unterschrift vor. Er hatte endlich das eigene Projekt erhalten und durchgeplant. An diesem würde sich zeigen, ob seine Ideen eine Zukunft haben würden. Dazu kam, dass sein Vater sich seit geraumer Zeit nicht gesund genug für die kommenden Aufgaben fühlte. Die Firma müsste er also eher früher als später an seinen Sohn, also ihn, übergeben müssen. Und inzwischen war er optimistisch genug, dass er dies in nicht allzu ferner Zukunft tun würde. Die Lobeshymnen, die über ihn überall zu hören waren, mussten doch beruhigend sein.

„Ich werde es nicht mehr überprüfen können, meine Zeit ist bald zu Ende. Aber ich sage dir eines: Der Berg des Erfolges will nicht nur erobert, sondern auch bewahrt sein. Eine Unachtsamkeit dort oben und du fällst schneller hinunter, als dir lieb sein kann. Ich kenne zu viele, die, nachdem sie Hab und Gut verloren haben, auch ihr Leben hergeben mussten. Sie haben es für den kurzen Moment der Höhenluft aufs Spiel gesetzt."

„Ach, Papa", Fabrizio Gibellato ahmte den Tonfall seines Vaters nach, „die Berge in unserer Branche erklimmt man nicht alleine. Da oben werden schon zwei, drei andere auf mich aufpassen. Allerdings sicher nicht mehr. Es gibt genug Gründe, den Platz dort oben möglichst klein zu halten. Um diesen entsprechend zu verteidigen, braucht es nur einen kleinen, gut dosierten

Stoß an die Schulter, der wie ein freundliches Schulterklopfen aussehen sollte. Doch ein dummer Zufall wollte es anders."

„Dein Herz ist eine Mördergrube!"

„*Mio dio!* Was du immer hast!? – Komm! Unterschreib die Formulare. Ich werde die Gelegenheit nutzen, dich vom Gegenteil zu überzeugen. Das hier ...", er deutete auf die Pläne, „... ist etwas, was alle aufhorchen lassen wird. Solche Gebäude sind die Zukunft unseres Landes."

„Die Zukunft unseres Landes wird nicht nur durch Gebäude bestimmt. Die werden aufgebaut und abgerissen, verlottern und fallen in sich zusammen, werden mutwillig zerstört oder zu Objekten falscher Begierden. Immer stecken zwei Geschichten in ihnen und nur an eine wird man sich auf Dauer erinnern. Da werden deine Anteile verschwindend klein bleiben. Wenn, adelt ein gutes Gebäude den Architekten, der es geplant, sich erdacht hat. Dich adelt nur dein volles Portemonnaie oder der Stolz, mitgewirkt zu haben. – Du aber musst obendrein noch auf deine Begierden achten, sonst wirst du genau von diesen eines Tages ins Abseits gestoßen. Von deinem Berg, auf dem du dummerweise den Platz zu klein gehalten hast. Und bei der Geschwindigkeit, mit der du zurzeit nach oben willst, kann das schneller gefährlich werden, als du denken kannst."

Fabrizio schaute sein Vater mit eiskaltem Blick an, reckte dabei den Kopf nach oben und tippte still mit einem Finger auf das Blatt. Bevor sein Vater etwas entgegnen konnte, zischte er:

„Tust du es nicht, werde ich Mittel und Wege finden, mich durchsetzen zu können oder es gar alleine zu machen. Keiner wird mich daran hindern, dort oben Platz zu nehmen, ihn zu schaffen und zu bleiben."

„Dann mach' es alleine." Die Augen des alten Gibellato funkelten und nur sein Mund lächelte. „Du bist ja der Schlaue von uns beiden. Dein Scheitern und Fallen betrachte ich dann wahrscheinlich schon bald von oben, *das* wird mich jedenfalls nicht umgebracht haben. Aber in meine Projekte mischst du dich ab jetzt nicht mehr ein." Ohne die geforderte Unterschrift geleistet zu haben, legte er den Stift zur Seite und stand mit Mühen auf. Sein Blick ließ keinen Zweifel daran, dass er sich von seinem Sohn nicht vorführen lassen würde.

26. März, 14 Uhr 55

Hinfahren wollten sie nicht.

„Damit könnten wir vielleicht zu viel Staub aufwirbeln", hatte Berlingui gemeint, „lassen Sie uns über die erst einmal etwas in Erfahrung bringen, jeder wunde Punkt, den wir vorher finden, kann hilfreich sein."

„Wenn es denn welche gibt", erwiderte Collasso.
Nun saßen sie zusammen und machten eine Art Schlachtplan. Vor ihnen all das, was neben den Faxseiten aus dem Bauamt ihr Computer hergegeben und ein paar Kollegen zusammengetragen hatten. Wieder Sachen, mit denen sie sich zu großen Teilen nicht auskannten, da sie mehr mit bautechnischen Dingen zu tun hatten als mit Personen und deren Verantwortlichkeiten oder Zuständigkeiten, stattdessen also mit Dingen zu tun hatten, die sie in einem Baulexikon hätten nachschlagen müssen, Dinge wie Ausschreibungsmodalitäten und Konformitätserklärungen, den sogenannten *dichiarazioni di conformità per impianti*, von denen sie so noch nie etwas gehört hatten – was wiederum laut anderer Kollegen ein Fehler sei, außer, man wolle kein *bewohnbares* Eigentum –, oder mit Finanzierung und

Besorgung von Fremdfirmen für ein Bauvorhaben, mit Planungshoheiten und Durchführungsbestimmungen, mit Trägerschaften und den Bestimmungen für Bauherren.

So suchten sie weiter nach anderen Zusammenhängen: Wusste man zum Beispiel etwas über die Angestellten, die auf den Baustellen tätig waren? Gab es von denen Zeugnisse? Gab es gar Vorbestrafte, Kriminelle, die sie in Dateien finden konnten? Welche, die früher einschlägige Geschäfte betrieben hatten, und nun die Anstellung als Deckmäntelchen brauchten? Doch die Unterlagen gaben darüber kaum etwas, im Grunde genommen sogar nichts preis. Nur die oberen Etagen wurden mit Namen, Adressen und Positionen benannt. Die Hierarchien gingen, und das auch nur bei bestimmten Baulosen, lediglich bis zum Polier hinunter. Nach mehr als zwei Stunden kam Collasso darauf, die einzelnen Bauvorhaben vor Ort doch zu sichten. Viele bräuchten ja mehrere behördliche Genehmigungen, erst recht, wenn es sich um kommunale Aufträge handelte, da gäbe es unter Umständen noch weitere Details.

Er musste nur seinen Chef dafür munter bekommen. Wie gut also, dass er schon vor ein paar Wochen wenigstens im Büro für einen genießbaren Kaffee gesorgt hatte, weil er von zu Hause diese neuartige *Panafe* mitgebracht hatte.

„Ist zwar mit Pads" – was für ein Affront – „aber besser als die Plörre in dieser Polizeilaube heute Morgen."

Mehr Lob war von seinem Chef nicht zu erwarten. Der trank aber bereits den dritten Espresso.

„Find ich ja echt seltsam, nirgendwo ist zu finden, wie viele Leute bei so etwas mitwirken, wie viele man auf einer solchen Baustelle antrifft. Die Anzahl ist nirgendwo eingetragen. Nur die Namen der Architekten,

Statiker, die der Chefs der beteiligten Firmen und die jeweiligen Bauleiter. Es muss doch auch Bauleiter, Kran- und Baggerführer geben, Poliere, Maurer, Zimmerleute, Dachdecker, Elektriker, Gipser, Maler, Fliesenleger, Heizungsmonteure. Typen, die die Laster fahren. – Was weiß ich."

„Tja, die können das wohl alle selber alleine oder mit tausend Mann hochziehen. – Oder die sollten Sie fragen, Sie können ja schon eine ganze Menge Zuständige aufzählen."

„Sie nehmen mich wieder auf den Arm, Collasso. Es geht unter Umständen um Löhne und Gehälter, die müssen ja bezahlt werden. Darüber muss es doch Listen geben. Sonst öffnet man doch Betrügern Tür und Tor."

„Steuerbetrug. Dubiose Geschäfte. Falsche Zulieferer. Schlechte Ware. Und – vor allem: Schwarzarbeiter." Collasso lachte auf: „Damit würde sogar die Hautfarbe stimmen und wir wären überdies auch wieder bei unserem Gold. Oder bei der Mafia."

Berlingui schüttelte mit hochgezogenen Brauen den Kopf und tippte auf die Blätter eines Bauplans für eine Produktionshalle in Curtarolo.

„Mafia? Okay! Zum Beispiel. Aber wie sie's machen, ist ja auch egal. Hauptsache, der Termin wird eingehalten. Sie haben recht, wir suchen jetzt ein aktuelles Bauvorhaben und fahren einfach mal dorthin. Dann werden wir sehen, wer so etwas hochzieht. Und ob bei denen nicht schon die Panik ausgebrochen ist, weil zu viele Leute fehlen. Aber es würde mir schon reichen zu erfahren, wie die Gewerke verteilt sind, der Bauablauf organisiert ist, Leute dafür gesucht und eingestellt werden und so etwas vor Ort umgesetzt wird."

„Okay. Kapiert. Diese Halle ist das neueste Projekt", erwiderte Collasso und tippte auf den Stempel oben rechts, „gerade mal fünf Monate alt. Die ist vielleicht schon fast fertig. So was wird doch heutzutage nur noch vom Laster gehievt und auseinandergeklappt. Alles Fertigbetonteile."

„Haben wir noch ein, zwei Alternativen? Ist ja unwahrscheinlich, dass gleich die erste Baustelle der Volltreffer ist."

„Ja, hier. Der neue Bauhof in Este. Immerhin ein öffentliches Bauvorhaben. Oder noch besser, das Stadion. Das ist so groß, dort arbeiten bestimmt nicht nur ein, zwei Dutzend Männer."

„*Va bene!* Zum Kapieren zuerst die Halle. Und für das Stadion besorgen wir uns vorher so viel Unterlagen wie möglich."

Mestre, 17. August 1948

Die Einweihung kam fast ein Jahr später als ursprünglich geplant. Nicht gut, wenn man sich seinen Namen nicht schon zu Beginn, mit dem nahezu ersten Auftrag, kaputt machen lassen wollte. Und erst recht nicht gut, wenn man seinem Vater eigentlich zeigen wollte, wie gut man war, und die letzten Wochen doch mit Geld der anderen überbrücken musste. Alles war in dieser Zeit auf den Kopf gestellt worden. Vor drei Tagen hatte man ein Attentat auf den ehemaligen stellvertretenden Ministerpräsidenten und jetzigen kommunistischen Parteiführer Palmiro Togliatti verübt. Prompt fingen die ersten Arbeiter an zu streiken, auch auf der fast fertigen Baustelle, was in die Ausrufung eines Generalstreiks mündete und dazu geführt hatte, dass da vorne nur die zweite, wenn nicht sogar dritte Reihe der Repräsentanten der Region darauf wartete, die Zeremonie durchzuführen. Sichtlich verunsichert und nervös reichte man sich die Hände, suchte nach den passenden Wörtern und hampelte eher herum, als staatstragend und souverän zu wirken. Mit Mühe konnte er sich zu einem Lächeln zwingen.

„In diesen dramatischen Tagen, nach Krieg, Besetzung, Befreiung; den Auseinandersetzungen in den letzten zwei Jahren bis zu den Parlamentswahlen im April und dem vor wenigen Tagen erfolgten Attentat. Nach einer solchen Zeit, die darüber hinaus vielen, auch unseren Familien schmerzliche Verluste beigebracht hat, das Zeichen zu setzen, dass unsere Kommunen und Regionen stark genug sind, jedem Sturm zu widerstehen, zeigt den Willen, die Stärke und den Stolz unserer Nation." Der Vertreter des *consiglio provinciale*, des Provinzrats, machte eine Pause und schaute auf. Der Anfang seiner Rede schien Ruhe in die Gruppe gebracht zu haben. Schon erhob einer in dem kleinen Rund vor ihm die Hände für einen kleinen, zustimmenden Applaus. Ja, sogar der junge Fabrizio Gibellato, der Juniorchef des verantwortlichen Bauunternehmens schaute anerkennend zu ihm hinüber. Ahnte, nein, wusste er doch, dass sein Name dafür verantwortlich war, dieses Gebäude bauen zu dürfen. So würden natürlich, nach einem entsprechenden Dank an ihn, auch seinem Vater einige Zeilen seines Vortrags gelten. Der Redner senkte wieder den Blick und fuhr fort:

„Stolz dürfen wir wirklich sein. Hier, hinter mir, haben wir ein Gebäude, das kaum besser die Zukunft unseres so arg gebeutelten Landes darstellen kann. In ihm werden in den nächsten Generationen friedfertige Bürger heranwachsen und zur Schule gehen. Hier werden zahllose Kinder leben, die in vielen Jahren die Geschicke dieses, unseres Landes lenken werden. Diese *scuola elementare* wird eines der ersten Symbole eines friedlichen Italiens sein. Wir haben dafür Hartnäckigkeit und viel Geduld gebraucht, wir haben dafür die richtigen

Partner gehabt, wir haben dafür – entschuldigen Sie bitte den etwas hinkenden Vergleich – auf die richtigen Pferde gesetzt." Schon wurde ein erfreutes Gelächter hörbar und der Vertreter des Provinzrats ergänzte:

„Ich wusste es schon im Voraus, denn Namen beinhalten oft ein Versprechen. Das muss ich erklären, mit einer kleinen Geschichte, einer Anekdote, vor Jahren einmal setzte ich nämlich bei einem Pferderennen auf Sieg. Was soll ich Ihnen sagen, es war das einzige Mal, dass ich dies tat, aber ich war von Anfang an überzeugt, richtig gewählt zu haben, und so geschah es auch, es gewann. Das Pferd hieß Vittorio. Trug also den passenden Namen. Somit danke ich diesmal nicht nur einem jungen Mann, sondern insbesondere einem Vittorio und somit dem Senior des Bauunternehmens, Vittorio Gibellato."

Vergessend, das Band vor der Eingangstür zu zerschneiden, trat er vor und eilte in drei, vier Schritten auf den alten Gibellato zu und reichte ihm die Hand. Erst dann bemerkte er seinen Fauxpas, beugte sich zur linken und rechten Seite, um auch die Hand von Fabrizio und die Hände der anderen Offiziellen zu schütteln und diese mit einem Dankeswort zu versehen. Anschließend wendete er sich um und zerschnitt, nun noch kaum von der applaudierenden Menge bemerkt, das Band, öffnete die Tür und bat in das Gebäude. Zusammen mit Vittorio Gibellato trat er ein und nahm ihn gleich nach der ersten Türe zu einem Klassenzimmer auf die Seite.

„Im Wagen habe ich eine Mappe für Sie, mit einem Inhalt, von dem wir hoffen, dass er eine Wiedergutmachung für die turbulenten letzten Monate sein könnte." Er unterbrach und schaute über die Schulter des Seniors, ob er ungestört weitersprechen konnte: „Es gibt da einige Vorhaben, die realisiert werden sollen.

Vielleicht helfen Ihnen die Informationen, sich darauf vorzubereiten, wir würden es uns wünschen." Dann, mit deutlich lauterer Stimme: „Ja, Signor Gibellato, solche Schulen, so luftig, schön und hell, hätten wir uns zu unseren Schulzeiten auch schon gewünscht." Dann legte er fast gönnerhaft eine Hand auf dessen Schulter und schob ihn zurück zu den anderen.

Wenige Minuten später standen beide Gibellatos nebeneinander. Fabrizio mit versteinertem, beleidigtem Blick, da er sich in keiner Weise genügend gewürdigt fühlte, und sein Vater mit stillem Stolz. Beide verfolgten mit einem Glas Wein in der Hand die kleinen, meist unwichtigen Gespräche oder beteiligten sich an ihnen mit den gleichen Unwichtigkeiten. Vittorio Gibellato wusste, er hätte die Position seines Sohnes in diesem Bauvorhaben korrigieren können. Ein kleiner humorvoll dahergesagter Satz hätte genügt, ohne das Gesicht zu verlieren. Doch was spielte dies für eine Rolle. Er war zwar schon lange nicht mehr auf diesen Platz auf dem Gipfel erpicht. Doch wollte er diesen heute noch einmal genießen. Einem Herrn zuprostend drehte er sich anschließend zu seinem Sohn um und meinte mit hochgerecktem Kopf:

„Ich hoffe, du hast heute Morgen endlich etwas gelernt." Mit ernstem und forschendem Blick schaute er seinen Sohn an: „Um erfolgreich zu sein, reicht es nicht, nur Ideen zu haben, Villen und Opern bauen zu wollen, alles alleine machen zu wollen, sondern bedarf es vielmehr der richtigen Verbindungen. Mitunter eines alten Schiffes, das wie ein Eisbrecher die Rinne schafft. Mit Hopplahopp kommen wir nicht weiter. Glaube mir!"
Fabrizio quittierte die Aussage seines Vaters mit einem gewissen Maß an Missbilligung. Solche Verbindungen brauchte er nicht. Mit den erstarkenden Kommunisten, mit linken Anti-Italienern wollte er nicht koalieren.

„Du wirst sehen: Die Zukunft gehört den Konservativen, nur die sorgen für Beständigkeit. Die andern haben sich in den letzten Monaten nur wichtiggemacht. Der König hat das Land aufgebaut, die linken Partisanen haben es verraten und dadurch zerstört."
Der alte Gibellato richtete sich auf, reckte den Kopf in die Höhe und wurde genau die Zentimeter größer, die er wollte. Ruhig stand er da, gewichtig und von einer ungewohnten Härte beseelt. Dann schaute er seinen Sohn mit festem Blick an und verlangte mit schneidig scharfem Ton:

„Vergiss dein verschrobenes Weltbild. Du wirst sehen: Das Leben in diesem Land wechselt schneller seine Futterstellen und Brötchengeber, als dir recht sein kann. Da spielt es keine Rolle, auf welcher Seite sie gestanden haben oder stehen werden. Stell dich darauf ein und arrangiere dich mit allen! Ich sage es dir zum letzten Mal. Und vergiss nicht die Schmach, die deine Deutschen uns angetan haben, nur weil wir Frieden wollten und uns mir den Alliierten verbündeten. Du kannst von Glück reden, dass du nicht dabei warst, dass du dein Leben nicht in diesen Krieg, an die Front bringen musstest, dass dieser Flughafen zu klein für tödliche Feindseligkeiten war! Von jeher! – In den letzten Monaten habe ich Zeit gehabt zu lesen und nachzudenken. Ein berühmter Brasilianer, Mario de Andrade, hat mir dabei geholfen. Meine Zeit ist zu kurz, um Überschriften, Parolen und irgendwelchen Devisen zu glauben. Mein Ziel ist es, das Ende zufrieden zu erreichen, in Frieden mit mir und meinem Gewissen – und von dieser Zeit habe ich nicht mehr viel. Vielleicht nur noch Wochen. Das weißt du! Wir haben zwei Leben und das zweite beginnt, wenn du erkennst, dass du nur eines hast. Das wirst du kapieren müssen. – Jetzt oder nie."

27. März, 00 Uhr 35

Er war mit hineingegangen. Erstens weil sie einen vergessenen Beutel holen und zweitens, weil er ungern im Auto vor dem Gebäude auf sie warten wollte. Er könnte ja gesehen werden, bildete er sich ein, dabei war der Zweck des Hauses logischerweise von außen nicht zu erkennen und durch die Werkstatt für Busse und Lkws bestens getarnt. Die normale Kundschaft wäre darüber hinaus nicht einmal an ihm vorbeigegangen, die hatte einen nahezu versteckten Eingang in der Tiefgarage, auf der anderen Seite. Der Name „*Chez Silvia*" war zudem nur ein farbloser Hinweis auf die Bar im ersten Stock, dass die Tür *ingresso privato* rechts neben dieser in bestimmte Gemächer führte, wussten zwar alle, aber dank eines behördlichen Schutzschildes würde in den nächsten Jahren niemand diese Türe öffnen, um das Geschehen dahinter zu kontrollieren; man zerstörte sich ja nicht die eigenen Freizeiteinrichtungen.

Vor allem aber konnte er wieder einen schnellen Blick auf seine Lieblingsfotografie werfen. Ein Ritual, das ihn bei seinen mittlerweile wöchentlichen Besuchen einstimmte, bevor er das *Foyer de cœur* betrat. Vielleicht hätte dieses Bild ja heute sogar noch einen weiteren Sinn und damit eine vernichtende Wirkung auf die vielen grauslichen Bilder vom *Prato*, die seit Stunden in seinem Kopf herumschwirrten.

Dicht hinter Chiara gehend schielte er zu dem riesigen Foto neben sich und hob eine Hand. Er kannte inzwischen jeden Millimeter des Motivs. Ein unsichtbarer Scheinwerfer beleuchtete die erotische Szene von hinten, wie durch eine papierne Wand hindurch. Schuf dadurch ein flirrendes Spiel aus Licht und Schatten. Jedes Detail, jedes Härchen und jede noch so intime Stelle waren in Übergröße zum Greifen nah, hyperrealistisch und doch nicht richtig zu erkennen. Eine perfekt gelungene, nahezu dreidimensionale Provokation für die Fantasie des Betrachters. Mit der Zeit hatte er sich angewöhnt, mit den Fingern am unteren Rand des Rahmens entlang zu streichen, als wenn er mit ihnen auf dem abgebildeten, fast realen und nur durch einen wehenden, dünnen und transparenten Stoff verhüllten Schenkel hinaufgleiten und die Härchen durch den Windhauch der Bewegung in Schwingung versetzen könnte.

War er alleine, betrachtete er die Hand in der Aufnahme genauer, die den gleichen Weg in Richtung Schoß zu nehmen schien, und glaubte jedes Mal in dieser Chiaras Hand wiederzuerkennen. So ähnlich waren sie sich. So sehr glichen sich die Landschaften, die durch Sehnen und Adern unter der Haut erschaffen wurden. Einige Male hatte er sie schon fragen wollen, doch ließ er es dann stets bei der verwirrenden Idee bewenden, dass die anderen Fotos demnach von den übrigen Mädels sein müssten.

„Sie ist schön, nicht wahr?", meinte Chiara, ohne ihn anzusehen, als wenn sie ahnte, welches Bild er anschaute und das Gesicht des Mädchens sehen könnte oder ihr gar bekannt wäre. Dabei war nicht mehr zu erkennen als ein schmaler Streifen zwischen Nabel und den Schenkeln, der zugegebenermaßen in einem sehr verführerischen Moment aufgenommen worden war. Nur deswegen fühlte sich Benito ertappt, weil er sich plötzlich für eine Sekunde wie ein ungeladener und unverschämter Voyeur vorkam.

Hätte Sofia, seine Verflossene – wären sie überhaupt noch zusammen – ihn dabei erwischt, wie er ein solches Bild anschaute, zum Beispiel in einer Zeitschrift, hätte sie ihm diese längst mit einem vorwurfsvollen

Blick aus der Hand gerissen und ihn weiß Gott was genannt, zumal sie solche Bilder selbst nie ansehen würde. Denn nach ihrer anfänglich heißen Phase war sie bald so prüde wie eine verknöcherte Nonne geworden. Seit Chiara hatte er keine Vorstellung mehr darüber, wie er mit Sofia dann noch all die Jahre hatte zusammen sein können. Er zog die Hand von der wie der Schenkel matt schimmernden Aluumrandung und wog mit einem Seufzer seinen Kopf hin und her.

„Ich werde Silvia fragen, ob sie es dir überlässt. Wäre doch ein schöner Schmuck in deinem Schlafzimmer an der einen kahlen Wand."
Sie drehte sich zu ihm um und war überrascht, nur ein kleines Lächeln und keinen Beifall in seinem Gesicht zu erkennen. Die Geschehnisse am Morgen, von denen er ihr nur wenig erzählt hatte, hatten ihn wohl zu hart getroffen. Als Trost warf sie ihm eine Kusshand zu und meinte:

„Warte da in deinem Sofa! Bin gleich wieder da. Dann fahren wir zu mir nach Hause, wäre doch gelacht, wenn ich dich nicht auf andere Gedanken bringen und dir nicht etwas Gutes tun könnte."
Tatsächlich war sie keine Minute später zurück und winkte mit einer Hand, *Komm! Auf! Andiamo!* Aber als sie sein blasses Gesicht sah, setzte sie sich neben ihn und streichelte mütterlich über seinen Kopf. So bleich, wie er da in dem roten Plüschsofa hockte, hatte sie ihm erst einmal einen besonders großen Cocktail gemixt und hingestellt. Dieser leuchtete nun, an große fluoreszierende Zeiger einer Uhr erinnernd, fast von alleine in einem ungewöhnlichen Blau vor ihm auf dem Tisch.

„*Mah*, Beni, das alles heute Morgen war wirklich ein bisschen heftig, wie?"
Collasso verneinte und nickte gleichzeitig mit dem Kopf.

„Das sah nach einem Kriegsschauplatz aus und nicht nach einem Tatort. Gut, dass solche Typen hier nicht auftauchen", sagte er plötzlich.

Sie nippte an seinem Cocktail und zog die Augenbrauen hoch.

„Wen meinst du? Die *africani* oder deren Mörder? Die Schwarzen haben im Übrigen für ihre Gelüste auch ganz spezielle Adressen. Du wirst es kaum glauben, auch für diese armen Kerle gibt es Mädchen, die sich hergeben. Frag in der Questura nach, die kennen manche Wohnung. Und wenn nicht, geb' ich dir ein paar Tipps. Ihr habt doch Fotos von ein paar der Toten. Zeig sie doch mal rum. Ich könnte mir vorstellen, dass es Mädchen gibt, die etwas wissen. Und du hast einen guten Namen bei den meisten Huren."

Das schelmische Glitzern in ihren Augen konnte er nicht übersehen. Sofort wusste er, was sie damit meinte. Immer noch war er überrascht, wie schnell sich seinerzeit die Nachricht seiner Beziehung mit Chiara im Milieu herumgesprochen hatte. Und wie schnell sie für einen Schutzschild sorgte, sowohl auf der Seite der Mädchen als auch auf seiner Seite, denn zu ihm – dem Stellvertreter der Ordnungsmacht – hatte man Vertrauen. Er blickte hoch und lächelte sie an, dann trank er in einem Zug sein Glas aus und klopfte sich auf die Schenkel.

„Also gut, gehen wir."

Beim Hinausgehen blieb er wieder vor der Fotografie stehen, kniff die Augen zusammen und inspizierte sie diesmal ohne Scheu vor Chiaras Augen. Ja, es würde gut in das Zimmer passen. Mit einem Finger tippte er auf das matt schimmernde Glas und drehte sich zu ihr um.

„Das bist du, oder?"

Damit kein Zweifel aufkam, nahm er ihre linke Hand, hob sie hoch und hielt sie neben die im Bild. Sie schaute ihn mit großen Augen an. Ein Blick voller Ahnungslosigkeit. Er konnte nicht ausmachen, ob gespielt oder echt. Wie immer war es auch jetzt wieder ihr Lächeln, das ihn seit damals, als sie ihn an der Theke empfangen hatte, aus der Fassung brachte, und das sie ihm auch jetzt schenkte. Nein, Ahnungslosigkeit war es doch nicht. Sie senkte lächelnd den Blick ein wenig und betrachtete eine Stelle auf dem Schenkel. Mit einer Hand schob sie ihre Haare nach hinten.

Damals waren sie drei Mädels und dieser Fotograf gewesen. Der hatte vorgegeben schwul zu sein und schon Riccardo Agostini fotografiert zu haben, bevor der überhaupt wusste, dass das Wort Formel mal wichtig für ihn sein könnte. Und Francesco Toldo, als der schon längst in der Nationalmannschaft spielte und drei Elfmeter gegen die Niederländer hielt. Und diese Greta Marini – zum Beweis zeigte er auf dem Display seiner Canon ein paar zugegebenermaßen sehr schöne Bilder einer nackten Frau, vielmehr Ausschnitte, die auch jede andere Frau hätten darstellen können. Doch sein Schwulsein und diese Fotos der angeblichen Greta Marini ließen Chiara und ihre zwei Freundinnen nicht zögern oder schwanken und ihn diese Bilder machen.

Bei allen Zweifeln, die sie dann doch mit jedem gemachten Klick bekamen, sein Handwerk verstand er nicht nur gut, sondern perfekt. Er hatte ein Auge für Szenen, Posen, Reize, ohne zudringlich zu sein, ohne ihre Identität auf den Bildern preiszugeben. Jedoch wunderten sie sich, als er doch begann, ihnen über ihre Haut zu streichen, angeblich, um sie zu positionieren, zunächst war es auch nur über ihre Hände, dann Füße, wenig später den Rücken, doch dann folgten die Schenkel und sogar der Bauch und die Brüste, mit einer unendlichen Zärtlichkeit berührt. Als wäre es Beweis genug, zeigte er ihnen, welche Wirkung seine Hände auf das Detail hatten, das Benito jedes Mal so faszinierte: Nämlich die Härchen, die wie von einem Wind sich seinen Fingern entgegenreckten.

Vielleicht war es am Ende die aufgekratzte Stimmung oder die doch oft genug prickelnde Erotik, die Atemlosigkeit, die in solchen Situationen entstehen konnte, jedenfalls waren seine Hände dann nicht mehr nur auf den Innenseiten ihrer Schenkel zu finden und die eigenen Finger nicht nur auf den eigenen Körpern. Die Stimmung ließ mehr zu als geplant, mehr als sie ursprünglich erlaubt hätten, aber dann waren sie doch einverstanden. Und dieses *Einverstanden* war eigentlich das falsche Wort. Denn seitdem hingen diese Bilder dort, quasi als Bezahlung, seitdem lief sie an diesen lieber schnell vorbei. Doch nicht heute. Nicht, nachdem Beni seinen Gefallen an ihnen gezeigt hat.

„Die waren alle ursprünglich für einen Kalender gedacht", beantwortete sie seine nicht gestellte Frage. „Er wurde nie gedruckt."

Roverdicrè, 17. November 1951

Maria, seine Schwester war auch unter ihnen. Fortgespült vom Hof des Schwagers. Als sei sie nichts weiter als ein verdorrtes Blatt auf fließendem Wasser. Fortgerissen und mitgeschwemmt vom Matsch der gebrochenen Dämme, vom Unrat, den diese vor sich hergetrieben hatten, bis kurz hinter Roverdicrè. Dort lag sie nun. Das junge Ding. Nicht mal dreiundzwanzig Jahre alt und erst seit letztem Jahr verheiratet. Vielleicht barg sie sogar ein werdendes Kind in ihrem durch die Wucht der Natur so geschundenen Körper. Nun vom Kamm einer heranschießenden Flut einfach fallen gelassen, verbogen und zugerichtet. Eine menschliche Scherbe. Hingeschmissen. Tot, wie das schon faulende und aufgedunsene Vieh, das überall herumlag. Vielleicht waren es sogar die eigenen Kühe, die sie zuvor noch versucht hatte, zusammenzutreiben und zu retten.

Ja, die Dämme, diese verfluchten Dämme, die nie repariert worden und daher immer noch löchrig wie Schweizer Käse waren, weil die linken Idioten in den letzten Tagen des Krieges meinten, Löcher in sie bohren zu müssen, damit Angreifer und falsche Besatzer fortgespült würden, wenn man das Land dahinter unter Wasser setzte. Gebohrt und gegraben haben sie, aber dann waren sie doch verschwunden. Der Krieg folgte anderen Schemata. Diese ehemaligen Untergrundkämpfer und diese jungen, fanatischen Leute, zu denen, wie er gehört hatte, auch Leute aus seinem Bekanntenkreis zählten, hatten also die Löcher in die Dämme gegraben, auch um die Deutschen ersaufen zu lassen, wenn sie durch den Sumpf wollten, und dadurch in eine Flut kämen. Was spukte diesen Idioten bloß durch den Kopf? Und wenn die Freunde in den Bars nicht gelogen hatten, war unter ihnen sogar wieder einmal einer der Tomès gewesen. Er hatte es ja selbst erlebt, in den letzten Kriegstagen hatten sie sich alles andere als patriotisch verhalten. Wieder fiel ihm die Sache mit der Kanone ein.

Jetzt war die Zeit gekommen. Jetzt würde er sie endlich zur Rechenschaft ziehen. Diese linke Bagage, diese ganzen Kommunisten, Gewerkschaftler und Landesverräter. Wie in seinem Unternehmen, dort hatten sie mittlerweile auch nichts mehr zu suchen. Das Personal in der Firma seines Vaters hatte er schon einen Tag nach dessen Tod ausgetauscht. Auch wegen dessen philosophischem Gehabe in den Monaten zuvor. Wer hatte denn in den letzten drei Jahren das Unternehmen nach vorne gebracht? Jetzt war der Alte gestorben und nur noch Gleichgesinnte mit ihm am Werk, linientreue, ehrliche, konservative Menschen, die noch eine Ahnung hatten, was ein König oder zumindest ein anständiger Ministerpräsident hätte bewirken können. Bei den anderen beiden Firmen, die er im letzten Jahr übernommen hatte, hatte er es auch so gemacht. Und so würde er auch bei den nächsten vorgehen. Ohne Störenfriede und Besserwisser käme er vorwärts.

Wegen der alten Demütigungen kannte er ohnehin nur ein Ziel, nämlich das einzige, in dieser Art konkurrierende Baugeschäft, das inzwischen ausgerechnet dem Bruder des alten Tomès gehörte, in den Ruin zu treiben. Aus dem Nichts entstanden, hatte der sich aufgemacht und bereits beim Bau dreier öffentlicher Gebäude mitgewirkt und ihn, einen echten Sohn Italiens, aus diesen Projekten gedrängt.

Schon bald würde er ihn und seine Meute mit seinen Mitteln ausschalten. Am liebsten mitsamt dem dusseligen Bürgermeister, der war auch ein Linker, der war auch nicht besser, ein ehemaliger Partisan, auch wenn er nicht schuld an dem sein konnte, was sich gerade vor ihm abspielte. Der hatte seinerzeit nicht mitgemacht, nicht mitmachen können, der war in ihrer *Obhut* gewesen, als wenn man es damals schon gewusst hätte. Vor zwei Jahren mussten sie ihn leider freilassen. Und ausgerechnet jetzt brauchte er vielleicht diesen sozialistischen Idioten als Helfer für den im Grunde aussichtslosen Kampf gegen die Wassermassen.

Das war ohnehin das Einzige, worin sein Vater recht hatte: die Sache mit dem bescheuerten Lächeln. Ansonsten fehlte ihm sein Vater nicht. Nein, endlich war es gut, endlich konnte er schalten und walten. Viel zu oft hatte ihn sein Vater nämlich gebremst, ihn zurechtgewiesen und zurückgepfiffen, wenn er dabei war, die

Firma wirklich vorwärtszubringen. Dafür reichten keine Gefälligkeiten, dafür musste man bestimmte Leute abhängig machen, etwas druckvoller werden und sie mit diesem Lächeln verführen, und ein paar weitere Beteiligte erweichen. Er kaufte sie nicht mit seinem Geld, er gewann sie.

So würde es auch bei diesem Tomè funktionieren. Über kurz oder lang. Er erinnerte sich wieder an die Geschichten in Albignasego, an die unverschämten Befehle. An dieses herrische Auftreten. Immerhin war er bereits nach kurzer Zeit Obergefreiter geworden und sollte Unteroffizier werden. Schneller als Tomè denken konnte, dieser kleine Mechaniker, der sich immer nur zu ducken wusste. Und irgendwie war immer mit so einem Chaos der Name Tomè verbunden. Warum nur fiel ihm sonst ständig dessen Name ein? Und hierüber hatte er wirklich genug Dinge in den Bars gehört, was er mit ihrem Namen in Verbindung bringen konnte.

Fabrizio Gibellato schlug fortwährend mit der flachen Hand auf einen umgeknickten Baum vor ihm und schüttelte fluchend den Kopf. Maria. Seine Maria. Seine jüngste Schwester. Es war das dritte Mal, dass jemand von seiner Familie ums Leben kam. Ja, ermordet worden war. Das dritte Mal nach einer Aktion der Partisanen. Darin war er sich absolut sicher. Er wischte mit einem Handrücken über seine Wange, auf der eine Träne hinabrann. Diese elendigen Verräter. Sie hätten nachdenken und Nein sagen können, statt Löcher in die Dämme zu bohren. Man muss ja nicht jeden Scheiß mitmachen. Andere hatten es auch nicht getan. Haben sich im Zaum gehalten. Im Hintergrund. Die waren auch nicht verrückt geworden. Egal in welchem politischen Lager sie zu finden gewesen wären. Allmählich sah es wirklich nach einer Verschwörung aus. Zumal der Krieg faktisch schon vorher vorbei gewesen war. Aber nein, ausgerechnet hier, wo man sich bis zum Schluss aufgebäumt hat, musste so etwas passieren.

Gibellatos Gedanken begannen sich im Kreis zu drehen, sich an kleinen Vorkommnissen und diesem einen Namen festzubeißen und dadurch sozusagen in Rage zu denken. Er schaute auf das reißende Wasser und dachte immer wieder an die gleichen Szenen, die gleichen Namen und deren provinzielles Gehabe. Wieder fielen ihm die Tomès ein, wieder der Gedanke, dass sie schon immer Revoluzzer in die Welt gesetzt hatten, denen schon immer jeglicher Patriotismus fehlte.

Von denen war er in all den Jahren ständig umgeben und der alte Tomè war's doch, der ihn einst daran gehindert hatte, den Freunden zu helfen. Hatte man ihm nicht auch erzählt, dass dessen Sohn Stefano versucht hatte, bei den Revoluzzern unterzutauchen? Und von dem Kleinen hatte er gehört, er hätte behauptet, die Gibellatos steigern sich da in was hinein. So ein Trottel. *Die* hatten noch niemanden verloren. Überhaupt, er kannte keinen Namen aus der Gegend, der durch einen Deutschen ums Leben gekommen war, sondern nur durch Verrat der Roten und dann durch die Amis. Dieses Geschwätz der Massenhinrichtungen war doch viel zu unvorstellbar für eine Wahrheit und daher Lug und Trug.

Nun gut, für eine solch unfassbare Flut konnte er ihn nicht verantwortlich machen, doch wusste Stefano, der älteste Sohn Tomès, damals ganz bestimmt, was bei *Occhiobello* und flussaufwärts im Falle eines Hochwassers alles passieren könnte, als er mit seinen durchgeknallten Genossen Löcher in die Deiche bohrte, um mit dem durchströmenden Fluss die angebliche Besetzung zu stoppen. Mein Gott, wie dämlich und naiv. Denn natürlich waren die Deutschen intelligenter, als all diese Idioten dachten, und mit ihren Panzern weitergekommen, weil sie nämlich viel weiter östlich unterwegs waren. Auch wenn das Sumpfgebiet im Delta als unpassierbar galt. Ein schmaler Streifen zwischen dem ständigen Morast und der Küste bot aber genügend festen Untergrund. Und das Gute war, er war dabei gewesen. Das alles war gerade acht Jahre her. An die Löcher, auch Tomès Löcher, hat danach keiner mehr so richtig gedacht. Die wurden nur notdürftig geflickt. Typisch für diese hirnlosen Kommunisten, die jetzt an der Macht waren. In seinem Kopf wuchs die Wut. Bündelte sich und fand doch nur den einen Namen. Seine Faust krachte zum zigsten Mal auf das Holz.

„Kommen Sie, Signor Gibellato. Wir können hier nichts mehr tun. Maria wird nach Rovigo gebracht. In die Kirche zu den anderen, die man bisher geborgen hat."

Der junge Infanterieschütze, ein Bersaglieri-Unteroffizier aus Orcenico – wenigstens der ist ein wirklich anständiger Typ, dachte Gibellato –, zog mit festem Griff an seinem Arm.

„Das Wasser steigt immer noch. Lassen Sie uns umkehren, einige Brücken im Südwesten und die *Viale Porta* sind schon zum Teil überspült."

„Sie haben recht. Hier kann ich nichts mehr für sie tun. Aber glauben Sie mir, inzwischen kenne ich Mittel und Wege, Marias Tod zu rächen. Die dafür verantwortlich sind, werden sich früher oder später an meinen Namen erinnern."

Der Infanteriesoldat salutierte und meinte:

„Sie sagen, wenn ich Ihnen helfen kann!?"

Gibellato stutzte und wendete sich ihm mit einem gezwungenen Lächeln zu:

„Danke, mein Freund! Ich weiß Ihr Angebot durchaus zu schätzen."

27. März, 0 Uhr 45

Die *ragazze*, die Mädels, wie sie seit Jahren zu sagen pflegten, saßen mit ihren Revolverblättern im Wohnzimmer und unterhielten sich über die neuesten Seitensprünge ihrer Lieblingspromis. Natürlich mit Prosecco, in dem ein guter Schuss Aperol und ein paar Orangenzesten und -scheiben versenkt waren. Durch die Fensterscheiben konnten sie drinnen die lachenden Gesichter sehen, während sie selbst draußen unter dem Gartenzeltdach ihren Rotwein tranken. Eingepackt in ihren Jacken lümmelten sie in den Plastikstühlen herum und blickten seit Minuten stumm und bewegungslos in die unerwartet milde und sternenklare Nacht. Vor einer guten Stunde hatte Berlingui Giuseppe auf dem Weg nach Hause, noch im Auto sitzend, angerufen und gefragt, ob er ihm eine Ablenkung spendiere, wenn er für den Wein sorgen würde. Am anderen Ende der Leitung schien man zu zögern, was ihn veranlasste, auf die Uhr im Armaturenbrett zu schauen, 22 Uhr 35, eine eigentlich normale Zeit für ein Treffen wie in alten Zeiten, im Grunde genommen sogar mindestens diese eine Stunde zu früh, doch dann hörte er schon das erhoffte *Ma certo! Und bring Clara mit!* am anderen Ende.

Der Commissario lugte zu seinem Freund hinüber, der den Kopf in den Nacken gelegt und die Augen geschlossen hatte.

„Entschuldige, du bist müde, oder?", fragte er ihn.
Mandronis Kopf rollte zur Seite und er schaute Berlingui an wie aus einer anderen Welt kommend.

„Quatsch! Mir gehen zurzeit nur so viele Dinge durch den Kopf."
Als Antwort erhielt er von Berlingui ein wissendes Nicken und weitere dreißig stille Sekunden geschenkt. Doch war dieser zu neugierig auf das, was sein Freund

Giuseppe zu seinem neuen Fall sagen würde. Der hatte doch immer eine blitzgescheite Idee oder eine Information, mit der man etwas anfangen konnte. Vielleicht war es ja nicht einmal schlecht, dass er gestern Morgen nicht dabei gewesen war, und so einen eventuell neutralen Blick auf das Ganze hatte. Daher fragte er geradeheraus:

„Acht Schwarzafrikaner niedermetzeln. – Was soll das?"

„Du fragst mich immer Sachen?! *Du* bist der Polizist. Du hast es herauszufinden und ich kann darüber schreiben." Mandroni zuckte mit den Schultern: „Drogen fällt mir da als Erstes ein, als Zweites Zuhälterei. – Dann wären da noch Schmuggel und Menschenhandel. Denk an die Frauen, die mit denen rüberkommen", fügte er emotionslos hinzu und streckte seine Beine wieder aus. „Ist doch gar nicht so lange her, als man diesen irren Mafiatypen festgenommen hat und weiß Gott wie viele Frauen aus der Zwangsprostitution befreien konnte."

„Da passen aber keine Schwarzafrikaner rein."

„Die sind denen vielleicht in die Quere gekommen?! Schwarze Frauen verdrehen unseren Landsleuten immer häufiger den Kopf. Schon vergessen? War vor ein paar Wochen schon mal unser Thema."

„Dann müssten ja einige Frauen dankbar für deren Tod sein und sich ihrer Freiheit erfreuen."

„Die haben sicher nichts davon. Für die hat sich lediglich der Name ihrer Chefs geändert."

„Du meinst also tatsächlich, hier findet ein Krieg im Milieu statt?"
Berlingui schaute ihn mit gerunzelter Stirn an. Das war nicht blitzgescheit, das hatten die Kollegen und die anderen Journalisten auch schon in die Welt hinausposaunt. Stand sogar heute Morgen im *Corriere*, in der Zeitung, für die Vio arbeitete, allerdings nicht von ihr

verfasst. Hätte ihn auch gewundert. Denn irgendwie wollte der Inhalt der Geldkassette ihm nicht in den Kram passen. Was sollte der Spruch auf dem Zettel in dem Blechding, *questa polvere e troppa di acqua non assimila*[4]*? Polvere*, das klingt eher nach Drogen. Aber keiner nimmt Kokain oder sonst ein Zeug mit Wasser, außer er wirft ein Mittelchen ein, aber Pulver mit so einer Wirkung und einem solchen Wert, für den es sich lohnt, halb Afrika umzubringen, waren ihm nicht bekannt.

„Und was für teure Pülverchen haue ich mir mit Wasser rein?"
Der Journalist beugte sich mit einer abrupten Bewegung nach vorne und schaute den Commissario an.

„Junge, du bist absolut nicht up to date. Die rühren dir inzwischen einige Sachen in deine Cocktails hinein und du bist high und vergisst dein Leben. Pantatti kann dir ganze Listen davon aufzählen. – Mein Gott, du bist doch sonst nicht so. Was stört dich an dem Zettel? Okay, ich gebe zu, ist 'ne nicht besonders originelle Nachricht an alle, die ihre Nase in den Fall stecken."

„Eine nicht besonders originelle, finde ich auch, wenn sie das betrifft, was du meinst. In dem Zusammenhang hätte ich allerdings erwartet, eine klitzekleine Spur von diesen Pülverchen mitgeschickt zu bekommen. Aber von keinem Zeug der Welt war auch nur ein Mikrogramm in der Kiste drin."

„Ja ich weiß, dir wäre immer lieber, sie würden dir die Lösung gleich dazulegen. So ein Plastikbeutelchen mit Stoff. Wie bei Tossatello, *Souvenir alle terme*, mit schönen Grüßen der beste Fango ins Gesicht, weil und so ..." Mandroni hämmerte sich mit einem Finger heftig gegen die Stirn: „... bisschen bescheuert, was?"
Berlingui war über Mandronis rüde wirkende Erwiderung verwundert.

---

[4] Dieses Pulver und zu viel Wasser passen nicht zusammen.

„Hey, Giuseppe, was ist los? Hab' ich dir was getan? Stimmt was nicht? Was soll das?"
Der hingegen ließ sich wieder in seinen Stuhl zurückfallen und winkte ab.
„Ach, ist schon gut. Tut mir leid. – Keiner hat's gemerkt – bis jetzt, aber wir haben gerade ein wenig Stress miteinander ..."
Mit einem Daumen wies er hinter sich und Berlingui drehte sich, als wenn es ein Kommando gewesen wäre, zur Scheibe hinter sich um. Hinter der saßen in dem hell erleuchteten Wohnzimmer Clara und Giuseppes Frau immer noch nebeneinander auf dem Sofa und lachten. Es war kein anderes Bild als vor zehn, zwanzig oder gar sechzig Minuten. Keines, das sich von denen vor Wochen, Monaten und sogar Jahren unterschied. Tonia wirkte genauso fröhlich und unbeschwert wie sonst. Hatte ihren Beppe, wie sie ihn im Moment der höchsten Zuneigung zu nennen pflegte, auch bei der Begrüßung heute Abend wie in alten Zeiten angehimmelt und in den Oberarm gepikt. *Hast du von der Überraschung gewusst?* Für ihre Frage erhielt sie von ihm dann auch eher ein gequältes Lächeln als wissendes Lachen.
„Behalt's für dich, ja?"
Jetzt war es Berlingui, der mit den Schultern zuckte.
„Kann vorkommen. Und so, wie's aussieht ..." Nun deutete er auch mit einem Daumen nach hinten zu den beiden Frauen: „... renkt sich das sicher wieder ein."
Dann setzte er sich etwas auf und fuhr fort:
„Und wenn's ums Anrühren deiner Drogen geht, sind wir auf der falschen Party gewesen. Ich habe mittlerweile ohnehin Zweifel, ob wir im richtigen Milieu nachforschen."
„Milieu? Also denkst du an die alte Kombi aus Strich und Droge."

„Oder tatsächlich an ganz andere Dinge. Nur kann ich dir noch nicht sagen, was ich unter Dinge verstehe. Wenn's stimmt, zerrt ein alter ...", in diesem Moment zögerte der Commissario eine halbe Sekunde und fuhr nach einem kurzen, kontrollierenden Blick auf seinen Freund fort: „... Traktor einen Personenwagen auf die *Isola Memmia* des *Prato* und lässt ihn Minuten später abfackeln."

„Hm, ja, klingt wirklich ein bisschen übertrieben. Ist auf jeden Fall nicht die übliche Masche. Acht Schwarze, hast du gesagt? Könnte sich auch um Schlepper handeln oder eine Schiffsbesatzung, die zu gut zu den Bootsflüchtlingen war. Manche dieser Rechtsextremen schrecken vor nichts zurück und haben Unterstützung."

„Hier in Padua?"

„Hier gibt die Lega Nord den Ton an."

„Die könnte einpacken, wenn sie dahinterstände." Ohne ein Antwort Mandronis abzuwarten, klopfte er auf die Armlehnen seines Stuhls und stand auf.

„Willst du schon gehen?" Mandroni schaute ihn ungläubig aus seinem Stuhl von unten an.

„Vielleicht hast du heute Abend noch eine Chance, etwas geradezurücken, wäre schade sonst."

„Ich kann ..."

„Du musst mir nichts erklären. Keine Sorge! Noch kann ich 1 und 1 zusammenzählen", fiel Berlingui seinem Freund ins Wort, „und was das andere betrifft, bin ich vielleicht sogar einen Schritt weiter."

„Weißt du, sie weiß wirklich nichts davon ..."

„Ich schweige! – Aber was heißt davon?" Berlingui sah sofort, dass er einen wunden Punkt getroffen hatte. Wenn nicht sogar *den* wunden Punkt. Giuseppe wand sich in seinem Stuhl, als hätte er plötzlich Bauchschmerzen bekommen, was Berlingui veranlasste, sich wieder hinzusetzen.

„Kann ich vielleicht doch helfen?"
Mandroni schüttelte den Kopf.
„Nein, hat nicht mit so was zu tun, was du denkst. Keine andere Frau oder so. Vielleicht muss ich hier weg und es bei einer anderen Zeitung versuchen."
„Stress in der Redaktion also."
„Wenn du so willst. – Es gibt unterschiedliche Auffassungen über ... sagen wir – Arbeitsweisen."
„Hat die sich so geändert?"
„Man hätte sie gerne geändert."
„Gibt es einen aktuellen Grund dafür?"
„Die Anzahl der verkauften Exemplare nimmt ab."
„Da seid ihr nicht allein."
„Aber wir sind *das* regionale Giftblättchen."
„Sie wollen also noch mehr Detektivgeschichten?"
„Und gleichzeitig keine Promihochzeit verpassen."
„Ach so, kapiere, von denen berichtest du natürlich zu wenig. Du solltest dich also wieder ein wenig unter die VIPs mischen?"
„Ich habe nicht vor, das zu verändern."
„Dann habt *ihr* aber keinen Stress?!"
„Der kommt augenblicklich, wenn sie davon erfährt. Sie liebt dieses Haus. Sie liebt diese Stadt, ihre Heimat. Sie ist hier geboren. Stell dir vor, ich müsste nach Sizilien, nach Enna zum Beispiel oder irgendwohin nach Umbrien."
„Keine schlechten Gegenden. Aber demnach ist das Problem akuter, als ich dachte. Und viel schlimmer, kein Problem zwischen euch."
Berlingui erhielt nur ein Nicken zur Antwort.
„Aber es gibt doch auch noch ein paar andere Zeitungen in der Gegend", versuchte der Commissario zu beschwichtigen.
„Im Moment keine Chance."
„Das bei deinen Fähigkeiten!?"

„*Das* sieht man anders!", lachte Mandroni bitter auf.

„Dann wäre die investigative Idee vielleicht nicht die schlechteste. Mach dich an meinen Fall und hör dich um. Ich hab' das Gefühl, dass hinter der Geschichte mehr stecken könnte."

„Investigativ. Dass ich nicht lache. Das Wort habe ich das letzte Mal *vor* Berlusconi in Zusammenhang mit unserer Presse gehört. Guck dich um und zähl mal, wie viele *Il Giornale* lesen oder *Mediaset* glotzen. Seit Jahren ist unser Journalismus korrumpierbar, daran wird sich so schnell auch nichts ändern. Ich sag dir eins: Roberto Saviano, unser großer investigativer Mafia-Enthüller, würde sein Buch jetzt auch nicht mehr schreiben, das bereut er inzwischen zutiefst. Der macht am Ende eines jeden Tages, den er überlebt hat, einen Strich auf seiner Tapete im Wohnzimmer und freut sich, wenn er am nächsten Morgen wieder lebend aufwacht. – Und mir wirft man vor – wie soll ich sagen – zu wenig Geld anzunehmen."

„Was erwartet man von dir?"

„Wie gesagt, ich soll mich mehr um rote Teppiche kümmern, um Karrieren, die zu Geld geworden sind, statt Partei zu ergreifen."

Mandroni schaute Berlingui mit zusammengekniffenen Augen an und ergänzte:

„Stell dir vor, sie fragten mich, ob mir klar gewesen wäre, welche Zusammenhänge es hätte noch geben können, als ich meinte, über den Prozess in Venedig zu schreiben."

„Der Prozess in Venedig und der Fall Tossatello sind wenig geeignet für das, was ich herauszufinden habe, und wirklich nur etwas für die Kirche. Dir mit dem an den Karren zu fahren, ist bescheuert. Wehr dich!"

Venedig, 16. Dezember 1954

Die ganzen politischen Sachen waren an ihm vorbeigegangen. Der erstarkende Kommunismus genauso wie der immer noch flammende Wunsch nach einer Monarchie. Aber auch die Sache mit einer schnellen Zukunft auf dem Bau. Auch wenn der Bruder seines Vaters mittlerweile ein prosperierendes und lukratives Baugeschäft führte. Aber der Krieg hatte andere Spuren für ihn hinterlassen. Andere Herausforderungen. Der Vater arbeitslos – man hatte ihm den Flughafen vor der Nase geschlossen – und zu alt, um an einer anderen Stelle wieder etwas Entsprechendes zu bekommen. Wem nutzte schon so ein Platz, eine solche Wiesenpiste, die gerade noch als Acker etwas taugte? Und wem nutzte ein Techniker, der vielleicht noch Traktoren reparieren konnte und wusste, wie eine Breda funktionierte? Nur etwas weiter im Norden, eine Handvoll Kilometer entfernt, war der neue Flughafen geplant. Modern, mit neuester Technik und einer anständigen Piste aus Asphalt. Der würde ganz andere Anforderungen stellen.

Ein Jahr darauf ging dann auch noch die Mutter, vom Krebs aufgefressen. Gestorben nur ein paar Tage nach der deutschen Kapitulation. Stefano, der ältere Bruder, nach seinem geheim gehaltenen Untertauchen nicht zurückgekehrt. Entgegen allen Gerüchten, die jeder Wahrheit entbehren, wahrscheinlich bei einer Aktion der CLN, dem politischen Gremium der Widerstandsbewegung, ums Leben gekommen. Und die kleine Schwester mit dem Falschen durchgebrannt. Ohne eine Nachricht oder Adresse zu hinterlassen. Somit hieß es, den Rest durchzubringen. Den lustlosen und mittlerweile kraftlosen Vater und den kleinen Bruder, der mit Ende des Krieges gerade mal fünf Jahre alt war.

Seit knapp drei Jahren war er nun in dem Laden, *Bazar 33*. Ein Laden, der alles hatte, was man brauchte, wenn es darum ging, Dinge zu reparieren. Vom kleinsten Nagel über Hämmer und Zangen bis zu größerem, sogar elektrischem Werkzeug. Genau an der Ecke gegenüber dem Kaufhaus *Standa* am *Campo San Luca*. Die waren auch ein sehr guter Kunde und einer, der ihn abends gerne für weitere, kleine Arbeiten brauchte. So reichte das Geld. So kamen sie durch. Auch heute Abend würde er wieder hinübergehen. Eines der Fenster an der Seite, zur *Calle Carlo Coldoni* benötigte einen neuen Anschlag und der Hausmeister lag ausgerechnet jetzt in der turbulenten Adventszeit mit hohem Fieber im Bett. Für Flaviano war das jedoch kein Problem. Um halb acht würde er kurz hinübergehen und nachsehen. Er wusste bereits, was er montieren musste. Das richtige Material lag hier im Lager.

Wenn er schnell machte, reichte es vielleicht noch mit Francesca anschließend einen Spaziergang zu machen und irgendwo einzukehren. Er würde in den nächsten Tagen ohnehin versuchen, ihrem Vater *etwas Bestimmtes* klarzumachen. Sie waren inzwischen alt genug und er verdiente Geld, wenn auch nicht viel, aber dafür regelmäßig! Das sollte doch reichen, oder? Ein paar seiner alten Schulkameraden waren inzwischen nicht nur verheiratet, sondern hatten schon Kinder. Er musste lächeln bei dem Gedanken. Na ja, vielleicht musste das ja auch nicht gleich sein. Den ersten Schritt in eine gemeinsame Zukunft machte man erst einmal zu zweit.

Jetzt stand er an der Eingangstür des Geschäftes und schaute zu dem weißen, prachtvollen Gebäude hinüber. Auf den schmalen Balkonen an der Ecke und in der Mitte standen riesige weihnachtliche Dekorationen, Engel, Hirten und natürlich von Lichtern erhellt Maria und Josef. Wunderbar dekoriert und angeleuchtet. Die Gestalt, die sich nun vom *Campo* her dem Laden näherte, bemerkte er daher nicht. Erst als sie die Tür neben ihm öffnete und ihm ein *Bon gorn* entgegnete, erschrak er und schaute auf. Gerade war er noch in Gedanken händchenhaltend mit Francesca am *Canale* gegenüber dem Arsenal spazieren gegangen. Während Flaviano deshalb noch nach Worten für eine Entschuldigung suchte, meinte der Herr:

„*Xe megio esser paroni d'una sessola, che servitori d'una nave.*[5]"

„Bitte, mein Herr?"

„Hättest du nicht Lust, Größeres zu tun? Immer wenn ich dich sehe, langweilst du dich, stehst hier in der Tür und schaust neidisch hinüber oder machst zumindest den Eindruck."

„Ich verstehe immer noch nicht." Flaviano schüttelte verwirrt den Kopf.

„Tagaus, tagein stehst du hier rum und wartest auf Kundschaft, derweil schläft der alte Herr hinten in der Werkstatt seinen Rausch aus. Du bist zwar schmächtig, aber trotzdem ein kräftiger Bursche, und ich weiß, dass du anpacken kannst. Du hast technischen Verstand. Den könnte ich gebrauchen. Auf meinen Baustellen. Dein Onkel scheint ja keinen Platz für dich zu haben."

„Aber wie kommen …" Er blickte noch einmal zu den Figuren auf den Balkonen hinüber. Nein, die Engel auf der linken und der wie ein Nikolaus oder Weihnachtsmann wirkende Hirte auf der rechten Seite standen noch oben. Die waren also nicht zu ihm hinabgestiegen, um ihm seine Zukunft zu erklären, wie die noch besser funktionieren könnte, falls Francescas Vater danach fragen würde, was er denn zu bieten hätte. Nein, dieser Engel schien eher einen inzwischen doch immer wieder

---

[5] Es ist besser, Herr einer Schaufel zu sein, als Diener eines Schiffs.

aufkommenden alten Traum von ihm wahr werden lassen zu können. Oder sollte es sich doch nur um ein Missverständnis handeln. Eine dumme Vision. Ein Hirngespinst.

„Ich hab' dich neulich da drüben beobachtet. Wände habt ihr aufgestellt. Leitungen gelegt und diverse Installationen gemacht. Das sah gut aus. Das hat mich wirklich beeindruckt. Und mir fehlen Leute, die so etwas können."

„Aber ..."

„Aber hilft mir nicht. Die meisten meiner Leute liegen irgendwo herum, feiern krank oder kommen gar nicht erst wieder. Statt dort Birnchen zu montieren und Engelshaar an die Hohlköpfe zu stopfen, könntest du schöne Bäder einrichten und dadurch für Sauberkeit sorgen. Das wäre mehr als jetzt und stünde dir auch besser zu Gesicht, wenn du mal bei einem Vater um die Hand seines Mädchens anhalten musst."

„Aber ..."

„Nun", der Mann lachte und schlug ihm auf die Schulter, „sprechen wirst du bei mir auch lernen. Ein *Aber* macht keinen Menschen satt. Komm in den nächsten Tagen zu mir und wir sprechen über alles. Dein Onkel wird auch nicht jünger. Söhne hat er keine. Irgendjemand muss die Firma dann mal übernehmen – oder sie zugrunde gehen lassen. Bei Letzterem würde ich allerdings gern ein Wörtchen mitreden – und den richtigen Partner zur Seite haben. Zusammen könnten wir besser bestehen. Die Zeiten sind hart geworden. Das kannst du mir glauben, egal, was die Kommunisten und Monarchisten alles so erzählen und versprechen. Und falls du es noch nicht ahnst, ich habe auch niemanden, aber jede Menge großmäulige Konkurrenten."

Damit reichte er Flaviano einen Zettel, eher ein Stück festes Papier und trat in den Laden ein. Flaviano stutzte

und schaute auf das kleine Blatt, als würde etwas Widerwärtiges darauf stehen – oder die Gewinnzahlen des nächsten Zahlenlottos. Dann schaute er auf und sah, wie der Mann gerade dabei war, gar nicht in das Geschäft einzutreten, sondern hinter der Ecke des Hauses zu verschwinden.
Auf dem kleinen, steifen Pappkarton stand:
Italcementi, Baustoffe, Bergamo – Ufficio Venezia

28. März, 20 Uhr 15

Am Ende hatte Chiara ihm zwei Adressen genannt, für einen abendlichen Besuch nach Dienstschluss, eine Nachprüfung oder Kontrolle, er wusste noch nicht, wie er es benennen sollte. Natürlich gleich heute und auf jeden Fall, ohne vorher in der Questura Bescheid zu sagen und dadurch unnötige Fragen zu provozieren. Denn er wollte nicht dafür verantwortlich gemacht werden, wenn wieder mal eine Frau ihre Liebesdienste vor irgendwelchen Gremien offenlegen müsste und es dabei um falsche *Nutznießerschaften* ging. Er wollte ja nichts von ihr. Nichts weiter als ein paar Antworten auf seine Fragen.

Wenn bei seinem Gespräch nichts herauskommen sollte, könnte er immer noch eine der Abteilungen oder Berlingui, seinen Chef, in Kenntnis setzen. Der hätte logischerweise noch andere Mittel, um hilfreiche Aussagen zu erhalten. Kurz überlegte er, deshalb in Uniform zu gehen, aber dann entschied er sich für eine eher lässige Kombi ohne Krawatte, auch weil ihn Chiara verwundert angesehen hatte. *Was willst du anziehen? Uniform? Bist du verrückt? Nein, denk dran, du hast Feierabend! Sonst denken sie, du würdest sie gleich danach verhaften.*

Nun stand er vor der unscheinbaren Tür und klopfte zaghaft an, in Erwartung, eine aufgedonnerte, hochtoupierte und mit einem hochroten Lippenstift verunstaltete Nutte anzutreffen. Chiara hatte ihm zwar das Gegenteil geschildert, aber die üblichen Vorurteile kamen trotzdem hoch. Das Einzige, was stimmte, war, dass sie augenscheinlich tatsächlich dem Gewerbe angehören musste, so spartanisch wie die Frau vor ihm bekleidet war.

„Mein Gott, der arme Kerl. Versteh mich richtig, Benito! Das sind ganz normale Männer. Die sind nicht alle abartig, wie ihr immer meint. Manche haben halt niemanden zu Hause. Da wartet keiner. Die brauchen so was wie die Mädels."

Etwas unentschlossen betrachtete er den Zettel und schaute nach links und rechts, dann trat er in den Hausflur. Die nicht mehr ganz junge, blondierte Frau, die sich Svetlana nannte, aber mit genuesischem Akzent sprach, musterte noch an der Tür das Gesicht auf dem Foto und tat, als wenn sie Collasso schon seit Jahren kennen würde. Genau darauf hatte Chiara ihn aber vorbereitet und er sich deshalb von Svetlana nicht einmal ihren Ausweis zeigen lassen. Die Daten darin spielten sowieso keine Rolle.

Durch Chiara in die Gepflogenheiten eingeweiht und vorbereitet, hatte er am Nachmittag angerufen und sich angemeldet. Teilte dabei das Wichtigste mit und betonte mehrfach, es werde kein Verhör. *Kein Verhör? Und doch so hoher Besuch? Ich werde mich anstrengen*, hatte er noch vom anderen Ende gehört. Entsprechend freundlich, und wie er nun bemerken durfte, auch freizügig wurde er empfangen. Gleich im ersten Haus, unweit der Innenstadt, dem man natürlich von außen auch nicht ansah, was im dritten Stock vonstattenging. Ein Namensschild fehlte verständlicherweise an der

Klingel. Die reguläre Kundschaft brauchte dieses ohnehin nicht, die musste in dem kleinen Laden im Parterre, einer Änderungsschneiderei, in einem geschickten Moment an einem vollen Kleiderständer vorbei. So viel wusste er. Und abends kamen ein, höchstens zwei Männer zu Besuch. Collasso würde nicht warten und zählen. Lediglich um kurz vor zweiundzwanzig Uhr musste er wieder verschwunden sein.

Nur von knappen schwarzen Dessous und einem dünnen, genauso schwarzen Kimono verhüllt, ging die Frau durch den langen, fast dunklen Korridor vor ihm her. Obwohl sie wusste, wer er war und dieser *hohe Besuch* sicher keine *Leistung* von ihr erwartete, war ihr Gang unverändert. Dabei wäre Lusterzeugung doch gar nicht notwendig gewesen. Trotzdem wippte ihr Po professionell mechanisch auf und ab. Ihre deplatziert wirkenden, rot glänzenden High Heels machten eine normale Bewegung auch so gut wie unmöglich. Natürlich betrachtete er sie dabei von oben bis unten. Der flatternde Stoff war für jede Neugierde gut, trotz der Transparenz ließ er aber kaum einen Blick auf das Darunter zu. Einzig ihre Beine waren zu sehen. Über dem linken Knöchel hatte sie sich eine ebenfalls rote Blume tätowieren lassen, deren Stiel durch ein Herz gesteckt war. Leider passten ihre kaum vorhandenen Fesseln nicht dazu.

Dann schaute er hoch und musterte den Flur. Die vier oder fünf hellen Holztüren waren vor etlichen Jahren das letzte Mal gestrichen worden, waren unten angestoßen und verbargen vermutlich die normale Wohnung: Wohnzimmer, Bad und Küche. Eine vierte Tür zu einem eigenen, nicht zweckentfremdeten Schlafzimmer schien zu fehlen oder verbarg sich in hinter denen zu anderen Räumen. Dazwischen ein paar Bilder, vermutlich aus Zeitschriften in einen billigen Rahmen gezwängt und ein schmales Kiefernholzregal, auf dem ein paar belanglose Bücher schief und verloren herumstanden. Er hielt den Kopf schräg und studierte auf die Schnelle eine Handvoll Titel. Darunter *Andrea Camilleri, Acqua di Bocca, Cesare Pavese, La casa in collina*, ja sogar *Tomasi di Lampedusa, Il Gattopardo*. Ob sie von denen überhaupt eines gelesen hatte? Erotisches war jedenfalls nicht dabei, stellte er über seine eigenen Vorurteile schmunzelnd fest. Der dunkelbraune, stellenweise abgenutzte Teppichboden, der zusätzlich halbhoch an den Wänden verlegt worden war, war alles andere als einladend. Allein die Farbe war abstoßend, erinnerte ihn an den in der kleinen Polizeistation am *Prato della Valle* und von manchem sichtlich herausgeschrubbten Fleck wollte er nicht die Herkunft wissen. Das Ganze wurde von zwei unscheinbaren Deckenlampen beleuchtet.

„Manchmal kam er sogar zweimal in der Woche. Immer sauber und superanständig", begann sie, ihm beim Gehen anzuvertrauen, ohne sich umzudrehen, „Nix Gewalttätiges. Hat sich immer Zeit gelassen. Von wegen Urwald, Affen oder so. Da stimmte kein Vorurteil. Da gibt es bei unseren Männern ganz andere Kaliber. Ich hatte nämlich mal so einen zu Hause – als Ehemann. Nee, ob du's glaubst oder nicht, Benito, trotzdem hab ich das manchmal mit ihm richtig genossen und mich gehen lassen." Sie kicherte wie ein kleines Mädchen, öffnete in einer Ecke am Ende des Flures eine bislang nicht sichtbare und neu wirkende Tür zu einem Zimmer, dessen Bedeutung danach sofort klar wurde, zog ihn mit herabrutschendem Kimono hinein, ohne die Tür wieder zu verschließen, und ergänzte mit einem Funkeln in den bislang müde wirkenden Augen: „So richtig, oder wie ist das bei Chiara, wenn sie kommt?"

Der Ispettore wurde schlagartig rot, räusperte sich und ging natürlich nicht darauf ein. Das ging nun wirklich niemanden was an. Selbst er hatte Chiara gegenüber noch nie darauf reagiert. Verrückt, dass er jetzt trotzdem daran denken musste. Chiara ließ sich auch gehen, jedoch eher im Stillen, es war eher ein kurzes Seufzen, mit dem sie die erste Silbe seines Namens herausstieß. Und jedes Mal lief ihm dabei ein Schauer über den Rücken. Wie jetzt allein beim Gedanken daran. Natürlich sagte er jetzt davon nichts, sondern räusperte sich ein weiteres Mal, als sei dies Antwort genug und suchte eine Sitzgelegenheit. Doch außer einem Stuhl, der mit Kleidungsstücken überhäuft war, entdeckte er nichts. So blieb er etwas unschlüssig neben der offenen Tür stehen.

„Glaubst du etwa, Frauen hätten nicht die gleichen Gelüste wie ihr Männer", fuhr Svetlana ungerührt fort, „was Liebe oder schlichtes Bumsen angeht? Hast du uns schon mal über so was untereinander reden gehört? Dieselben Vokabeln. Dieselben Sätze. Dieselben Wünsche. Wenn ihr nicht so überheblich wäret, gäb' es sicher genauso schöne Puffs für uns."

Svetlana klopfte auf die Matratze neben sich – nicht Stuhl, sondern Matratze war also sein Sitzplatz – und kroch dann in die Mitte des mit knallrotem Cord bezogenen Betts. Als sei er der nächste Kunde legte sie sich ein wenig auf die Seite und achtete nicht mehr auf den sich nun verschiebenden Stoff. Was hatte sie nur vor? Waren ihre Sprüche eine Einladung an ihn? Sicherlich hätte es in der Küche zwei Stühle gegeben, auf denen man genauso gut hätte Platz nehmen können, um sich zu unterhalten. Er drehte sich um und schaute noch mal in den Flur. In diesem stand nach wie vor kein Stuhl. Kurz betrachtete er stattdessen nochmals die Fotografien.

Seltsamerweise fiel ihm nun ein, dass er Chiara nicht mehr gefragt hatte, wo und wie die Bilder für den Kalender entstanden waren. Waren sie damals ein Vorspiel oder ein Danke? Was hatte sie erzählt? Nein, sie hatte es erzählt! Eine Art Vorspiel. Er hatte nicht richtig zugehört! Aber wann war *das* überhaupt geschehen? Plötzlich keimte eine Eifersucht in ihm auf, bis ihm einfiel, dass die Bilder schon bei seinem ersten Besuch dort hingen, als er ihr das Geld brachte. Er überlegte, ob ihn das beruhigte. Collasso kratzte sich zu Svetlana hinüberlinsend am Kopf, sein Blick, aufgrund seiner Gedanken, nun ein wenig neugieriger. Er beschloss auf ihre Äußerungen nicht einzugehen und ihre Fragen nicht ernst zu nehmen. Lächelnd, ihren freundschaftlichen Ton nachahmend, versuchte er ihr zu entlocken:

„Weißt du, wie er hieß?"

Svetlana runzelte die Stirn und überlegte sichtlich angestrengt. Als sie sich über die Stirn fuhr, öffnete sich der Kimono vor ihrem Bauch gänzlich.

„Er hat sich immer mit John-Bo gemeldet und bar bezahlt. Mehr weiß ich nicht, nur noch, dass er hier irgendwo auf einem Bau arbeitete."

Collasso stutzte.

„Bist du sicher?"

Sie nickte langsam und zog ihren verrutschten Kimono wieder über den mittlerweile fast bloß gewordenen Busen, da der BH alles andere als seine haltende Aufgabe erfüllte. Was er sah, war ein schöner und längst kein mit Silikon aufgeblasener praller Ballon wie in den billigen Groschenheftchen, sondern eine, für seinen Geschmack, nur etwas zu große, feste Brust. Viele jüngere Frauen wären froh, über ein solches Aussehen zu verfügen. Lediglich der etwas faltige Bauch, der für diesen kurzen Moment hervorlugte, zeigte zusammen mit dem müden Gesicht, dass sie wahrscheinlich älter war als er.

Aber spielte das wirklich eine Rolle? Auch wenn sie keine Schönheit war, keine für irgendwelche Titelblätter, schon gar nicht für den *Playboy Italia*, wusste sie mit ihren Reizen umzugehen.

Überhaupt waren alle Nutten, beziehungsweise Huren, wie sie sich selber nannten, genauso ansehnlich oder nicht, genauso verlebt und verbraucht, genauso attraktiv oder alltäglich wie jede normale Hausfrau, oder wie es die Männer in bestimmten Momenten sehen wollten. Und ihre Frauen – wenn sie es denn waren – machten das, was hier Svetlanas Job war, bei sich zu Hause häufig genug mit genauso wenig Freiwilligkeit, Begeisterung und vor allem Hingabe. Unter Umständen mussten sie sogar mehr Gewalt aushalten. Das freilich wollte keine von den Mamas daheim zugeben. Schon gar nicht darüber sprechen.

Bei jedem Kaffeekränzchen traf es nur die Nachbarinnen. *Paula hat mir wieder Sachen von ihrem besoffenen Mann erzählt, als er abends nach Hause kam. Fürchterlich! Das könnt ihr euch nicht vorstellen. Vor allem, wenn er aus der Kneipe nach Hause kommt, verliert er jede Beherrschung. Ich versteh einfach nicht, warum sie nicht abhaut.* Der eigene Mann hingegen war der Erfinder der liebevollen Zuneigung. War derjenige, der jeden anderen verprügeln würde, wenn er davon erführe. War schlichtweg der zärtlichste und fürsorglichste Ehemann der Welt. Der blaue Fleck an Arm, Schulter oder Stirn seiner Frau stammte grundsätzlich von einer unvorsichtig gemachten Hausarbeit. Und Schönheiten wie Monica Belucci oder andere, die wirklich auf den Titelblättern ihr Zuhause hatten, hatten all das nicht nötig, die konnte er sich beim besten Willen hier nicht vorstellen. Die gab es eh nur einmal. Und das auch nur im Kino.

„Chiara, hat es gut bei dir, oder?"

Svetlana hatte ihn mitten in seinen Gedanken erwischt. Kurz hatte er das Gefühl, sie hätte in seinen Kopf geschaut und ihn bei Eifersüchteleien erwischt. Wie sonst konnte ihre Frage so passen. Er blickte sie an.

„Ich hoffe."

Eine Sekunde später fügte er hinzu:

„Ihr alle hättet es verdient."

Ein Lächeln huschte über ihr Gesicht und sie krabbelte auf ihn zu. Kimono und BH verrutschten ein weiteres Mal. Unkorrigiert. Erschrocken zuckte er zurück, als sie sich aufsetzte, ihm einen Kuss auf die Wange drückte und ihn in den Arm nahm. *Glaubst du etwa, Frauen hätten nicht die gleichen Gelüste wie ihr Männer?* Gleich darauf rutschte sie in die Mitte des Bettes zurück.

„Danke! Das wäre normalerweise mehr wert."

Doch sofort setzte sie sich wieder auf, stand mit dem sogleich züchtig geschlossenen Kimono vor ihm und strich mit den Fingern leicht über seine Wange.

„Wäre nicht schlecht, wenn du die Ärsche fändest, die John-Bo auf dem Gewissen haben. Das dauert Jahre, bis ich mal wieder so einen habe, der nicht nur 'n Kunde mit einem Hormonstau, sondern Besuch für mich ist."

„Hat er dir mal gesagt, auf welchem Bau er war?"

Collasso hatte sich wieder gefangen und wischte sich mit einem gekrümmten Finger, so unauffällig wie möglich ein paar Schweißperlen von der Oberlippe.

„Vielleicht hat er es versucht, aber sein Italienisch bestand lediglich aus maximal zwei, drei Dutzend Wörtern: *amore, bene, si, grazie,* … und so weiter. Kann sein, dass er noch ein paar mehr für die Arbeit konnte, aber die helfen nicht, wenn du Liebe machen willst. Wir rühren hier keinen Beton an." Dicht an seinem Körper vorbei trat sie in den Flur. „Ich mach uns mal 'nen Kaffee." Der Inspector blieb wie angewurzelt stehen und blickte ihr nach. Währenddessen fuhr sie fort:

„Manchmal saß er danach noch ein wenig neben mir im Bett und quatschte einfach drauflos. Ein bisschen Englisch, glaub ich, dieses Italienisch und seine Sprache, von der ich keine Ahnung habe. John-Bo hat's dann nicht gestört, dass das irgendwie unerotisch war, weil, wir waren ja nicht Mann und Frau. Konnten also nicht liegen bleiben oder so. Ich hab' mich in der Zeit sauber gemacht und ihm Tücher hingelegt."

Sie war in der kleinen Küche angekommen und klapperte mit Geschirr. Kurz darauf sprudelte eine einfache Maschine den Kaffee in zwei Tassen.

„Weißt du, unten klingelt vielleicht dann schon der Nächste, oder es ist einfach nur zu spät. Auch wenn ich ihn verdammt gerne hatte, die anderen wollen nicht warten. Und am nächsten Morgen muss ich um fünf wieder raus, Kinder hüten für die berufstätigen Muttis, die mit ihren bescheuerten Smartphones in der Hand nicht mal mehr die Zeit haben, an 'nen anständigen Fick zu denken, und dann ist es egal, wie schön das mit John-Bo grad war. Da kann ich nicht einfach liegen bleiben und mit ihm weiterpennen. Also auf jeden Fall hat er dann einfach so drauflosgeredet. Ich hab' nichts verstanden, obwohl es manchmal richtig schön geklungen hat, weil er langsam sprach und es so melodiös klang. So blieb es bei wenigen Wörtern: Mama, *children*, Kenia und ich meine, er hätte des Öfteren so was wie *fiera*, Messe, gesagt. – Das könnt doch stimmen, da bauen die ja wie verrückt."

Sie hielt Collasso eine Tasse hin. Endlich löste er sich vom Türrahmen und nahm sie an.

„Für die *Società?*", fragte er und war gleichzeitig ein weiteres Mal überrascht. An so etwas hatten sie bisher noch nicht gedacht. Die bereits in Zeitungen auftauchenden Bauskandale, Tricksereien oder der berühmte

Pfusch am Bau waren auf ihren Zetteln in diesem Zusammenhang noch nicht aufgetaucht.

„Weiß ich, wer ihn bezahlt hat? Aber die *Società Fieristica* könnte doch sein?!" Es klang nicht so dahingesagt. Svetlana strich sich übers Kinn, schaute ihn ernst an, was in ihrer kaum vorhandenen Bekleidung, die ständig verrutschte, komisch aussah, und klang in diesem Moment wie eine Kollegin von ihm, die ins Büro gekommen war, um neue Untersuchungsergebnisse mitzuteilen. Für einen kurzen Augenblick sah er sie deshalb vor seinem Schreibtisch in der Questura stehen und wurde schlagartig rot, auch weil er nicht in ihr Gesicht, sondern auf den knappen Slip schaute. Gleichzeitig dämmerte ihm, wie wohl die Fotos zustande gekommen waren.

„Hatte er schmutzige Hände?"

„Du bist lustig! Er war schwarz wie das Leder deiner Schuhe, trotzdem würde ich Nein sagen. Die Ränder der Fingernägel waren zwar bleich, hatten aber keine Ränder. Den Händen sah ich allerdings an, dass sie immer schwere Arbeit geleistet haben. Du kennst das, sie bleiben trotz allem etwas rau oder man sieht ein paar Narben." Sie stellte ihre Tasse ab, nahm eine Hand von Collasso und streckte sie unter ihrer aus. Seine Hand war nur wenig größer als ihre und fast genauso schlank. Dann verschränkte sie ihre Finger fest in seine.

„Seine Hände waren wie Pranken. Doppelt so groß wie deine", sie lachte auf, „ein Wunder, wie zärtlich er mit ihnen sein konnte, wie er mein Gesicht, die Hände und meine Haut streichelte. – Ach, es ist schade! Wirklich schade!"
Sie schüttelte Collassos Hand, als wollte sie diese die nächste Zeit nicht mehr loslassen wollen, schniefte und lehnte sich an ihn. Wieder wurde er steif wie ein Brett – und es ihm gleichzeitig warm.

„Nun ...", er zuckte und wollte noch hinzufügen, *Ich glaub, ich habe dann genug zusammen und erfahren*, als er ihre freie Hand, die andere war immer noch in seiner verschränkt, an seiner Seite spürte. So vollendete der stets korrekte Collasso seinen Satz mit einem schmunzelnden Blick auf die wandernde Hand mit: „Ich glaub, damit kann ich im Moment nicht dienen."

„Schade. Wirklich schade. Und was passiert jetzt?" Sie ließ seine Hand los, trat etwas zurück und ließ ihren Kimono mit einem leichten Schulterzucken auf ihre Unterarme gleiten. Vielleicht ließe er sich doch noch erweichen, einen abendlichen Trost zu spenden, wenn schon der Grund seines Besuches so freudlos war.

„Ich seh', dass du einen lieben Mann bräuchtest, der ich nicht sein kann und geh nun auf Mörderjagd." Nein, es würde nichts werden, sie musste es wohl einsehen. Mit etwas Wehmut meinte sie deshalb:

„Chiara hat es tatsächlich gut bei dir. – Fang die Idioten. Es ist wirklich zu schade! Ich habe die Nase voll von meinem unsteten Leben. Ich bin zu alt dafür. Ich gäbe alles für einen lieben Mann."

Sie stellte sich in ihren Schuhen auf die Zehenspitzen und drückte ihm einen weiteren Kuss auf die Lippenspitze. Dann zog sie ihren Kimono wieder über die Schultern, bevor sie mit einem Finger gegen seine Brust stupste.

„Das ist so 'ne Art dienstliche Anweisung, wenn du verstehst, was ich meine?", ergänzte sie und sah ihm unerwartet ernst ins Gesicht.

„Verstanden", erwiderte er lächelnd, reichte ihr die Hand und nickte, „versprochen!"

Rom, 16. August 1955

Talent. Er hatte Talent. Hörte es jeden Tag und durfte mit anpacken. Für ihn hieß das aber, keine Löcher zu graben, Beton anzumischen, Mörtel zwischen Ziegel zu füllen oder Gerüste aufzubauen, sondern bei der Organisation zu helfen, das Material zu beschaffen – wenn auch nach Anweisung – und rechnen, rechnen, rechnen. Das konnte er besonders gut und er war überrascht, welchen Spaß es ihm machte, und froh darüber, nicht im Dreck wühlen zu müssen. Ganz in der Nähe des Vatikans, in einem Neubau in der *Via Sorelle Marchisio*, durfte er sogar einem Kardinal der Kurie die Wohnung modernisieren und neu ausstatten. Der erhielt ein neues Bad, neue Bodenbeläge und der Wohnraum sollte neu gestrichen werden. Nach fernöstlichen Vorgaben. Und er sollte der Ausführende sein.

Dessen Lob war so groß, dass sein Chef ihn mit weiteren Aufgaben betraute und vorschlug, ihn im nächsten Jahr nach Mailand zu schicken, um bei einem der größten Bauvorhaben des Landes dabei zu sein. Mehr noch, mitwirken zu können. Denn dort wollten die Architekten Pier Luigi Nervi und Gio Ponti ein wahrlich gigantisches und hypermodernes Hochhaus in die Stadt stellen und die Firma würde dazu den Baustoff liefern.

Flaviano war in jeder Hinsicht beeindruckt, von dem Vertrauen in ihn, dem Bauvorhaben, der Verantwortung, die er bei diesem Projekt übernehmen sollte. Selbstredend stimmte er zu. Er hatte sich im Laufe der letzten Monate angewöhnt, seine Bescheidenheit nach und nach abzulegen. *Wenn du deine Sache gut machst, freut es vielleicht deinen Onkel und du hast doch noch Gelegenheit, in die Firma deiner Familie einzusteigen, was ich verstehen, jedoch bedauern würde, denn du leistest gute Arbeit bei mir*, hatte sein Chef bei *Italcementi* gesagt und ihm auf die Schulter geklopft. *Wäre aber schön, wenn du das Projekt in Mailand noch begleiten würdest!*, ergänzte er mit einem deutlich hörbaren Ausrufezeichen.

Die Firma seines Onkels. Bisher war er froh, hier arbeiten zu können. Das bedeutete, eine sichere Arbeit zu haben. Aber wollte er nicht nur Projekte berechnen, müsste er auf Reisen gehen. Unstet werden. Die Zeiten waren aber schon wieder unsicherer geworden. Und er hatte nicht unbedingt Lust, in zerstörten Ländern Wiederaufbau betreiben zu müssen. Also hatte er sich tatsächlich mit seinem Onkel unterhalten, der sich plötzlich von einer ganz anderen Seite zeigte.

„Stefano ist nicht mehr da. Ich bin nicht mehr der Jüngste. Bevor ich die Firma verkaufe und von oben bedauern muss, was aus ihr geworden ist, kann ich dir eine Chance geben. Man sagte mir, dass du gute Arbeit leistest, organisieren kannst und inzwischen viel Sachverstand hast. Mach das Projekt in Mailand und lass uns dann darüber reden. Vorher können wir manches miteinander ausprobieren. – Ich baue auch keine kleinen Häuser mehr."

Stolz erzählte er es ihr noch am gleichen Abend in einer Bar. Francesca hörte mit Tränen in den Augen staunend zu, wollte sogar mitgehen, obwohl sie noch so jung war, viel zu jung und gerade erst die Schule abgeschlossen hatte. Aber wie nach Mailand umziehen, wenn man noch nicht verheiratet war? Und wie dann eine Wohnung finden? Er sagte es ihr, *Du weißt, was sie reden, und wie sie uns nennen würden?*, und ergänzte seine Zweifel gleich mit einem Heiratsantrag. Ihr Glück darüber war so groß, dass sie ihn an die Hand nahm, zu laufen begann und ihn ein paar Straßen weiter in ein billiges Hotel zog, wo sie miteinander schliefen. Der *portiere* fragte nicht einmal nach ihren Namen.

Jetzt saß er also an seinem Schreibtisch und las zum zigsten Mal den Vertrag, der vor ihm lag und der sein Schicksal in den nächsten drei Jahren bestimmen würde. Dachte an die Aufgabe, an die Zeit, die er dafür aufbringen müsste, an Francesca, die Nacht vor zwei Tagen und an das Gesicht ihres Vaters, der nichts anderes getan hatte, als ihn von oben bis unten abfällig anzuschauen und dann meinte:

„Bevor du ihr mit so einer fadenscheinigen Behauptung ihr Leben versaust und ihr womöglich noch ein Balg aufdrängst, gehe erst einmal hinaus in die Welt und beweis, dass du kein Schwätzer bist. – Wenn du dich dann noch an meine Tochter erinnerst und das Gleiche willst, wie du jetzt tönst, könnte es sein, dass ich ja sage. Und jetzt troll dich!"
Damit schob er ihn den Flur entlang und befahl gleichzeitig Francesca, im Wohnzimmer zu bleiben, mit ihr würde er später noch zu reden haben. Kaum war Flaviano in den Hausflur getreten, hörte er die Tür hinter sich zufallen.

Ein letztes Mal schaute er nun auf das Blatt, murmelte eine Verwünschung und unterschrieb.

29. März, 10 Uhr 15

„Ich denke auch nicht, dass er ein Illegaler war, vielleicht nicht einmal ein Schwarzarbeiter. In dem Zusammenhang wundert es mich nur, dass ihn wohl niemand vermisst hat, außer Ihre Svetlana."
Collasso konnte es nicht verhindern und wurde wieder rot.

„*Ebbene*, nun ja, auf solchen Baustellen ist der Wechsel ziemlich groß, da werden solche nicht gleich vermisst."

„Wenn er aber ein Vorarbeiter war oder ein Mittelsmann für die anderen Schwarzen, macht es schon wieder eher Sinn. Denen fehlt ab jetzt eine Vertrauensperson. Und bevor sie das ausplaudern konnten, hat man sie gleich mit beseitigt."

„Das würde zu dem passen, was ich denke. Ich glaube, da räumt einer auf. Macht Jagd auf Schwarze. Ein Durchgeknallter oder Konkurrent, irgendwie war das am *Prato* zu durchorganisiert, das hat mit einem Rachefeldzug oder so nichts zu tun. Das sollte jeder sehen. Vor allem die richtigen."

„John-Bo. Wird nicht ganz leicht sein, seine Daten herauszufinden, selbst wenn er kein Illegaler war, könnte es dennoch sein, dass man ihn allmorgendlich aus einem Versteck auf die Baustelle gefahren hat. – Dafür kassierte er Geld auf die Hand. Steuern, Abgaben und das ganze andere ...", Berlingui lehnte sich in seinem Stuhl zurück, kreuzte die Arme hinter dem Kopf und zuckte mit den Schultern, „... blieben außen vor. Vom Sozialsystem hätte er nie etwas gesehen oder in Anspruch nehmen können."

„Im Fernsehen befragen die Polizisten in den Krimiserien die Computer, vergleichen ein paar Fingerabdrücke und haben nach nur sechzig Minuten den ersten Verdächtigen festgenommen – jedes Mal", meinte Collasso lachend und griff nach seiner Uniformjacke, während der Commissario immer noch schulterzuckend aufstand und ans Fenster trat.

„Heute Nachmittag bekomme ich vom Baudezernat die Ausschreibungslisten. *Oddio*, meine Güte, haben die ein Theater gemacht. Sind natürlich notorisch unterbesetzt und haben für so einen Quatsch keine Zeit. Als ich denen erklärt habe, wofür ich die brauche, haben sie bloß mit den Schultern gezuckt. Denen ist das völlig egal. Da sag ich nur: Behörde."

„Und ich, Rassisten! Für die sind *negri* immer gleich Schwerverbrecher. Die haben kein Leben oder Leid hinter sich. Aber selber nachts die verbotenen Adressen besuchen. Und wehe, die Mädels mucken auf. Soll ich Ihnen mal erzählen, was die meisten auf ihrer Flucht hierher erleben?"
Berlingui verzog das Gesicht. Abwinkend schüttelte er den Kopf.

„Nicht nötig. Danke. – Vielleicht sollten wir uns in zivile Klamotten stürzen und einfach mal auch zu den größeren Baustellen gehen und uns umschauen. Wenn dort Afrikaner arbeiten, fragen wir die, wen sie von den Zweien kennen."

„Als Ziviler sind Sie schneller von der Baustelle wieder runter, als Sie draufgekommen sind." Collasso strich sich nachdenklich übers Kinn. „Und wenn Sie den Polizisten raushängen, sehen Sie ein paar Sekunden später keinen einzigen Schwarzen."

„Was schlagen Sie vor?"

„Ich spreche noch mal mit Chiara darüber."

„Ja, machen Sie das. Jetzt haben Sie ja ein paar freie Tage. – Was haben Sie vor?"
Im Bett liegen, natürlich neben Chiara, Kaffee trinken und an einem Spumante nippen, sie und das Laken mit mindestens 2 Kilo *Baci di dama* vollkrümeln und diese auch noch dorthin bröseln, wo ihre Hand, wie er nun wusste, auf der Fotografie lag, damit er sie mit der Zungenspitze von genau dort wegtupfen konnte, um nicht nur die *Baci*, sondern auch ihre Haut zu schmecken. Das alles kommt sowieso viel zu selten vor. Das alles hätte er sagen können, doch von dem gegenüber Berlingui stets korrekten Collasso kam nur ein:

„Vielleicht Eis essen gehen in Abano."

„Gute Idee! Im *Caffè Fontana*. Vanille und Erdbeere."

„Ja, vielleicht Vanille und Erdbeere."

Padua, 28. August 1958

Nach der Nachricht, der zypriotische Erzbischof Makarios verlange eine wirksame Intervention der Vereinten Nationen zur Lösung der Zypernfrage, kam ohne Pause der Wetterbericht aus dem kleinen Minerva Lido Transistorradio, das er sich vor drei Jahren aus Österreich mitgebracht hatte: Es sollte wieder ein warmer Tag werden mit strahlend blauem Himmel und guten Aussichten für den nächsten Tag. Flaviano Tomè hörte nur mit halben Ohr hin und sah dann auf den Kalender über dem Tisch. Wenn alles so käme, wäre nächste Woche Montag Spatenstich für das neue Verwaltungsgebäude und spätestens in sechs Monaten dürfte er mit seiner frisch gegründeten Firma, deren Basis tatsächlich die seines Onkels gewesen war, anrücken und 67 Waschbecken, 13 Aborte, die ganzen Mischbatterien, Spülungen und unzählige Meter von Rohren installieren. Gute 2 Millionen Lire groß war der Auftrag. Ein hübsches Sümmchen und passend zu dem Wetterbericht mit guten Aussichten auf weitere Aufträge. Um einen von diesen würde es in einer halben Stunde gehen.

Flaviano Tomè stieß die Blätter säuberlich zu einem kleinen Stapel zusammen und schob sie in eine lederne Mappe. Noch mal blickte er auf den Kalender, 14 Uhr, Mittagessen mit dem Architekten und einem Verantwortlichen des Baudezernats, wenn das Gespräch gut verlaufen würde, müsste er sich um die Zukunft seines Geschäftes keine Sorgen mehr machen. Er wäre nicht mehr nur von Renovierungen, kleinen Neubauten und zufälligen Anfragen abhängig, nein, er wäre dann jemand, der auch bei großen Projekten eine Rolle spielt. Und ein Kaufhaus in der Innenstadt wäre dann tatsächlich das Beste, was seinem Namen dann guttun würde. Aus dem kleinen Radiogerät tönte *Nel blu dipinto di blu.*

Er summte einen kurzen Augenblick leise und lächelnd mit. Dann schaltete er das Gerät ab und schaute nochmals mit einem Lächeln auf den Stadtplan. Die *Piazza Garibaldi* war wirklich ein idealer Standort dafür. Das Herz der Stadt. Früher hieß er *Piazza della Paglia*, Strohplatz, weil hier die Kutscher das Stroh für ihre Pferde bekamen, dann *Piazza dei Noli*, wegen der Kutschen, die man mieten konnte. Seit jeher aber stand hier die Statue der Muttergottes. Und nun war in ihrer Nachbarschaft das neue Kaufhaus geplant.

La Rinascente. Was für ein Name. Was für ein Klang! Aldo Borletti, der seit einem Jahr agierende, neue Präsident der Gesellschaft, wollte das 1922 gegründete Haus in ein modernes verwandelt wissen. Und er, Flaviano, war vom Architekten und der neuen Kreativ-Direktorin Lora Lamm beauftragt worden, sich ganz unvoreingenommen darüber Gedanken zu machen, was Böden und sanitäre Einrichtungen anging. Er würde gute Ware liefern, zu einem besonders guten Preis. Und er würde sich an seinen alten Chef und dessen Firma erinnern. Diesen Dank war er schuldig. Dieser Dank würde in Zukunft noch mehr möglich machen. In den Schubladen seines Schreibtisches lagen inzwischen bereits ganz andere Ausschreibungen zu Bauvorhaben.

In wenigen Monaten würde sein Name also mit ganz anderen Projekten verbunden sein. Der ehemals kleine, eher unvorstellbare, eher von seinem Vater stammende Traum sollte doch noch Realität werden. Kurz lachte er laut auf, nicht einen Tag hatte er dafür im Dreck wühlen müssen. Nicht ein Eimer Matsch hing jemals an seinen Armen. Es war ihm alles zugefallen. Nun waren er und dieser ehemalige Gefreite im Baugeschäft die Großen in der Region. Begegnen wollte er dem anderen nicht unbedingt, aber seit seiner Arbeit in Mailand wusste er, dass es meist nicht zu vermeiden war.

In etwas mehr als einer Woche wollte er nach Monza fahren. Giulio Cabianca aus dem nahen Verona absolvierte sein erstes Weltmeisterschaftsrennen und das beim Großen Preis von Italien. Ihm wollte er die Daumen drücken. Ein Jahr zuvor hatte er nämlich Alberto, seinen Freund, mit dem er einst eine bonbonblaue Bombe transportiert hatte, zufällig in einem Café getroffen und über die alten Zeiten erzählt. Nebenbei verfolgten sie zusammen eine Etappe der Mille Miglia und versprachen, sich in Gedenken an ihre damalige Fahrt bei diesem Rennen nochmals zu treffen. *Du bist zwar immer noch nicht der fliegender Mantuaner,* hatte er wie damals gelacht, *aber es gibt so vieles zu erzählen.*

Das stimmte und Alberto war in der Gegend so gut verankert, er wusste sicher über Dinge zu berichten, die wichtig sein könnten. Zumal er einen guten Draht zu manchem Politiker und Entscheidungsträger hatte. Informationen über Verbindungen konnten unter Umständen wichtig sein und diese galt es zu nutzen. Vorsorglich machte er sich ein paar Notizen, um dann die richtigen Fragen zu stellen. Wollte er sein Unternehmen weiter mit Erfolg aufbauen, musste er empfindlich sein wie ein Seismograf.

Unvermutet klingelte das Telefon. Kurz zuckte er zusammen, überlegte, wer am anderen Ende sein könnte und hob den Hörer ab.

„*Pronto?*"

„Ah, Signor Tomè, gut, dass ich Sie noch erreiche." Tomè lächelte in sich hinein. Erst vor wenigen Minuten hatte er die Visitenkarte von damals in der Schublade gefunden und angeschaut. Nun hörte er die Stimme am anderen Ende.

„Ich hätte da etwas Neues", gab er deshalb sofort zurück, ohne eine Frage abzuwarten, „und ich würde mich freuen, wenn wir gemeinsam das Projekt …"

„… ich habe schon davon gehört", fiel ihm sein ehemaliger Chef von *Italcementi* ins Wort, „und würde mich tatsächlich freuen, wenn wir beteiligt werden würden. Wir sind ja leider nicht mehr allein in diesem Handel unterwegs."

„Wer will Ihnen den Platz schon streitig machen? Die Hauptverwaltung in Mailand hat Ihr Visitenkärtchen doch nur wachsen lassen. – Ich halte es gerade in Händen."

„Ihres auch nicht minder! Aber es gibt bei Ihnen einige regionale Firmen, die sich ihre an Projekten beteiligten Firmen anders aussuchen. Deshalb frage ich schon mal bei alten Freunden nach. Immerhin gibt es ja Mittel und Wege solche Freundschaften über längere Zeiträume zu pflegen. – Ich würde gerne mit Ihnen darüber reden."

„Das kommt meinen Plänen entgegen, ich verlasse mich nämlich lieber auf gut funktionierende Verbindungen. Das hat auch mit Vertrauen zu tun."

„Ich wusste, dass ich auf Sie zählen kann. Ich denke, wir werden beide davon profitieren. Wann hätten Sie denn Zeit für mich? Dann sprechen wir mal darüber, wie wir uns die anderen vom Hals halten können."

2. April, 9 Uhr 25

„Die Sache ist ziemlich komplex und hat mit Pülverchen und Wasser zu tun. Sie wissen, der Zettel in der Geldkassette?! Gibellato lässt sich den Beton von einer Fremdfirma liefern. Diese hat mit seiner oder einer anderen am Bau beteiligten Firma nichts zu tun. Sie wurde ihm vermittelt. Das ist insofern ungewöhnlich, weil normalerweise bei solch großen Bauvorhaben ein so bedeutender Zulieferer auch Bauausführer ist."

Berlingui hatte sich immer noch nicht über Dinge informiert, die mit Hausbau, Ausschreibungen und vertraglichen Abmachungen zu tun hatten. Wenn er in seinem Haus etwas verändern wollte, ging er in eines der vielen Möbelgeschäfte, die Padua entlang der Ausfallstraßen zur Genüge umzingelten, oder in einen Baumarkt, um sich Werkzeug, Farben oder andere Utensilien zu kaufen. Mit Kapillareffekten in Betonfundamenten, Angriffen durch starke Säuren oder Alkalireaktionen bestimmter Betonzuschlagstoffe hatte er noch nie zu tun gehabt. Entsprechend verständnislos schaute er daher Collasso an. Der schien wohl seit Jahren ein unbekanntes Hobby zu pflegen, nämlich Fertigungsverfahren für das effiziente *Hochziehen* von großen Neubauten. Zumindest versuchte er dem Commissario seit fast zwanzig Minuten zu erklären, was beim Errichten eines Gebäudes alles schiefgehen könnte.

„Es geht ihm jetzt darum, zu beweisen, dass diese Zulieferer den Beton für die falschen Lose angeliefert hatten und keiner der Kapos dies beim Verfüllen bemerkt hat oder gar bemerken wollte. Was wiederum bei dem hohen Ausländeranteil kein Wunder ist. Da nun Sabotage zu vermuten, ist zwar nicht abwegig, aber …" Der Ispettore zuckte vielsagend mit der Schulter, während Berlingui den Kopf schüttelte und meinte:

„Das heißt, Gibellato stiehlt sich so aus der Verantwortung …"

„… oder droht dieser Firma mit wirtschaftlich wirksamen Konsequenzen. Wer weiß, wie viele er auf diese Weise schon hat hopsgehen lassen. Er war bei den meisten Bauprojekten nicht nur die Unternehmung, sondern auch die Bauherrschaft. So kann er nahezu ohne Probleme den Vorschlag machen, die Arbeiten der anderen beteiligten Firmen zu übernehmen – und wenn der Zeitdruck stimmt, wird gegen diesen Vorschlag auch keiner etwas einzuwenden haben. Wer sollte auch? Einen adäquaten Ersatz zu finden, ist wahrscheinlich viel zu zeitraubend. Er musste nur abwarten. Und die geschuldeten Beträge lässt er noch als Bauhandwerkerpfandrechte eintragen. Bei seiner Größe ist da aber auch immer ein gewisses Risiko. Geht die Planung oder die Übernahme von Baulosen daneben, droht eine Insolvenz schneller zu kommen, als er für Ausgleich sorgen kann. Allerdings habe ich noch keine Hinweise auf eine prekäre Situation."

„Okay. Fast verstanden." Berlingui hob beide Hände und versuchte die vergangenen Minuten zusammenzufassen: „Wer also zum Beispiel Kies, Dachziegel, Rohre und Kabel liefert, macht das aufgrund eines Kaufvertrages. Und der kann *seine* Forderungen zum Beispiel als Zug-um-Zug-Geschäft sichern. Ich hab' auch mal gelesen, dass italienische Baustellen bekannt dafür waren, dass Warenlieferungen nur gegen Barzahlungen auf der Baustelle abgeladen wurden. Das war aber vor allem zu Zeiten der Lira! Da gab es volle Hin- und ebenso vollgeladene Rückfahrten – war also nichts mit pünktlich fertig werden. Und das soll jetzt auch das Problem sein? Sollten diese Zeiten eigentlich nicht längst vorbei sein? Inzwischen bestimmen doch internationale Konsortien darüber, wie zu bauen ist."

„… und wer daran beteiligt ist und etwas davon hat. Das wird nämlich untereinander verteilt. Und wer nicht genug Power hat, hat erstens verloren und zweitens wird er von den Großen geschluckt. Das führt zwar zu einer gewissen Verzögerung bei der Fertigstellung, aber für gewöhnlich nicht zur Einstellung des Baus. Der eine geht also unter Umständen pleite, während der andere das nächste Mal bestimmt, wie es läuft."

Mestre, 13. April, 18 Uhr 35

Als hätte er es von Anfang an geahnt, wenn nicht gar gewusst, blieb er gefasst. Die letzten Wochen waren zu ruhig geworden. Und jedes Mal, wenn er versuchte Kontakt aufzunehmen, ließ sich der andere verleugnen. Doch in seinem Inneren rumorte und brodelte es. Diesen Deutschen hätte er erst gar nicht einbinden sollen. Egal wie die eigene Situation aussah. Spätere Mieter hatten in einem Projekt in dieser Phase einfach nichts zu suchen. Man erfüllt ihnen Wünsche und dann bleibt man schlussendlich auf den individuellen Veränderungen am Baukörper sitzen, nur weil der andere sich überschätzt oder übernommen hatte. Der Nächste würde sich nicht ohne Kompromisse bei den jetzt entstehenden Kosten bereit erklären, die nun erstellten Räumlichkeiten so zu übernehmen, denn dessen Konzept war nun nicht wie gewohnt umsetzbar – und das als echter Erstmieter.

„Sie müssen das verstehen", blubberte Korte am anderen Ende des Telefons, „die Voraussetzungen sind ja nun seit dem Abstieg der Mannschaft gänzlich anders, egal wen Sie dann in diesem Stadion spielen lassen. AS, Inter oder Juventus werden höchstens alle Jubeljahre vorbeikommen und für volle Ränge sorgen. Und das bisschen Kulturprogramm rettet auch nichts mehr. Im Übrigen habe ich gehört, dass ich nicht der Erste bin, der aussteigt. Ziehen Sie also lieber auch die Reißleine, bevor Sie damit untergehen. Sollen sich doch die anderen die Finger verbrennen."

Gibellato hatte keine Lust darauf einzugehen.

„Ich glaube, Sie kennen die Umstände unserer Zusammenarbeit. Leider ist ein solcher Bau nicht immer das Wunschkonzert, das sich zu Beginn in den Plänen darstellt. Mit Verzögerungen und gewissen Risiken muss man rechnen. Wir haben uns damals darüber verständigt. Ich hatte den Eindruck, da wären diese Details klar gewesen. Oder wie glauben Sie, hier aussteigen zu können?"

„Wie im Vertrag unterschrieben: drei Monate vor der Übergabe."

„Ihr Geld ist weg, sag ich Ihnen."

„Das, was in diesem Moment drinsteckt. Also nicht mal 'ne Million. Die nächste Tranche habe ich zurückgehalten. Ich kann mein Geld auch anders versenken. – Ich backe jetzt kleinere Brötchen."

„Sie werden sicher verstehen, wenn ich meinen Anwalt verständige."
Gibellato war immer noch überraschend ruhig, was er selbst bemerkte und dem doch erlittenen Schock zuschrieb.

„Das habe ich bereits erledigen lassen. Herr Ruiz Castedo, mein Anwalt, wird sich mit Ihnen gleich in Verbindung setzen und die Modalitäten mitteilen."

„Ach, hat er einen anderen Vertrag gefunden?"

„Jetzt tun Sie mal nicht so, wenn Sie mit offenen Augen arbeiten würden, hätten Sie die Entwicklungen längst schon erkennen und dann handeln können. Sie sind der Unbelehrbare in diesem Fall. Erinnern Sie sich nur an das Gespräch im Februar …"

„… in dem wir ganz klar solche Entscheidungen ausgeschlossen haben."

„Da haben Sie mir noch was weiß ich für Storys erzählt. Nee, mein Lieber, jetzt ist Schluss. Seit ein paar Jahren hab' ich mein Domizil auf Mallorca. Da ist es auch schön und da gibt es kleine, feine Projekte zu verwirklichen. Vor allem überschaubarere und daher mit weniger Risiko behaftet. Schauen Sie sich nach neuem Geld um. Ich glaube, Sie haben zu lange geträumt und experimentiert."

„Experimentiert? Ich bin länger im Geschäft, als Sie mit Ihren Würstchen erfolgreich waren. Ich hätte mich von Anfang an wundern sollen, wie einer wie Sie darauf kommt, in so ein Projekt einzusteigen."

„Würstchen, mein Lieber, sind Qualitätsprodukte. Ihr Bau aber anscheinend nicht. Ich habe Millionen davon verkauft und ich habe mich bezüglich Ihrer Objekte in den letzten Monaten erkundigt – nun gut, ich habe auch ab und zu meine Zuwendungen gemacht, ab und zu – Sie scheinen den aktuellen Bau allerdings von solchen Dingen abhängig zu machen. Da mache ich wiederum nicht mit. Das hatte ich nie nötig. Ich steige aus, bevor es zu spät ist, basta!"

Gibellato spürte den Schweiß auf seiner Stirn und fahndete nach der richtigen Antwort. Bevor er etwas erwidern konnte, fuhr Korte fort:

„Wissen Sie, was die Banken dazu sagen? Ihre vor allem? – *Dat, wat Se da bauen, jitt et jetz för ene Appel un e Ei.*"

Bologna, 19. Oktober 1994

In seinem Alter wurden Männer von so jungen Frauen nur noch dann geheiratet, wenn sie berühmt oder vermögend waren. Doch bei Michaela war es was anderes. Liebe. Und diese seit nahezu drei Jahren von allen, auch der Presse, unerkannt. Nun würden sie diese öffentlich machen und sie mit einer Heirat besiegeln. Überraschend für alle. Flaviano Tomè lachte sich ins Fäustchen, auch dieser Coup war ihm gelungen. Er trat vor den Spiegel und band seine Krawatte fertig, dann drehte er sich um und nahm Michaela fest in den Arm.

„Bist du dir sicher?", fragte er lächelnd.

„Von Anfang an!", bekam er als Antwort.

Der Anfang war ein Neubau hier in der Stadt. Michaela war die Architektin und er hatte den Auftrag für die Ausführung erhalten. Die folgenden Gespräche waren eine Woche dienstlich. Drehten sich um das Wie und Wann. Um die Organisation, den Zeitplan und die beteiligten Firmen. In der zweiten lud er sie zu einem Abendessen ein und sie erfuhr sein ganzes Leben: groß geworden im Krieg, Mutter kurz nach diesem verstorben, Vater später ein Pflegefall, Schwester durchgebrannt. Von seiner Karriere war nichts zu ahnen. Doch dann von einem Zufall in Gang gebracht. *Nun sitz ich hier*, meinte er, *und spüre nach vielen Jahren zum ersten Mal in mir Regungen, die meine Arbeit und mein Leben nicht zulassen wollten.*

Michaela sah ihn an, längst wissend, welche Gefühle aufgekommen waren, und er traute sich nicht, sie anzuschauen. Damals, mit Francesca, hatte es ja auch nicht geklappt. Und er war inzwischen in einem Alter, in dem man eher die Pensionierung oder den Ruhestand plante als einen Neuanfang. Als er nach einer gefühlten Ewigkeit aufschaute, schien ihre rechte Hand nach seinem linken Arm zu suchen. Er beobachtete ihre Finger, wie sie plötzlich seine umschlossen, und hörte sie sagen:

„Übers Wochenende muss ich leider nach Florenz. Aber ich möchte, dass du mich am Montagabend besuchen kommst. Entweder es stimmt oder wir bauen nur dieses Gebäude gemeinsam."

An diesem Montag kam er spät. Fast zwei Stunden war er zuvor in ihrem Viertel nahe der *Basilica Santa Maria de Servi* zwischen der *Via Guerrazzi*, *Via San Petronio Vecchio* und der *Strada Maggiore* umhergelaufen, bevor er an dem alten Stadtpalais den Klingelknopf zu ihrer Wohnung drückte. In seinen Händen hielt er den obligatorischen Blumenstrauß und eine Flasche Prosecco. Die sie nur zur Hälfte austranken.

Nun also wurde aus Michaela Biasini da Esti, eine Tomè. Pomp hatten sie dafür nicht vorgesehen. Und die Gäste waren nur zu einem anschließenden Empfang eingeladen, denn sie hatten vor, schon am nächsten Tag ihr neues Domizil in Monselice zu beziehen. Nah genug an der alten Heimat und doch mit dem nötigen Abstand. Von dort ließen sich seine Baufirma und ihre inzwischen europaweiten Projekte genauso gut leiten und steuern.

„Hast du all die Namen gelesen, die anwesend sein werden?"

„Keiner wird so wichtig sein wie deiner", gab er lächelnd zurück, „keiner von denen wird so reich wie ich nach Hause zurückkehren."

„Du übertreibst, Avi!"

„Nein, denn ich werde dich *und* deren neue Vorhaben mitnehmen. Sie kommen doch nur, um den alten Mann mit seiner viel zu jungen Frau wie Zirkustiere anzuschauen und sich dabei die Rabatte zu sichern."
Flaviano Tomè lachte auf und schloss die Anzugsjacke.

„Und in einigen Jahren können sie diese dann mit unseren Nachfolgern aushandeln", erwiderte sie.
Michaela lächelte und als sei es Erklärung genug, strich sie sich dabei über den Bauch.

„Bis dahin wird noch etwas Zeit vergehen und ich hoffe, ich bin dann nicht ein alter griesgrämiger Vater geworden, der seinen Kindern nicht die von uns gestaltete Zukunft gönnt."

„Dafür werde ich schon sorgen. So schnell lass ich dich nicht alt werden. Bis jetzt hatte ich eher den Eindruck, dass wir in jedweder Richtung die richtige Kombination dafür sind."
Michaela trat nah an ihn heran, umarmte ihn und presste ihren Unterleib an seinen.

„Und dort oben stimmt es auch", fügte sie hinzu.

Flaviano Tomè schmunzelte. Gerade als er etwas entgegnen wollte, kamen für einen kurzen Moment Bilder aus alten Zeiten aus den hinteren Ecken seines Kopfes hervor. Er sah sich in den Flugzeugkanzeln sitzen, sah sich mit Alberto aus dem Laster steigen, wie er die Maultiere versorgte, Waffen reinigte und andere, häufig genug sinnlose Befehle befolgte. All das war längst vorbei. All das war einem neuen, damals kaum vorhersehbaren Leben gewichen, all das war nun mit Michaela zu einem neuen, wohlwollenden Reichtum geworden. Er wusste jetzt schon, welcher seiner Gäste ihn voller Neid betrachten würde.

„Dank dir wird es auch so bleiben", meinte er.

„Dann lass uns die Leute hinter uns bringen. Wir hatten all die Jahre schon viel zu wenig Zeit für uns."
Kurz hatte sie nochmals seine Jacke geöffnet, um ihn so nah wie möglich zu umarmen, nun schloss sie diese wieder und drückte ihm einen Kuss auf den Mund.

„Signor Tomè, darf ich bitten?"

3. April, 10 Uhr 10

„Ich weiß, was du von mir hören willst, aber ich habe nicht die leiseste Ahnung."
Bei ihrem nächsten Satz sah er förmlich ihr grinsendes Gesicht vor sich und wie sie sich mit diesem über ihn lustig machte.

„Was hältst du von einem Drogen-Mafia-Komplott. Das ist doch gerade in aller Munde. Soll ich dir mal unseren Artikel zufaxen? Salvatore hat gute Arbeit geleistet. Da steht alles drin ..." Sie wartete ab, kicherte leise ins Mikro und meinte dann: „Nein, *tesoro mio*, ich habe lediglich einen Verdacht. Und das auch nur, weil ich jemanden kenne ... aber darüber kann ich jetzt mit dir beim besten Willen noch nicht sprechen. Wirklich. Das hat in diesem Fall auch nichts mit journalistischer Zurückhaltung zu tun, sondern mit wahrheitsgetreuer Berichterstattung. Ich will mich nicht mit falschen Fakten blamieren."

„Gib mir einfach ein Stichwort."

„*Domani, cuore mio!* Morgen, mein Herz!"

„Hilft's, wenn wir zusammen einen Kaffee trinken gehen würden?"

„Das grenzt an seelische Grausamkeit oder Körperverletzung, je nachdem, wie du es nimmst, das weißt du."

Sich in seinen Stuhl zurücklehnend betrachtete er seine Finger an der rechten Hand, die er dabei spreizte und drehte, und die er vor einigen Tagen übermütig über ihren Hintern hatte gleiten lassen, als er sie in den Arm genommen und ihr von der bevorstehenden Verhaftung des ominösen Geistlichen im Fall Tossatello erzählt hatte. Er machte eine Faust und öffnete sie wieder. Das Gefühl war weg, die Erinnerung noch da.

„Ich wollte dich nicht verletzen."

Vio wusste, dass er darauf anspielte. Es war eine ungewöhnliche, in diesem Moment viel zu intime Geste gewesen, deren Bedeutung für sie er nicht einschätzen konnte. Aber auch über diese Dinge konnte sie nicht mit ihm sprechen. So nett er war, kapieren würde er es nicht. Selbst nach all den Jahren nicht. Er hatte sich schon viel zu früh in die Vorstellung verrannt, sie ginge zu freizügig mit ihrem Körper um und sie sei die dauernd provozierende Verführerin, damit sie so jegliche, irgendwie verwertbare Information erhalten würde. Der Tag würde kommen, an dem er alles erführe.

„Du weißt genau, dass ich *das* nicht gemeint habe."

Berlingui zögerte, wollte aber nicht mehr weiter darauf eingehen. Er würde mit ihr sprechen müssen und dann versuchen ihr klar zu machen, dass sie seine Freundin sein könnte. Eine richtige Freundin, so wie Giuseppe ein Freund für ihn war. Bevor er den Gedanken, ihr genau dies doch schon eigentlich weiß Gott wie oft gesagt zu haben, fortsetzen konnte, kam ihm eine andere Sache mit Mandroni in den Sinn und er seufzte eher ungewollt ins Telefon:

„Giuseppe war an dem Morgen nicht am *Prato*. Das ist ziemlich ungewöhnlich für ihn. Und im Gegensatz zu früher sind seine Kommentare zu dem Ganzen eher bissig als weiterhelfend."

Die drei Sekunden, die bis zu ihrer Antwort vergingen, signalisierten ihm, dass sie unter Umständen wieder mehr wusste. Auch weil ein vernehmlich tiefes Einatmen vorausging.

„Hat er dir jemals weitergeholfen?" Es klang wie ein bedauernder Seufzer.

„Ich bitte dich, hast du die Sache mit dem Bürgermeister damals vergessen?[6] Ich habe ihm dadurch jede Menge zu verdanken."

„Piero! Das ist Jahre her. Das sind schon Legenden. Da war ich fast noch ein kleines Mädchen. *Du* hast vergessen, dass seitdem nicht mehr viel von ihm kam. Außer es handelte sich um tote Nutten, Fixer und Kleinkriminelle. Und außer Tonia, Clara und vielleicht zwei, drei anderen Frauen sind alle übrigen in seinen Augen, einschließlich mir, billige *puttane*. Du kennst doch sein Geschwätz."

„Aber er hat mir immerhin das mit der Mistretti erzählt."

„Mein Gott, du wärst ein verflucht mieser Polizist, wenn du – nun gut, auch dank Benitos Ermittlungen – nicht draufgekommen wärst. Er hat nichts dazu beigetragen."

---

[6] Episode wird im Roman *Schlammschlacht* geschildert.

„Aber jetzt hat er mir jede Menge über die Drogengeschäfte in Padua erzählt. Wer sagt, dass das unwichtig sein könnte."

Er vernahm einen weiteren tiefen Seufzer am anderen Ende. Dann:

„Welche Haarfarbe habe ich?"

„Bislang dachte ich, sie sei rot."

„Und welche Farbe haben die Härchen auf meinem Hintern, den du so innig gestreichelt hast?"

„Was? Die auf deinem Hintern? Keine Ahnung. Rosa vielleicht?" Er lachte laut in den Hörer hinein.

„Du wirst es kaum glauben, blond. Ich sehe förmlich deinen dummen Blick. Aber die beiden Sachen, der Bau und die Drogen, haben hier genauso wenig miteinander zu tun. Genauso wenig wie dein Fall mit dem ganzen Gedöns um die Mafia. Auch ich kann dir viel erzählen und dich von anderem ablenken, wenn ich weiß, wie ich Hunger bei dir erzeuge und die richtigen Stichworte benutze. Bei ihm reicht das Wort Drogen, doch ich muss zu schärferen Waffen greifen. Kapiert?"

Es war nicht die Hilfe, die er erwartet hatte. Es war eher ein Stich ins Herz. Einer, der eine seit einigen Tagen fressende Wunde offen hielt. Einer, der deshalb eine üble Wahrheit zutage fördern könnte. Sie wusste etwas, das wehtun würde.

Kurz überlegte er, zu ihr zu fahren. Vielleicht wäre sie leutseliger, wenn er quasi neben ihr stünde oder säße. *Um Gottes willen, wenn ich den ganzen Tag in deiner Nähe wär', könnte ich für nichts garantieren*, hatte sie doch unlängst gesagt. Wenn ein solcher Rollentausch ihn weiterbrächte, sollte es ihm recht sein. Aber das Restrisiko, das dahintersteckte, war ihm zu groß. In dem Moment, in dem man einen Freund verlieren konnte, war eine tröstende Freundin ein Spiel mit dem Feuer.

„Also gut", gab er kleinlaut zurück, „morgen ruf ich dich noch mal an. Collasso hat vielleicht auch diesmal etwas herausgefunden. Dem werde ich nachgehen ..."

„... und was ist das, wenn ich fragen darf?"

„Fragen darfst du, aber darüber kann *ich* jetzt mit dir beim besten Willen noch nicht sprechen. – Wirklich. *Ciao!*"

Ohne ihre Antwort abzuwarten, legte er auf und starrte an die Decke. Vio, die Leutselige, war zu den Stummen übergelaufen und hatte es doch geschafft, ihm einen Floh ins Ohr zu setzen. Giuseppe, sein bester Freund – und das seit dem Studium, wie viele gefühlte hundert Jahre war das her? –, spielte mit gezinkten Karten. Er versuchte, wenigstens eine davon in den Fällen der letzten Jahre zu erkennen. Doch die einzelnen Details wollten ihm nicht in den Sinn. Selbst der Fall Tossatello war schon zu weit entfernt. Hatte Giuseppe ihm nicht damals die Artikel zu dem Prozess in Venedig besorgt? Er atmete tief ein und ließ die Luft zwischen seinen zusammengepressten Lippen entweichen. *Seit Jahren ist unser Journalismus korrumpierbar, daran wird sich so schnell auch nichts ändern*, hörte er ihn in Gedanken sagen. Er also auch? Aber womit konnte man ihn ködern? Die Blätter vor sich auseinanderschiebend suchte er nach einem Papier, das ihm eine Antwort geben könnte. Doch von Vios Worten viel zu sehr abgelenkt, ja aufgewühlt, könnte er die nächsten Stunden damit verbringen, ohne einen Schritt weiterzukommen. Also erhoffte er von anderer Stelle Hilfe und eine Art Inspiration, griff zum Telefon und wählte Sfarzis Nummer:

„Es tut mir leid, wenn ich störe, ich hatte Ihnen eine Mappe rübergelegt, hatten Sie schon Gelegenheit hineinzuschauen?"

„Natürlich, Piero. Die Aussage des Zeugen ist in meinen Augen die heißeste Spur. Da gebe ich Ihnen beiden

recht. Haben Sie den Besitzer von diesem Fiat Bravo also schon befragt?"
Commissario Berlingui räusperte sich, Sfarzi hatte *nicht* in die Mappe geschaut, das war ungewöhnlich und er unvorbereitet. Wie sollte er jetzt damit umgehen? Er schloss die Augen für ein, zwei Sekunden, dann:

„Wir haben den Besitzer des Unimogs inzwischen ausgemacht", log er deshalb, „dieser steht unter Beobachtung. Wir haben nämlich einige merkwürdige Details herausgefunden." Das war jetzt vielleicht nur noch zu dreiviertel gelogen. Am anderen Ende vernahm er ein Hüsteln. Das konnte bei Sfarzi nun wieder alles bedeuten, deshalb fügte er hinzu:

„Sie sehen das anders?"
Wieder ein Hüsteln und dann:

„Es ist so, Piero … ich konnte … also das Ende des Aufschriebs … ich hatte leider gestern … Sie haben es vielleicht bemerkt … aber …"
Dann folgte eine minutenlange Erklärung, warum Sfarzi nicht das lesen konnte, was Berlingui nun gerne nachgefragt hätte. Im ersten Moment war er enttäuscht, doch dann lächelte er in sich hinein. Sfarzi war ein verdammt schlechter Lügner und wusste es. Gleichzeitig war er eine ehrliche Haut, denn der Commissario hatte sich gestern schon gefragt, warum Sfarzi auffallend unkonzentriert und aufgeregt seinem Zwischenbericht zugehört hatte. Nun bekam er die Erklärung serviert. Amüsiert nahm er die Entschuldigungen Sfarzis nahezu väterlich entgegen. Verdrehte Rollen.

„Ich hoffe, Sie verstehen das, Piero, Lu ist an diesem Wochenende in Treviso auf einem Kongress und gleich ab Montag für zwei Wochen auf dem nächsten in Kanada. Wir haben ohnehin schon kaum Zeit, denn wenn sie aus Toronto zurück ist, bin ich in Florenz beim Kriminologentreffen."

„Kein Problem, Chef! Kein Problem, wenn Sie zurück sind, ist alles geklärt, dann liegt keine Mappe vor Ihnen, sondern die geschlossene Akte."

Mestre, 21. Oktober 1978

Alles, was in der Region Rang und Namen hatte, war eingeladen und gekommen, von Bürgermeistern über Industrielle und VIPs aus dem Kulturleben bis zu namhaften Vertretern der Regierung sowohl aus Venedig als auch aus Rom. Versammelt in einer der renovierten, prachtvollen Villen, die einst vielleicht Andrea Palladio oder Giovanni Battista Tiepolo entworfen hatte. Außerordentlich passend für die Feier, die es nun abzuhalten galt. Zumal die Räumlichkeiten weit über die üblichen Maße hinaus geschmückt waren.

Das daraus resultierende Treffen der großen Namen würde deren Dasein genauso sichern wie dadurch deren Geschäfte. Jeder schaute deshalb lächelnd, gewichtig und verbindlich in die Runde. Jeder mit einem Glas Champagner oder Wein in der Hand. Jeder nach dem Ertönen eines dreimaligen Klopfens in die gleiche Richtung.

Engelsgleich erschien daraufhin die junge, gerade zwanzig Jahre alt gewordene Contessa di Marchio am oberen Treppenabsatz des herrschaftlichen Hauses und schritt diese mit dem nötigen, ernsten Blick hinunter, um unten auf der letzten Stufe mit unverändertem Blick die Hand des inzwischen mehr als doppelt so alten Fabrizio Gibellato zu ergreifen. Mancher dachte sicher, Stolz könnte nicht besser dargestellt werden, mancher, Glück sieht anders aus. Durch eines der im Jugendstil renovierten Fenster schien die von keiner Wolke verhüllte Sonne und tauchte das prächtige weiße Kleid mit jeder Stufe in ein anderes Farbenspiel. Selbst für ein solches Haus war dieser Tag mehr als nur ein Festtag. Und für Fabrizio Gibellato war dieser Tag das, was er sich damals als junger Mann erträumt hatte: Der Eintritt in die Gesellschaft, in der er sich zu Hause sah, die ihm zustand.

Diese Contessa war wirklich eine denkbar gute Eintrittskarte, die er erhalten hatte, nachdem er den di Marchios mit einer nicht unbeträchtlichen Summe aus der Patsche geholfen hatte. Was spielte es da für eine Rolle, dass er einen Kredit aufnehmen und einen unwichtigen Teil seiner Firma verkaufen musste, damit diese Contessa verheiratet wurde, statt ihr Glück selbst zu finden. Der Name der Familie, der Ruf, der damit verbunden war, war die Sicherung auch seiner Zukunft. Di Marchio bedeutete, in der Bauindustrie bei *allem* mitwirken zu können. Und die Liste von *allem* war lang. Sein Vater hatte womöglich dieses eine Mal doch recht gehabt, als er Fabrizio vor Jahren sagte: *Und diese brauchen ein Haus, in dem sie ihre Würde darstellen können.* Dieses Haus sollten sie bekommen und er den schönsten Schlüssel dazu, ob die Contessa wollte oder nicht. Die Familie zu retten, war ihre erste Aufgabe und die zweite, ihn dadurch groß werden zu lassen.

Die Zeiten waren zu Ende, in denen er sich unterordnen und fügen musste. Nun hatte man verstanden, was er bewegte und schon bewegt hatte, und dass er es viel zu gut konnte, um ihn links liegen zu lassen. Er hatte es gar nicht mehr nötig, Opernhäuser zu bauen. Irgendwelche Tempel, deren Originalität und Schönheit von einem dahergelaufenen Impresario oder Intendanten an sich gerissen wurde. Alles, was es bedurfte, war mit einer Art strengen Hand Projekte durchzuplanen und häufig genug gegen Anfeindungen, Zweifel und Einwendungen durchzuziehen.

Als sich die beiden umdrehten und sich zum festlich geschmückten Saal begaben, nickte Gibellato auf seine ganz eigene Art der applaudierenden Menge zu. Dann legte er seinen Kopf schief und flüsterte in einem bestimmenden Ton der Contessa zu:

„Überleg dir, wie du mir alle vorstellen kannst, ohne mich durch meine Unwissenheit zu blamieren."

Nur ihr Mund lächelte, als sie zu ihm aufschaute und dann meinte:

„Keiner von denen will Hundehütten aus Beton."

3. April, 21 Uhr 50

„Geben deine Revolverblätter etwas über Tiziana Gibellato her?"

Berlingui deutete mit einem wedelnden Finger auf einen Stapel Zeitschriften, der neben dem ledernen Sofa aufgeschichtet war. Ein zertrampeltes Insekt oder eine herumliegende volle Babywindel hätte keine bessere Gebärde erwarten können.

„Normalerweise lichten die doch in regelmäßigen Abständen solche Leute für die Titelseiten oder Artikel ab", fuhr er fort.

Carla runzelte die Stirn und lächelte gleichzeitig. In ihrer Antwort schwang eine gute Portion Skepsis mit.

„Normalerweise machst du um solche Revolverblätter einen Riesenumweg. Das muss ja wirklich ein aufregender Fall sein, dass du deine Ermittlungen nun mit deren Inhalt vorantreibst. Aber du hast Glück, in den letzten Ausgaben ist immer etwas dabei gewesen. Allerdings hätte ich nicht gedacht, dass Klatsch und Tratsch untersuchungsrelevant werden könnten. Ihr solltet inzwischen doch über viel mehr Details Bescheid wissen."

„Was ihn angeht, bin ich auch gut gerüstet. Aber ich habe morgen einen Termin bei der Dame, weil ihr Göttergatte mächtige Schutzengel hat, die dafür sorgen, dass er unbefragbar ist. Und vorhin hat sie zur Überraschung aller einen klärenden Termin angeboten. Wahrscheinlich springt nichts dabei heraus. Aber vielleicht hat sie …"

„… zumindest eine gute Figur, wenn man den Fotografien Glauben schenken darf. Im Gegensatz zu ihrem fetten Mann. Aber leider ist sie keine zwanzig mehr, wie bei ihrer Hochzeit …" Sie beugte sich nach vorne und warf ihm eine Tageszeitung in den Schoß: „… aber du musst nicht einmal in den Zeitschriften da herumblättern, um das Neueste über sie zu erfahren, denn sie waren gerade jetzt am Sonntag auf dem Adria-Rennkurs zur Saisoneröffnung der GT Italia, weil man für diesen Event ein paar gute und vor allem schmückende Namen brauchte, damit diese Veranstaltung im nächsten Jahr nicht einschläft. Also hat man die ganze Hautevolee der Region für ein passendes Fotoshooting eingeladen. *Corriere* lesen reicht vollkommen oder Vio fragen, wenn ihr Kaffee trinken geht oder du ihrem Hintern hinterherrennst …"

Mit einem schelmischen Grinsen ließ sie sich ins Polster zurückfallen, während Berlingui sein Gesicht verzog; ihm fiel nur eine denkbar schwache Verteidigung ein:

„Vio hab' ich seit dem letzten Freitag nicht mehr gesehen. Und ob die so etwas interessiert …"

„Unterschätz sie da mal nicht! Sie gräbt ja gerne bei solchen Leuten im Garten. – Warum hast du eigentlich Giuseppe nicht darauf angesetzt?"

„Er meinte, es sei gerade nicht sein Einsatzgebiet. Und als ich ihn auf die Sache mit dem Fundament ansprach, zuckte er nur mit den Schultern, da sei ja dann wohl der Zulieferer schuld. Irgendwie war das aber alles ziemlich weit weg von Hilfe. Keine Ahnung. Ich wollte nicht bohren. Bei aller Freundschaft, er ist in letzter Zeit auch manchmal etwas seltsam."

„Probleme mit Tonia?"
Seine Reaktion zeigte gleichzeitig Ahnungslosigkeit und Enttäuschung. Die jahrzehntelange Freundschaft musste zurzeit einer harten Prüfung standhalten, die daraus bestand, auf bestimmte Fragen keine Antworten zu erhalten. Denn er hatte Giuseppe schon dasselbe gefragt und eine rüde Antwort erhalten: *Ehekrisen sind ja nun wirklich nicht dein Aufgabengebiet.* Dass er in einem solchen Fall ihm als Freund einfach zur Seite stehen könnte, spielte demnach keine Rolle. Diese Hilfe war durch die Art seiner Antwort ausgeschlossen.

„Behauptet er. Aber ich habe ein paar Zweifel."

„Wie kommst du darauf?"

„Ich kann's dir nicht erklären. Die Art, wie er antwortete, war nicht die, die zum Thema passt und nicht die, die ich gewöhnt bin. – Er hat mich regelrecht angefaucht."

„Vielleicht solltest du doch einmal mit Vio reden."

„Was soll sie über ihn wissen?", entgegnete Berlingui verblüfft.

„Vielleicht hat er Stress mit seiner Zeitung, das spricht sich schnell herum in solchen Kreisen und die Auflagen gehen zurück …" Clara zuckte mit den Schultern, verzog wissend den Mund und hob dabei die Arme halb hoch. Wieder hatte sie von manchen Sachen mehr Ahnung, als Berlingui ahnte.

„Woher weißt du es?"

„Tonia ist auch eine Frau. Und sie ist schon zu lange mit ihm verheiratet, als dass sie es nicht bemerkt hätte. Also hat sie Augen und Ohren aufgetan."

„Und Detektiv gespielt?"

„Das ist bei den meisten Männern nicht nötig."
Berlingui schaute sie mit großen Augen an.
„Also habe ich Konkurrenz durch dich?"
„Du hast nichts zu befürchten. Ich kenne Vio inzwischen zu gut. Sie würde mir Bescheid sagen."
Berlingui wurde rot und sie lachte.
„Gut, dass diese Tiziana fast zehn Jahre älter ist als du, sonst müsste ich mir vielleicht Gedanken machen. Hier, schau sie an. Die Bilder sind sicher älter und wahrscheinlich auch noch retuschiert. Aber gut aussehen tut sie schon."
Damit reichte sie ihm eine der Zeitschriften hinüber und tippte auf eines der Bilder. Anerkennend zog er die Augenbrauen hoch.
„Stimmt. Aber zu reich. Das verdirbt für gewöhnlich den Charakter."
„Oder fordert so manches erst recht heraus. Das reiche Leben ist sonst zu langweilig." Sie deutete auf einen dicken Mann auf einem anderen Foto: „Oder glaubst du, der da ist fesch genug, sie von solchen Sachen abzuhalten?"
„Du meinst, sie hat ein Verhältnis?"
„So, wie sie – und er – aussehen, würde ich es ihr von Herzen gönnen. Seine Millionen könnten mich nicht erweichen. Zu langweilig, statt sexy. Und was hätte er davon, es zu verhindern. Sie kommt aus einem viel zu wichtigen Haus, als dass er sich in seinem Alter solche wilden Entschlüsse erlauben könnte."
„Manchmal frage ich mich, was ihr eigentlich den ganzen Tag in der Universität macht. Promi-Roulette? Oder Reichen-Harakiri? Du solltest Seminare geben in Psychologie der Wohlhabenden."
Lachend schüttelte der Commissario den Kopf.

Padua, 4. Mai 2001

„Von ihr wird morgen nichts zu lesen sein. Im Gegenzug erwarte ich von Ihnen eine wohlwollende Berichterstattung ..." Über sein Gesicht huschte ein herablassendes Lächeln: „... vielleicht können Sie mir heute Nachmittag Ihren Artikel noch zufaxen, bevor Sie ihn auf die Rolle geben ..." Sein Lächeln wurde gönnerhaft breiter: „... sehen Sie es einfach als Vorsichtsmaßnahme zu Ihrem Vorteil. Denn Sie werden von heute an aus erster Hand bedient werden. Das bedeutet, kein Nachfragen mehr, kein mühevolles Recherchieren, alles ungeschönt direkt aus diesem Büro."
Seine Statur verriet kaum eine Bewegung, doch hatte er sich in seinem Sessel nach hinten gelegt und demonstrierte regelrecht so seine Arroganz und Sicherheit.

„Es würde mich freuen, wenn Sie statt des nichtssagenden Baustellenfotos dieses hier verwenden würden ..." Er beugte sich vor und reichte ein Bild über den Tisch: „... es ist am zweiten Dezember des letzten Jahres anlässlich des offiziellen Umtrunks nach dem Spatenstich gemacht worden. Sie geben sicher zu, dass so etwas als Aufmacher in der Zeitung positiver wirkt, als der schnöde und graue Beton."
Sein Gegenüber war die ganzen vergangenen Minuten zuvor stumm geblieben. Die nicht enden wollenden Ausführungen schnürten ihn mehr und mehr ein, nahmen ihm die Luft. Sein bleich gewordenes Gesicht verriet die Tragweite dieser simpel klingenden Forderung, verstanden zu haben. Trotzdem wollte er nicht einfach so zustimmen und nachgeben, auch wenn er während dieses Monologs keinen Einwand gemacht oder gefragt hatte, wie das alles zu verstehen sei. Doch seinem zögerlichen Einwurf konnte man anmerken, dass dieser viel zu zaghaft war.

„Angenommen, ich könnte diesem Wunsch nicht entsprechen, immerhin entscheide ich in dieser Redaktion nicht alleine über die Inhalte und Ausgestaltung der Titelstorys ..."

„Sie haben schon die richtigen Worte benutzt: *angenommen, Sie könnten,* ein gewöhnlicher Konjunktiv, eine eher unwahrscheinliche Möglichkeit, nicht mehr – machen Sie sich keine Gedanken. Können tun wir noch viel mehr. Fragen Sie ruhig im Kollegenkreis nach. Die täglichen Meldungen leben davon, aktuell zu sein. Davon, dass sie gut recherchiert sind und davon, dass die Redakteure auf leider immer wieder auftauchende Ungereimtheiten stoßen. Mit Letzteren kann ich Sie versorgen. Sie werden für die kommenden Wochen reichen."

Neben sich greifend zog er eine Schublade seines klobigen Schreibtisches auf und entnahm aus ihr einen fingerdicken braunen Umschlag, den er langsam vor sich ablegte. Anschließend klopfte seine rechte Hand mehrmals kaum merklich auf das unbeschriebene Kuvert.

„Signore Tomè hat leider keine glückliche Hand bei der Auswahl der Warenlieferanten gehabt. Untypisch, vollkommen überraschend, hatte er in den ersten Jahren doch ein riesiges Geschick in dieser Hinsicht bewiesen. Ich denke da an sein erstes Projekt in Mailand, bei dem er sein Können mehr als bewies. Aber ausgerechnet im Jahr meiner Heirat war das Gebäude dann nicht mehr Sitz der bedeutenden Firma, sondern ein Regierungssitz geworden – und man sollte sich in so einem Fall politisch korrekt verhalten. Das ist mir in jenem Jahr gelungen. Und jetzt kann er seine Außenstände viel zu häufig noch nicht zu Geld machen, leider fehlt ihm genauso oft die Möglichkeit, Lieferungen bar zu bezahlen. Leider ist das auch heute noch des Öfteren der Fall, selbst bei Bauvorhaben dieser Größenordnung,

Lieferungen werden häufig genug immer noch vor Ort beglichen und das führt – wiederum leider – in vielen Fällen dazu, dass es dann Verzögerungen auf den Baustellen gibt, weil die Laster genauso voll wieder davonfahren, wie sie gekommen sind." Er machte eine kleine Pause und musterte das aschfahl gewordene Gesicht, das ihn anstarrte, mit einem großmütig gemeinten Lächeln: „Schauen Sie nicht so. Sie werden das alles wunderbar verstehen, wenn Sie die Seiten studiert haben. Selbstverständlich wird unser Unternehmen anbieten, eventuell entstehende Lücken vollkommen unbürokratisch zu schließen, egal wie viele Lire – Entschuldigung, Euro – es im ersten Moment kosten mag."
Ohne dem Mann auf der anderen Seite des Tisches die Möglichkeit einer Entgegnung zu geben, erhob er sich, seinem Körpergewicht entsprechend etwas schwerfällig von seinem Stuhl, ging um den riesigen Schreibtisch herum und reichte ihm mit einem kalten Lächeln sowohl den Umschlag mit der einen wie gleichzeitig die andere Hand zum Abschied.

„Es klingt sehr förmlich, aber ich meine den Dank ganz ernst, deshalb: Besten Dank für die Aufmerksamkeit, Bereitwilligkeit und Durchführung. Ich weiß dies alles zu schätzen. Wirklich. Die italienische Presse war immer schon besser als ihr Ruf. Und wenn Sie noch etwas anderes brauchen … scheuen Sie sich nicht. – Ja? – Ach, und denken Sie daran, diese ganzen – Blätter der Konkurrenz wissen natürlich nichts. Gar nichts. Was würde das auch helfen? All die Jahre versuchten sie mit Halbwahrheiten, Einfluss auf bedeutende politische Entscheidungen zu nehmen. – Es bleibt dabei: Sie sind derjenige, der alles aus erster Hand erfahren wird. Sie und niemand anderes. Es gilt: Vertrauen gegen Vertrauen."

4. April, 11 Uhr 30

Die Optik des alten Palazzos in unmittelbarer Nähe der *Piazzale di Porta San Giovanni* war, trotz der freundlichen Farbe, nicht nur durch das trübe Wetter wenig einladend, sondern durch seine Ehrfurcht gebietende Architektur ausschließlich auf Abstand bedacht. Wie vor vielen Jahren von den Erbauern gewollt. Man zeigte, dass hinter diesen Mauern die *Besseren* wohnten. Die Vermögenderen und damit Mächtigeren. Gleich für jedermann von außen sichtbar, sodass man mit gesenktem Haupt vorbeieilte. Oft genug hatte er mit seinem Vater solche Menschen kennengelernt und erlebt, dass sich ihre Gewandtheit darauf beschränkte, sich gegenüber anderen, wenn diese nicht prominent genug waren, zurückhaltend und reserviert zu geben. Freundlich ausgedrückt. Und das erst recht im Schutz solcher Mauern.

Ein vornehmes Treppenhaus, eigener Aufzug, der ohne Kontakt zu den anderen Bewohnern zur eigenen Wohnung fuhr, am Eingang zwei steinerne Löwen. Wer nach dem riesigen, pilasterbewehrten Eingang bis zur Tür der Wohnung vorgedrungen war, wusste, auf was er sich noch einlassen würde. Dahinter Räume, die schon aufgrund ihrer Größe feudal und einschüchternd genug waren. Automatisch zog man den Hut und beugte seinen Oberkörper vor, nachdem man sein Erstaunen über diesen architektonischen Empfang in Griff bekommen hatte. Selbst heutzutage noch. Ein devoter Automatismus. Somit passte alles für ein Treffen mit einer Dame aus dieser feinen Gesellschaft.

Daher war er davon ausgegangen, dass sie ihn erwarten würde. In entsprechender Positur. Mit einem Blick von oben herab, da die Struktur des Hauses es so verlangte. Denn aus dem Aufzug für das Publikum herausgetreten hatte er noch 12 oder 13 Stufen vor sich. Sie oben an der Treppe, mit aristokratischem und selbstbewusstem Blick, er mit beginnender Genickstarre, unten vor diesen Stufen. Ihr Aufzug stand für Leute wie ihn nicht zur Verfügung. Aber es war offensichtlich. Der Termin war an sie nicht weitergegeben worden. Sie war nicht vorbereitet. Nicht für ein Gespräch. Nichts an ihr war gravitätisch. Bezüglich ihres Aussehens hätte der Grund dieser Begegnung eher pikant sein müssen. Denn an der weit aufgeschwungenen Tür empfing ihn keine herausgeputzte Millionärsgattin. Keine gelangweilte Unternehmerfrau mit dem kalten Lächeln der Abgehobenen. Eine Frau, die gemäß der Situation auf Ausreden und Unwissen gedrillt gewesen wäre. *Was ist eigentlich passiert. Sie werden sehen, in wenigen Minuten ist alles geklärt. Wollten Sie reinkommen*? Vielmehr musste er davon ausgehen, sie beim leichten Training, der in diesen Kreisen üblichen sportlichen Betätigungen gestört zu haben. Doch nach drei weiteren Stufen schien selbst dies eine kaum brauchbare Erklärung zu sein. Er überlegte, wie er aus dieser Situation herauskommen könnte, wie er sich mit einem *Mi dispiace! Ich komme später einmal wieder* retten könnte.

So glich sie einer mädchenhaften Gestalt. Eher passend zur jungen Bediensteten, die für gewöhnlich die Türen zu solch einem Reich öffneten, allerdings auch nicht in diesem Aufzug, außer sie erwartete ihren Liebhaber in sturmfreier Bude, da die Herrschaft nun doch in ein verlängertes Wochenende gefahren war. Aber er war nicht der Liebhaber. Und zweifelsfrei stand Signora Gibellato in der geöffneten Tür. So, wie er sie aus den Zeitschriften kannte. Die Beine lediglich von einer hautengen weißen Sporthose bedeckt, einer Strumpfhose gleich und daher wenig blickdicht. Berlingui schaffte es im letzten Moment, nicht verräterisch die Augenbrauen hochzuziehen.

Auf den letzten oberen Stufen und auch erst beim zweiten Hinsehen konnte er unter dem Stoff die zwei schwarzen dünnen Bänder erkennen, die ein auffallend kleines, schwarzes Stoffdreieck in der richtigen Position hielten, bevor er glaubte, die helle Hose wäre dort das einzige Bekleidungsstück. Ihr Oberkörper war lediglich von einem tief ausgeschnittenen und nur lässig geschlossenen, hellblauen Jäckchen bedeckt. Dazu passend ein locker gewickeltes Handtuch um den Hals. Ihre langen und gekonnt gefärbten Haare, die nicht, wie sonst häufig bei Damen eines gewissen Alters in misslungenem Farbton am Kopf klebten, waren zu einem ebenfalls lockeren, brünetten Zopf hinter dem Kopf zusammengebunden. Wären sie nur ein wenig roter gewesen, hätte sie das Double von Susan Sarandon sein können. Alles entsprach der Optik einer sportlichen Frau mit einem gesunden Teint, die aus einem Fitnesscenter oder vom Jogging nach Hause gekommen war, und nicht einer, die sich jederzeit in der vornehmen Gesellschaft bewegte. Zumal Berlingui ja inzwischen das Alter der Signora Gibellato kannte und gestern Abend durch Carla und die Artikel in *Oggi, Chi, Dipiù* und *Diva e Donna* aufgeklärt war.

Langsam stieg er die letzten drei, vier Stufen empor und Susan Sarandon veränderte sich mit jedem Schritt. Das war es, was ihn verwunderte. Ihre, wenn auch künstliche, Freundlichkeit aus den Gazetten war völlig aus dem Gesicht verschwunden und hätte doch eigentlich zu diesem Auftreten gepasst. Zu diesem Termin, zu allem, was er seinem Büro aufgetragen hatte, ihr im Voraus mitzuteilen. Im Unterschied zu dem antrainierten Lächeln für das Cover und zu ihrer Bekleidung hatte ihr Gesicht die entsprechende Frische wohl doch schon vor

Jahren verloren. Waren die Zeitungen etwa tatsächlich zur Retusche gezwungen, um den immer häufigeren Gerüchten den Nährboden zu entziehen? Tiefe Falten machten es auf jeden Fall strenger und verhärmt. Die vergangene Zeit, immerhin fast sechzig Jahre, war in ihrem Gesicht im Gegensatz zu ihrem Körper erkennbar. Ihre frühere Schönheit hatte gerade noch so viele Spuren in den Gesichtszügen hinterlassen, dass ihre einstige Anziehungskraft spürbar war.

Das Angesicht seiner Mutter war, glaubte er, nach all den Jahren unverbrauchter geblieben. Oder alterten Eltern in den Augen ihrer Kinder nicht? Für den Rest fehlte ihm das Urteilsvermögen. Das Gut seiner Familie in Castelfranco war so groß und dadurch schon immer mit mehreren Bädern ausgestattet gewesen, dass in jenen Tagen seine Eltern zu jeder Uhrzeit nur bekleidet, das heißt, nicht einmal in Schlafanzügen, anzutreffen waren. Selbst seine Schwester hatte er nur einmal, zufällig und kaum in einem neugierig machenden Alter, im Evakostüm gesehen. Inzwischen hatte sich aber vieles geändert, selbst ein Geschehen wie vor Kurzem im Flur daheim, als er Alessia fast hüllenlos, nur von einem winzigen Slip bekleidet angetroffen hatte, war im Grunde heutzutage kein großes Ereignis mehr. Höchstens ein originelles. Jeder Strand bot Ähnliches. Auch wenn Alessia ihn also nahezu nackt und dazu in einem vielfach verlockenderen Alter begrüßt hatte. Wäre nun stattdessen ihr Kopf auf dem Körper der Signora zu sehen, hätte ihn dieser Anblick nicht überrascht. Ihrer beider Konturen glichen sich auffallend.

Doch jetzt war die Distanz zu ihm, dem gefühlt kleinen Commissario, ohne Rücksicht auf seine Größe und weil er es sich vielleicht einbildete, direkt spürbar. Jetzt fiel ihm ein, dass er gar nicht seinen Vater gefragt hatte, der sicher die Familie kannte und ihm alles hätte genau berichten können, wie wer, mit wem, wann etwas zu tun gehabt hatte. Ob es Verwicklungen gab, von denen er hätte wissen sollen, bevor er in ein solches Gespräch ging. Gleich morgen wollte er es nachholen.

Berlingui reichte ihr die Hand, als er auf der Stufe unter ihr stand. Für einen kurzen Moment war es dann da, dieses erwartete freudlose, aufgesetzte Lächeln, ohne Glanz in ihren Augen, als sei er eines dieser Insekten, Ungeziefer, Parasiten der ungeliebten Presse. Vermutlich tötet das Leben in diesen Hemisphären ein bestimmtes Wohlbefinden ab, das das viele Geld angeblich bescheren sollte. Von ihrem Blick fühlte er sich buchstäblich durchleuchtet und durch diese wortlosen Sekunden in seiner Vermutung bestätigt, dass in spätestens fünf bis zehn Minuten ein ergebnisloses Geplauder beendet sein würde.

Signora Gibellato betrachtete, ja, musterte ihn tatsächlich von oben bis unten, allerdings ohne abschätzig zu sein, jedoch mit ausdruckslosem Blick. Diesen hatte sie für vielerlei Anlässe geübt. Üben müssen, auch um sich selbst zu schützen. Die gierigen Blicke der Kameras und frisch geschiedener, meist alternder Herren der High Society verlangten neutralisierende Verhaltensmuster. Eine Prüfung für jedes Gegenüber und der gewollte Schutz für sich selbst. Eine körperlose Art von Selbstverteidigung. Ihre fast gänzlich schwarzen Augen glitten ein weiteres Mal an ihm herunter. Scheinbar gelangweilt und müde und dennoch eigenartig ungeduldig und neugierig. Dass sie an seiner Art und Verwunderung Gefallen fand, behielt sie unerkennbar für sich, denn sie war vorbereitet. Man hatte sie ja informiert.

„Treten Sie ein, Commissario, ich habe Sie erwartet. Entschuldigen Sie bitte mein Aussehen, aber ich bin inzwischen auf derlei offizielle Termine nicht mehr eingerichtet."

Eine unerwartet warme, ruhige Stimme und für eine unmerkliche Sekunde ein genauso warmer Blick. Beeindruckend verzaubernd. Er stieg die letzte Stufe hinauf und ihre Brauen zuckten hoch.

„Sie sind ja tatsächlich noch größer, als mir berichtet worden ist. Das ist gut für einen Mann. Glauben Sie mir. In unseren Kreisen leider zu selten der Fall. Ich darf vorausgehen."

Mit einem kurzen Flackern in ihren Augen hatte sie sich umgedreht und mit drei, vier gewichtslos wirkenden Schritten von ihm entfernt. Das Handtuch zog sie dabei wie selbstverständlich herunter. Erst jetzt vermisste er die vorhin in seinen Gedanken aufgetauchten Bediensteten, den Butler oder die Zofe, die ihn hätten in Empfang nehmen und darauf hinweisen müssen, was nun zu beachten wäre. Aber es war niemand außer ihr zu sehen. Niemand, der jetzt das Handtuch nehmen würde und – *Wenn Sie gestatten, Signora* – ihr einen Mantel über die Schulter gehängt und ihn kopfschüttelnd auf Abstand gebracht hätte. Stattdessen brauchte er nur eine Hand auszustrecken, um ihren Nacken berühren zu können.

Nach dem fünften Schritt warf sie das Handtuch gar achtlos vor eine Tür und das Licht von einem Fenster am Ende des Ganges beleuchtete genau in diesem Moment ihren Rücken und Po mit mittäglichem Sonnenlicht. Berlingui konnte nicht anders, verlangsamte seinen Schritt und betrachtete sie stirnrunzelnd. Was hatte sie vor? Jetzt noch, nach Jahren der Ehe oder gerade deswegen – so, wie Carla es gemeint hatte –, Verführung? Betörung? Und dann Erpressung? Gleich zu Beginn, wenn eine Abwehr noch so gut wie unmöglich ist? Und nachher über eine Alarmanlage das dann doch vorhandene Sicherheitspersonal verständigen, damit er, dieser Unhold, vor die Türe geworfen würde und sie gleich anschließend Anzeige erstatten könnte? Ihr Aussehen war provozierend genug und dieser Po hielt jedem Vergleich stand.

Er überlegte, was er nun sozusagen vorsorglich erwidern könnte. Aber vor ihm entstand ein weiteres, plötzliches Vexierbild, nun fand er in dieser Ansicht jemand anderes wieder. Ihr Po schwang auf und ab, ähnlich Vios, keine vierzehn Tage zuvor. Schön. Fest. Anziehend perfekt. Nur, dass durch das Alter über zwanzig Jahre zwischen den beiden Rückenpartien lagen. Ansonsten bewies diese vor ihm, dass die zwei dünnen Bänder als String unter dem dünnen Gewebe der Hose in der Furche des Pos verschwanden.

Wie um sich abzulenken, musterte er das Mobiliar um sich herum. Design hatte keine Chance. Alles war *artgerecht*. Dezente Tapeten, Konsolen, Vitrinen, helle, aber schwere Stores aus brokatähnlichem Stoff vor den großen, von dicken Wänden gerahmten Fenstern, Kassettenschränkchen, nahezu barock wirkende, teure, geprägte Tapeten, hohe Lehnstühle aus Nussbaum und an zwei Wänden Gobelins und an den anderen dunkel gewordene Gemälde. Von der mit Stuck verzierten Decke hingen zwei riesige, gläserne Kronleuchter, vermutlich aus Murano, mundgeblasen natürlich und daher Tausende von Euro wert. Selbst der kleinste Teppich hätte bei ihm daheim in keinen Raum des Hauses gepasst. Natürlich war keine billige Kopie aus Indien dabei.

„Signora Gibellato ich ..."

Schon wurde er mit einer fahrigen Bewegung ihrer linken Hand unterbrochen und von einem weiteren unvorhersehbaren Satz, den sie ihm halb zugewendet bekannt gab.

„Es wäre mir eine große Freude, wenn Sie mich heute Tiziana nennen würden. Mein Nachname, weder der meiner Familie, noch der meines Mannes spielen in

meinem Leben noch die geringste Bedeutung. Jeder ist heute Nachmittag sozusagen außerordentlich deplatziert. Bitte vergessen Sie diese ab jetzt. Der Grund für Ihr Gespräch mit mir, ich hoffe, Sie sehen es nicht als Verhör, für die Mitteilungen also, die ich zu machen habe, hat für mich schon lange nicht mehr den Wert, die Dekuvrierung, wie Sie vielleicht meinten oder gar hofften, zwischen den Zeilen herausfinden zu müssen."
Berlingui stutzte und sie hatte seine Verblüffung mitbekommen, da sie ihm im nächsten Raum, sich gegenüber, einen Platz auf einem schweren ledernen Sofa anbot. Eine passende Antwort hatte er nicht in seinem Repertoire. Er hatte sich schon vorne vor der Tür in der ersten möglichen verheddert.

In einer nicht altersgemäßen, aber geschmeidigen Bewegung setzte sie sich vis-à-vis und schlug dabei die Beine unter sich. Um gleich wieder leichtfüßig aufzuspringen. Für ihn bis jetzt nichts anderes, als die grandiose Vorstellung einer enttäuschten Frau, die versuchte, ein letztes Mal Aufmerksamkeit zu erhalten. Statt Fabrizio Gibellato würde *sie* der Bestandteil des Gespräches sein und der Inhalt dadurch noch bedeutungsloser. Carla hatte die Artikel der Zeitungen wohl richtig interpretiert.

„Entschuldigen Sie vielmals. Mehr oder weniger ausnahmslos auf Festen zu Hause und daher eine fürchterlich schlechte Gastgeberin. Bitte geben Sie mir Ihre Jacke und – was darf ich Ihnen bringen. Bitte, scheuen Sie sich nicht. In diesem Haus befindet sich alles. Wirklich alles. Mein Mann, noch muss ich ihn so nennen, sorgt für nicht enden wollende Ströme von Getränken. Auch wenn er bisweilen, eigentlich schon seit Jahren, für Wochen, ja, Monate nicht hier wohnt. Die nächsten Stunden sollten Sie nicht auf dem Trockenen sitzen – so sagt man doch? Also, was darf ich Ihnen bringen?"

Kurz verunsicherte ihn wieder der warme Klang ihrer Stimme. Dass sie Stunden sagte, wertete er als Missverständnis.

„Mir würde ein Espresso vollkommen reichen."
Berlingui schaute dennoch unbewusst auf seine Uhr. Tiziana Gibellato lächelte und tänzelte mit nun bloßen Füßen davon. Gazellengleich und wieder mit diesem schwingenden Po. Drüben, hinter einer Tür, aus dem Off erklang dann ihre Stimme.

„Ich bin froh, dass ich dafür eine Maschine habe. Sie würden das Gebräu sonst nicht wiedererkennen. Darf ich Ihnen dazu einen guten Grappa servieren? Es wäre der einzige alkoholische Drink, den ich mir selber erlauben würde."

Als wenn sie seine Kopfbewegung sehen müsste, nickte er mit dem Kopf und versuchte gleichzeitig die folgenden Minuten in Griff zu bekommen. Schon jetzt war er außerordentlich irritiert. Nichts, aber auch gar nichts entsprach dem Bild, das man ihm zuvor versucht hatte zu vermitteln. Egal, ob solche Frauen nach einem Verhältnis suchen oder gar schon eines haben: *Du musst bedenken, sie hat diesen Gibellato als junge Frau geheiratet, da war er schon über fünfzig, unglaublich vermögend und auf den Baustellen des Landes eine ganz große Nummer. Schau dir die Liste seiner Projekte an. Natürlich ist sie reich. Schon von Hause aus und sie ist in sehr vielen Organisationen ehrenamtlich tätig, spendet Geld und ist außerordentlich wohltätig. Sie ist also eine der ganz Großen. Diese Menschen verfügen über eine enorme Macht, haben zu weiß Gott wem Verbindungen und nützen diese bisweilen weidlich aus ...*

An sich hatte er auf einer Liste die Punkte, die er ansprechen wollte, so geordnet, dass nicht schon gleich zu Beginn der Fluss der, wenn auch wenigen erhofften

Informationen versiegen würde. Diese Art von Konzepten hatte er bisher beherrscht: Die Bereitschaft für dieses Gespräch anerkennen. Diese immens wichtige Kooperation. Dann vorsichtig, aber schnell genug zur Sache kommen. Mit kurzen knappen Fragen. Die ersten beiden bedeutungslos. Die nächsten beiden dafür umso wichtiger, zielführender. Vielleicht diejenigen, die die meisten Informationen erhalten werden. Wenn diese beantwortet wurden, hatte man schon die halbe Miete. Im Prinzip ganz einfach, wenn man es selber war, der das Gespräch kontrollierte. Genau dies drohte sich aber jetzt anders zu entwickeln.

Denn erstens saß er nicht in seinem Büro und zweitens hatte dieser offene und herzliche, im Grunde genommen sogar sehr offenherzige Empfang seine Planungen zunichtegemacht und nun wusste er mit den Reaktionen dieser Signora nicht umzugehen. Die dämlichen Schilderungen in der Glamourpresse waren auf jeden Fall nicht das Schwarz der Buchstaben wert. Und die Fotos letztendlich nur eine Sammlung von grinsenden Grimassen. Eine Armee der Lustlosigkeit. Vielleicht hätte er, statt gestern Abend Carla und vorher in der Questura die weiblichen Fans solcher Zeitschriften, tatsächlich lieber seinen Vater oder zumindest den Computer befragen sollen.

Er war aufgestanden und ging zu einem *Stipo*, einem Schubladensekretär an der Wand neben der Tür. Ein schönes Stück und sicher dreihundertfünfzig Jahre alt. So weit kannte er sich aus. Er dachte an das Telefontischchen seiner Mutter und grinste, beugte sich vor, bewunderte die handwerkliche Arbeit und traute nicht seinen Augen. Die Verzierungen auf den Fronten stellten sich als feine Malereien heraus. Frivole Darstellungen des Liebeslebens gegen Ende des siebzehnten Jahrhunderts also. Für die damaligen Zeiten ungehörig freizügig. Freizügig wie Signora Gibellato in diesem Moment. War das ihr übliches Auftreten in ihren eigenen Räumen? Gab es eine Verbindung zwischen diesem Möbel, diesem Aussehen und dem, was er zu hören bekommen würde?

Ohne es bemerkt zu haben, stand sie plötzlich neben ihm und hielt eine Tasse, Gläser und eine Flasche Grappa in den Händen. Unter einem Arm hatte sie eine metallene Dose geklemmt. Vielleicht mit Gebäck.

„Hübsch, nicht wahr? Ein Geschenk. Natürlich nicht von Fabrizio. Tut aber nichts zur Sache. – Noch nicht! Er hat nicht mal eine Silbe darüber verloren, als es hierhergebracht wurde. – Ich darf dort servieren? – Kommen Sie!"
Berlingui setzte sich wieder hin und sie stellte alles auf dem Tisch ab. Schon von dem Handtuch befreit, öffnete sich der Ausschnitt des Jäckchens. Wusste sie, wie tief sein Blick in dem V-Ausschnitt versinken konnte? Dass dort ihre Brüste sichtbar wurden, durchaus aufreizend auch für einen um einiges jüngeren Mann als sie? Etwas verschämt betrachtete er die Rundungen. Dann nahm sie nicht wie erwartet gegenüber, sondern neben ihm Platz, ohne dabei auf Distanz zu achten, und sagte einen zweiten Satz, der nicht als mögliche Antwort auf seinen Zetteln vorgesehen war.

„Piero, ich darf Ihnen einen Gruß von Violetta ausrichten. Sie ist eine enge Freundin von mir. Eigentlich die einzige, die ich habe. Gestern Abend war sie hier zu Gast. Es tut mir leid, dass Sie nicht der Erste sind, der nun alles erfährt. Aber nachdem ich durch die Nachrichten und Vio erfahren habe, was geschehen ist, möchte ich nicht mehr länger mit bestimmten Personen in Verbindung gebracht werden. Daher die etwas rätselhafte Formulierung vorhin bei der Begrüßung. Bevor ich aber meine ganz persönlichen Konsequenzen ziehe, werde ich Ihnen jetzt eine kleine Geschichte erzählen." Vio. Konsequenzen. Kleine Geschichte. Der im Büro verfasste Zettel löste sich auf. Die ersten vier Fragen waren an Nutzlosigkeit kaum noch zu überbieten. Vio wusste Bescheid – Worüber? – und war ihre Freundin! Und dies sicher nicht erst seit gestern. Jetzt bloß nicht die eigene Verwunderung zeigen. Trotzdem hüstelte er. Ein Reflex. Und beugte sich vor, um die Tasse zu nehmen. Damit sein Gesicht mitsamt der Überraschung darin noch für ein paar Sekunden verborgen blieb, tunkte er seine Nase nahezu vollständig in das kleine Tässchen. Der Duft, der daraus herausströmte, beruhigte ihn. Und Signora Gibellato, Tiziana also, wie sie es wollte, zog in diesem Moment wieder ihre Beine unter den Körper und legte einen Arm auf die Rückenlehne des ledernen Sofas. Ihre Hand berührte dabei fast Berlinguis Nacken. Möglicherweise gewollt, verrutschte das Jäckchen abermals und gab ein weiteres Mal mehr als nur ein kleines Stück Haut ihres Busens frei. Berlingui stellte die Tasse ab, linste hinüber und war erneut von der Makellosigkeit des Anblicks fasziniert, bemühte sich nun nicht einmal mehr woanders hinzuschauen und versuchte sich gleichzeitig zu konzentrieren.

„Ich stamme aus einem stockkonservativen und erzkatholischen Haus. Und diese Beschreibung ist sogar noch schlicht untertrieben. Die Familie meines Vaters legt seit Jahrhunderten Wert darauf, in jeder Generation mindestens ein Mitglied, selbstverständlich ein männliches, in entscheidende Gremien unterzubringen. Sei es als Politiker, egal welcher Couleur, als Geistlicher, dann aber bitte nichts Geringeres als einen Bischof, oder als korrumpierbaren Industriellen. Letzteres ist ein einträgliches Geschäft. Meine Familie lebte in großen Teilen davon."

Sie reichte ihm das duftende, mit einem bernsteinfarbenen Grappa gut gefüllte Glas und musterte ihn wie zuvor an der Tür.

„Ich sehe, Sie sind verblüfft, mein lieber Piero. Aber nicht nur Politiker lassen sich gerne für die richtige Kopfbewegung, für das richtige Abstimmungsverhalten bezahlen, auch die Großen der Wirtschaft nehmen bereitwillig für Sie unglaubliche Summen an, um mit ihrem Wirken ganz bestimmte Effekte zu erzielen. Als Mädchen hat man für entsprechende Positionen natürlich das falsche Geschlecht. In Italien gab es bis vor wenigen Jahren keine entsprechenden Möglichkeiten. Beziehungsweise man hat sie uns erst gar nicht zur Verfügung gestellt. Vio wird ihnen erzählt haben, wie ihre Kandidatur für das Parlament torpediert worden war. Selbst heute können sie die weiblichen Vertreter im *Montecitorio* an wenigen Fingern abzählen. Frauen hatten zu meiner Zeit und selbst jetzt keine Chance. Sie waren und sind für den Herd und das Heim vorgesehen. Oder das Belustigen der feinen Herren. Das Glück musste man sich anderswo suchen. Deshalb ist es vielleicht nicht verwunderlich, wenn ich viele Jahre zuvor, als Neunzehnjährige den vermeintlichen Avancen eines fast dreißig Jahre älteren Mannes erlegen bin, oder nachgeben sollte, der selbstverständlich zu einem mit Absicht ausgewählten Zeitpunkt in unser Haus eingeladen worden war. Jetzt im Nachhinein darf ich auch dieses Geschehen als trickreiche und erfolgreiche Korruption ansehen. Die dafür notwendigen, einfachen, um nicht zu sagen, primitiven Rituale, die ich wohlgemerkt an diesem Abend zwar wahrgenommen, aber nicht verstanden habe, sind für alle anderen sichtbar vonstattengegangen. Es war also auch in diesem Falle ein Verkauf per Handschlag, nur ein Jahr später vollzogen, als mein Alter nicht mehr allzu verräterisch war ..."

„Signora Gibellato ..."

„Tiziana! ... Bitte! ... Piero!"

Ihre Hand streifte nun tatsächlich seinen Nacken. In ihrem Gesicht ein unnachahmliches Lächeln. Kaum bewertbar.

„Sie machen es mir dadurch unendlich leichter. – Glauben Sie mir!"

„Also gut, Tiziana, Sie wollen also behaupten ..."

„Ja, Menschen aus unserem Milieu veräußern so nicht nur Autos, Pferde, Häuser, Ämter und Ränge, sondern auch nichtsnutzige und deshalb später zu teure Weibsbilder wie mich. Ich schmälere nur den Reichtum der Familie durch Nichtstun, Nichtskönnen und angeblich modische Erwartungen an die Ausgestaltung meines Lebens. Das habe ich durch die Erziehung und daraus resultierende Naivität erst viele Jahre zu spät kapiert ..."

„Aber ..."

Tiziana ließ ihre Hand sinken, streifte seine Schulter und hielt einen Augenblick auf seinem Arm inne. Berlingui gab auf, musterte ihren nun gütig erscheinenden Blick und den Ausschnitt. Was sichtbar war, war als Schweigegeld gedacht und wollte zu dem Erzählten einfach nicht passen.

„Als junges Ding, das daraufhin in seinen Haushalt überführt wurde, weil er im richtigen Moment, mit dem richtigen Angebot, in einer schwierigen Zeit meinem Vater begegnet war, hatte ich keine Ahnung von dem, was mich erwarten könnte. Ich nahm die Avancen dieses alternden Herrn für bare Münze. Deshalb hatte ich auch keine Ahnung, obwohl wir doch zu Hause kein anderes Leben führten als diese Gibellatos. Abgeschlossen, das heißt, im familiären Rahmen eines großen Hauses – diese Wohnung ist nur gekauft worden, um mich aus dem Haus, das er bewohnt, fernzuhalten – mit

Personal, das dafür sorgte, keine unnötigen Gänge in die andere Zivilisation zu unternehmen. Wir hatten Golfplätze zu bevölkern, Klubs, Bälle und andere Reichtumsveranstaltungen. Unsereins war nicht besser als die *nobilità*, als die Aristokratie, nein, im Gegenteil, wir waren viel besser, weil noch reicher."

„Aber ..."

Tiziana schüttelte den Kopf, er sollte abwarten, lächelte und strich über seinen Arm.

„Bis ich die ersten Zweifel hatte, vergingen auch fünf volle Jahre. Dann dachte ich mir, ich müsse nun wenigstens für das sorgen, was nach meiner Beobachtung in diesen Familienclans eine Selbstverständlichkeit zu sein schien. Nämlich für möglichst männlichen Nachwuchs. Fabrizio hatte immerhin ein riesiges Unternehmen aufgebaut. So die Mär. Eine Gesellschaft, die sich nicht mehr nur mit Handwerk beschäftigte, denn nichts anderes – wenn auch sehr lukrativ – war die väterliche Keimzelle seiner Firma, sondern mit von A bis Z durchgeplanten Bauvorhaben von Sportstätten, Messen, Hotelanlagen, Einkaufszentren und riesigen Bürogebäuden. Oft genug war er an den Bauvorhaben finanziell beteiligt, häufig sogar in erheblichem Ausmaß. Im Laufe der Jahre kaufte er weitere Firmen dazu. Eine nach der anderen. Viele hatte er vorher hübsch quälend in den Ruin getrieben. Das geht relativ einfach, wenn man sich die Spielregeln der Baustellen zunutze macht. Er vervollständigte so sein Portfolio, um in wichtigen Momenten ein genauso wichtiges Wort mitreden zu können. Schon bald kam man nicht mehr so leicht an ihm vorbei, wenn es darum ging, Stadtviertel zu sanieren, Neubaugebiete auszuschreiben, städtebauliche Projekte zu planen. Und als mein Vater wieder Boden unter den Füßen hatte, unterstützte er ihn dabei, wo er nur konnte. Vielleicht musste er es auch, denn Fabrizio hatte ihm in einer merkwürdigen Situation für die Familie das Dasein gerettet."

Signora Gibellato gönnte sich eine Pause und trank einen Schluck Grappa. Berlingui hatte mittlerweile sein Glas geleert und rollte es seit Minuten zwischen seinen Handflächen. Mit einer eleganten, fast verführerischen Bewegung füllte Tiziana beide Gläser. Der geringe Stoff ihrer Oberbekleidung fiel dadurch kurz auf der einen Seite von ihrer Schulter. Natürlich schaute er auf, sah sie an, sah die eine grazile Hand die Jacke langsam über die Schulter legen und die andere, wie sie sein Glas füllte, nur um eine Sekunde später zu bemerken, dass der Alkohol im nüchternen Magen leichtes Spiel hatte und ihn eroberte. Oder hatte sie etwa in dem Glas noch ein zusätzliches Mittelchen versenkt? Kurz betrachtete er die goldene Flüssigkeit und ließ dann ihre rechte Brust, die von dem Stoff wieder nur halb bedeckt wurde, nicht aus den Augen. Der haselnussbraune Hof umrahmte eine kleine Zinne, als wenn es die Brust der Zwanzigjährigen wäre, die es noch zu verheiraten galt. Als er es wahrnahm, nippte er an seinem Glas und genoss das dritte Suchbild, das währenddessen in seinem Kopf entstand und in dem er die im wahrsten Sinne des Wortes umwerfenden Bewegungen Carlas wiederentdeckte, wenn sie ihn für die Nacht gewinnen wollte. Über Tizianas Gesicht huschte ein Schmunzeln und ohne den Commissario anzusehen, bedeckte sie langsam ihre Brust vollständig, öffnete anschließend die Keksdose, die sie ihm entgegenhielt, und fuhr fort, bevor er etwas erwidern konnte:

„Ich bin nicht doof, Piero. Ich weiß, was Sexualität bedeutet. Auch wenn meine Arglosigkeit dafür keine Bilder hatte. Das geordnete und minütlich bestimmte Leben in meiner Familie schloss solche körperlichen Erfahrungen zwar aus, aber trotz allem hatte ich eine ungefähre Vermutung, eine Ahnung, wie ihr Kerle aussehen könntet. Man hatte mich ja nicht in ein Kloster gesteckt oder in einen hermetisch abgeschlossenen Raum. Auch hatte ich das Alter hinter mir, in dem man noch mit jugendlicher Handarbeit die Erfüllung fand, die ich mir nach der Hochzeit von Fabrizio erhoffte. Ich hatte dabei lediglich nicht mitbekommen, dass ich schon *vor* der ersten Nacht für ihn keine Rolle mehr spielte. Fabrizios Grund für die Ehe waren der Name und die Beziehungen meines Vaters, Verbindungen in Wirtschaft und Politik, sein Wort, das er dort hatte, nicht irgendein kitschiges Gefühl, das sich um eine Hochzeitsnacht drehte. Schon gar nicht Romantik. Egal wie jung und hübsch ich angeblich war. – Ohne es zu wissen, geschweige zu ahnen, fragte ich ihn damals, welche Pläne er für ein Kind geschmiedet hätte. Seine von einem schmetternden Lachen begleitete Antwort habe ich Wort für Wort bis heute nicht vergessen: *Glaubst du etwa, ich habe etwas zu verschenken? Ich habe diesen Konzern mit eigenen Händen aufgebaut, auf den zwar kleinen, aber sehr gesunden Mauern des Betriebes meines Vaters. Ich habe ihn zu dem gemacht, was er nun ist. Gegen alle Unbill. Gegen alle selbst ernannten Besserwisser, die Konkurrenten sein wollen. Und ich sage dir, ab jetzt, ohne Hilfe deines Alten, werde ich ihn zum größten seiner Art in Italien machen. Denkst du, ich werde ihn in untaugliche Hände geben? Wenn die Zeit gekommen ist, werde ich alles verkaufen und mir mit dem Geld die Welt kaufen oder sie vernichten. Ich brauche kein Balg, das den Erben spielt und alles versäuft. Ist die Zeit gekommen, wird dieses Unternehmen eine der führenden Aktiengesellschaften des Landes sein, vielleicht sogar in Europa. Mein Streben ist ein anderes als das der anderen Familien, die meinten, sie müssten ihrem Nachfolger noch etwas übrig lassen. – Ich werde alles haben und lasse niemandem etwas übrig. Verstanden? – Aber du hast recht, ich bin dir wenigstens eine Nacht noch schuldig. Du sollst sie haben. Zieh dich aus und leg dich hin, am besten auf den Bauch. So mag ich es nämlich seit Jahren am liebsten. Die Größe meiner Zuneigung sollst du dann gleich erfahren.* – Ich war wie vor den Kopf gestoßen. Wagte nicht ein Wort gegen ihn zu richten. Sein Ton lähmte jeden Gedanken. Jedes Relativieren. Jede Rücknahme. Ich hatte zu gehorchen. So ging ich ins Schlafzimmer und tat wie befohlen. So naiv war ich. So voller Angst. Und trotzdem können Sie sich nicht vorstellen, wie ich mich schämte, welche Skrupel sich in mir ausbreiteten. Fünf Jahre hatte er mich so gut wie nie angefasst und nun sollte es passieren? In diesem Moment war ich zu blöd an irgendetwas anderes zu denken. Das war also der Sex von dem hinter vorgehaltener Hand gesprochen wurde. So ging das also ab in dieser Männerwelt. Genauso platt und plump wie in der Welt, über die sie sich ständig lustig machten. Doch ich dachte, diesen Akt lasse ich noch zu und dann wähle ich einen anderen Weg. Also lag ich da. Zitternd. Bebend. Mir vorstellend, welchen Schmerz er mir mit seiner Art von *Liebe* zufügen könnte. Weil ich seine Worte kannte. Seine Sprache. Das, was er damit ausdrücken wollte. Allerdings hatte meine Vorstellungskraft für das, was kommen sollte, nicht ausgereicht. Dumm wie ich war, hatte ich meine Augen geschlossen, um wenigstens diese Scham, ihn währenddessen zu sehen, auszuschließen. Den wahren Schmerz spürte ich nur wenige Sekunden später."

Mit den letzten Worten war Tiziana Gibellato aufgestanden und hatte die Jacke auf den Boden gleiten lassen. Sie hob diese wieder auf und warf sie nachlässig auf einen Sessel. Weit entfernt. Zu weit, um ihre Blöße anschließend wieder zu bedecken, die nun nur noch durch dieses weiße Nichts und das Stoffdreieck ein wenig verhüllt war. Ihr Oberkörper wirkte dadurch noch nackter. Noch graziler. Noch mädchenhafter. Aber nicht auf verführerische Art. Vielmehr erinnerte ihre Pose an eine gleichgültige, abwartende Haltung bei einem Arzt, der sie nun ein weiteres Mal untersuchen wollte, um sie, die dann doch unausweichlich schlechte Nachricht wissen zu lassen. Denn die sonst in einem solchen Fall übliche Schüchternheit für ein solch beiläufiges und nachlässiges Entkleiden fehlte jetzt.

Doch Berlingui war kein Arzt, war niemand, der sich in einem solchen Moment zurückhalten konnte. Sofort sah er die zwei hüpfenden, unvermutet festen Brüste. Die gut geformte Schulter und schlanken, aber muskulösen Arme. Die nicht nur sportliche, sondern auch schöne Frau. Unfassbar, dass sie älter sein sollte als er. Die Forward-Taste war gedrückt. Ein Dutzend Jahre und mehr vorgespult. Ein beruhigendes Bild. Alterslos. Den Befürchtungen zum Trotz sah er keinen Verfall. Nicht die unvermeidlichen Jahre, voller Lustlosigkeit, die durch das Alter und dessen Aussehen gewisse Wünsche unerfüllbarer machen würden. Wäre Carla nun so alt wie sie, befände er sich auf dem Weg, siebzig zu werden. Er stellte das Glas, wieder mit einem Schluck geleert, neben die Tasse und beugte sich vor. Seine Gedanken schienen eingelullt, von den Vorstellungen, von dem Bild, vom Alkohol. Schon war er versucht, Tiziana zu sich herunterzuziehen. Als Carla. Auf die ebenso lederne Couch zu Hause und hinterher den Schuh gegen den Lichtschalter zu werfen. Ihre leicht getönte Haut gab ein Zeichen, winkte ihn zu sich und er folgte, als sie sich ein wenig drehte. Seine Hand glitt über Tizianas Rücken, der sich sogleich spannte, wie in einer Erwartung, streifte den Ansatz der Brust. Die Stelle, an der die erste Narbe begann. Zugleich unschicklich und leicht.

Ohne Frivolität. Ihre Wärme entzündete ein Feuer. Seine Finger schlitterten tiefer. Kurz davor unter den hellen Stoff der Hose zu schlüpfen, weil die zweite Narbe irgendwo dort enden wollte und nur noch das Nichts des Höschens zu entfernen wäre. Doch als sein Daumen die zarte Haut zu streicheln begann, berührte er einen Wulst.

Dann drehte sie sich ein wenig mehr und er sah es auf der linken Seite, weiter oben, im weichen Teil des Rückens unter den Rippen. Ein bleiches, mäanderndes Band. Großflächig. Wie zerfetzt. Vorher vom Schatten ihres Armes und davor von der leichten Jacke verborgen. Seine Hand verließ für einen kurzen Moment ihren Rücken, fuhr über seine Stirn, wie um sich in die Gegenwart zurückzuholen und nur auf die Entstellung konzentriert zurückzukehren. Das begonnene, schon beinahe zärtliche Kosen verharrte. Blieb an jener Stelle angeheftet. Lupengleich.

„Du siehst richtig, Piero. Ein G in einem Spielkartenkaro. Trotzdem noch für ein Abendkleid tauglich. So hatte sein Großvater die Tiere seiner Schafherde markiert. Damit man sie von den vielen in anderen Herden unterscheiden konnte. Damit nun jeder andere mich als Fabrizio Gibellatos Eigentum erkennt, wenn er in diesem Moment den Stoff des Kleides ungehörig zur Seite schieben würde. Das Eisen aufgeheizt im Toaster der Küche. Deshalb fehlte die Hitze für eine schnelle Wunde. Aber nicht für die Erinnerung daran. Die Wirkung, die damit verbunden sein sollte. Der Schmerz, der hat sich eingebrannt, weil Fabrizio selbst noch nach Minuten auf meinen Beinen hockte und mit seinem Gewicht und einer Hand in meinem Genick mich hinunterdrückte und zur Ruhe zwang, solange seine andere Hand das Metall in mein Fleisch drückte, bis es nur noch so warm war wie meine geschundene Haut."

Die Narbe, diese Entstellung, hatte einen Strahlenkranz von papiernen Fältchen geschaffen. Das einzige Merkmal für die nicht ganz junge Haut, die unter seinen Fingern wie die einer Zwanzigjährigen auf ihn wirkte, die vor Tagen lediglich zu viel Sonne abbekommen hatte und deren oberste Schicht nun kurz davor war, sich zu schuppen. Und trotzdem war ihr Körper, nahezu vierzig Jahre danach, in Lauerstellung, anziehend genug, um Piero Berlingui und seine Prinzipien durcheinanderzubringen. Obwohl Tiziana tief in sich allmählich spüren musste, dass die Zeit für jugendliches Verwirren abgelaufen sein musste.

Trotzdem hatte sie sich für diesen Aufzug entschieden, für diese spärliche, mädchenhafte Bekleidung. Denn in damenhaften Kleidern wäre diese Erklärung zu einer unglaubwürdigen Darbietung verkümmert. Berlinguis Hand ruhte immer noch auf dem unteren Rand der Narbe. Auf der beginnenden, viel zu verführerischen Wölbung des nur schwach bedeckten Pos, der geradezu danach verlangte, was er bei Vios so unbedacht getan hatte. Ruhig stand sie da, während der Commissario sich auf eine brutale Pointe der Grausamkeiten gefasst machte. Die Zermürbungen einer misslungenen Ehe in einem überbordend reichen Haus hatten mit Sicherheit noch andere Kennzeichen hinterlassen. Seine plötzliche Geste, wieder eher spontan als von einem wahren Gefühl gelenkt, sollte tröstend wirken, als er sich noch weiter vorbeugte. Und während die eine Hand über ihren Po und die andere über ihren flachen Bauch streichelte, küsste er diese Narbe.

„Ich werde dafür sorgen, dass er dafür mehr als nur büßen muss."

Seine Stimme, die eines Jungen vor dem ersten Mal. Sie setzte sich neben ihn. Dichter als zuvor. Nahm seine Hand von ihrem Rücken und küsste deren Fläche. Ihre

Augen waren von Tränen gefüllt, dennoch wirkten ihre Züge mit einem Mal entspannter. Jünger. Beruhigt.

„Es wäre mein größter Wunsch. Doch es fehlen dir dazu noch einige Details. Du wirst dich also noch ein wenig gedulden müssen. Denn viele Jahre später, Mitte der Neunziger, lernten wir Flaviano Tomè und seine schwangere Frau auf einem der zahllosen Empfänge kennen, zu denen ständig eingeladen wurde. Er, wie du, ein großer, stattlicher und schöner Mann. Galant, höflich und eloquent. In allem das genaue Gegenteil des kleinen und fett, aber auch stinkreich gewordenen Gibellato, der sich überall als mein treuer und lieber Ehemann ausgab. Heimlich fraß ich diesen Signor Tomè an jenem Abend mit den Augen auf, vielleicht voller Neid, mag sein, und Fabrizio wich nicht von seiner Seite. Horchte ihn regelrecht aus. Damals dachte ich aus fairem, geschäftlichem Interesse. Heute denke ich, wie ein erfolgsgieriger Vater, der den Wert des zukünftigen Schwiegersohns und seine Zahlungsfähigkeit erkunden wollte. Und genau das war es, was er herausfinden wollte, dessen Zahlungsfähigkeit, um Angebote zu machen, damit er vielleicht ein weiteres Mosaiksteinchen in sein Unternehmensbild hineinlegen konnte. Alles geschah ohne Kameras. Ohne die Paparazzi. Denn mit jeder Zeitschrift mehr, die an den Kiosken zu kaufen war, wurde es ohnehin interessanter über jeden Zentimeter sichtbarer Haut zu schreiben, über die Entgleisungen, die diese möglich machte, darüber welche Schuhe getragen wurden, ob mehr Chanel, Armani oder sonst wer zur Verkleidung beitrug, und ob jemand schon einen glasigen Blick hatte, als über die Geschicke und Erlöse, die ausgehandelt wurden. Waren die Bilder im Kasten und die Schreiberlinge fort – mit den notwendigen Papieren ausgestattet natürlich, um wohlwollende Artikel zu schreiben – standen die Herrschaften zusammen und regelten Italiens Zukunft. Wir Frauen saßen in den Ecken und unser Geschwätz war nicht besser als das *petegole* der paduanischen Hausfrauen, wenn sie sich über Koch- und Backrezepte austauschen. Du kennst die ganzen glücküberströmten Fotos. Ich hatte einfach nur zu lächeln, wenn er mich an sich zerrte, um mich für ein Shooting zu umfassen und in die Narbe über der Taille zu zwicken. *Lächle, du Schlampe*, zischte er mit einem widerlichen Lächeln in mein Ohr."

Sie schüttelte den Kopf, als wenn sie sich selber im Geiste dafür tadelte, wie sie über ihren Mann sprach. Dann griff sie zu Berlinguis Glas, das sie füllte, leerte es mit einem Zug und füllte es erneut. Im Zurückfallen wischte sie sich, plötzlich unelegant, beinahe kindlich mit einem Handrücken über die Lippen und streckte sich halb liegend, halb sitzend und immer noch halb nackt neben dem Commissario aus. Die neunzehnjährige, unbedarfte Heranwachsende nutzt die Gunst der sturmfreien Bude für die erste mitteilungsfähige Erkenntnis in Sachen körperlicher Liebe. Ohne den ungeliebten Fabrizio neben sich zu haben, sondern den, der anstelle dessen, ihren Traum verkörperte. Den ganzen, bisher unberührten Luxus ihres Leibes offeriert sie dabei wie ein allzu preiswertes Geschenk. So gut wie unverpackt und ohne verzögerndes Nachfragen in eine neue Welt mitzunehmen. *Nimm mich, ich möchte jetzt keine weitere Zeit verlieren. Zeig mir wenigstens dieses eine Mal, wie es geht, und lass mich glücklich dabei sein. Ich werde auch nichts verraten! Es nicht ausnutzen und dich in Schwierigkeiten bringen. Tu es doch einfach! Leg deine Hand hier an diese Stelle!* Das durchscheinende schwarze Stoffdreieck übernahm spielend die Rolle der beinahe unbekleideten und lockenden Scham. Was für ein Vollidiot musste dieser Gibellato sein, dass er den damaligen, mit Sicherheit noch größeren Sex-Appeal dieses Mädchen missachtet hatte und das auf Jahre – außer er wäre schwul gewesen – und den Berlingui, was den Sex-Appeal anging, sich ohne Mühe aber vorstellen konnte. Sein Konzept für den Nachmittag war vollends demoliert. Sie begann ihn noch mehr zu verstören. Er war sich sicher, dass sie es in diesem Moment genau so gewollt hatte.

„Avi, wie ich ihn später nannte, hatte in nur wenigen Jahren nach seiner Ausbildung in Rom aus einem kleinen Laden, dem Sanitär- und Baugeschäft seines Onkels, ein Unternehmen gemacht, das still und ohne großes Tamtam, dafür mit äußerster Sorgfalt und Qualität auf nicht minder großen Baustellen tätig war wie Fabrizios. Die Zeit zuvor kannten sie sich so gut wie nicht und hatten nichts miteinander zu tun – dachte ich zumindest lange Zeit. Bis genau in diesem einen Jahr begonnen wurde, das Stadion zu bauen. Ausgerechnet wenige Wochen später war seine Frau bei der Geburt ihres Kindes, einem Mädchen, gestorben. Sein Leben erfuhr quasi einen Unfall an einer ungesicherten Kreuzung und kam zum Stillstand. Das Kind war keinerlei Trost. Er konnte es nicht aufziehen, hatte nicht die Zeit dazu und gab es in die Obhut seiner Schwester. Er verlor, total verstört, nicht nur seine junge Frau und ein wenig sein Kind, sondern auch den Blick für den Bau. Für den Bau, der ihn zu den ganz Großen hätte aufschließen lassen können. Er traf – vielleicht – die eine oder andere Fehlentscheidung. Ich kann es nicht sagen. Ich habe keine Ahnung von solchen Dingen. Da stand Fabrizio neben ihm und bot an, Avis Part zu Ende zu führen. Die Summe, die er ihm anbot, klang enorm. Doch stellte sich heraus, dass sie nicht reichte, um all die Verpflichtungen abzulösen. Fabrizio *half ihm ein weiteres Mal aus der Patsche.* So sagte er es. Aber was für eine Trope für die Schweinerei, die folgen sollte. Inzwischen hatte ich

Avi einige wenige Male besucht. Immer dann, wenn sein Kind bei ihm zu Hause war. Das verlangte der Anstand. Das ging ohne Misstrauen. Das war nicht genug für die ständig lauernde Presse, denn ich war die mildtätige, gute Frau. – Ich versorgte also derweil die zwei mit Gerichten, Gebäck und Getränken oder ging ihm einfach im Haushalt helfend zur Hand. *Das* hatte ich perfekt gelernt. In diesen Dingen wurde ich unterrichtet. Bügeln, putzen, aufräumen. Und bei den Familienfeiern schweigen, gerade sitzen und den Affen spielen. Meine Mutter brachte mir all dies bei. Emotionslos. Ohne Fürsorglichkeit. Ohne Lob. Ohne Umarmung. Nicht einmal an einen mütterlichen Kuss kann ich mich erinnern. Solche Zärtlichkeiten kannte ich nur von einer Tante, der die Regeln der Familie egal waren. In Avis Haus hingegen war alles anders. In unserem hatte ich zuvor nie das Wort *Danke* gehört. Nun war es Bestandteil meines Lebens. Nie zuvor sah ich eine sich erkenntlich zeigende Geste. Nun kam seine Schwester, holte das Kind, nahm mich mit und fuhr mich nach Hause – mit einem Blumenstrauß in der Hand. Und trotzdem war dies ein Moment, der nach dem zehnten oder elften Mal unerträglich wurde. Denn die Stunden dort wurden zu den schönsten meines bis dahin wenig aufsehenerregenden Lebens. Eine solch warmherzige Atmosphäre hatte ich bis dahin nie kennengelernt. So blieb ich beim nächsten Mal. Winkte seinem Kind und seiner Schwester hinterher, die mir wieder einen Blumenstrauß überreichte, obwohl ich geblieben war."
Tiziana richtete sich auf und wendete sich Berlingui zu. Ihre dunklen Augen nahezu funkelnd aufgerissen. Ihr Blick drang tief in ihn ein und fand das, vielleicht alkoholisierte Verständnis und diese wunderbare Verwunderung der ersten Sekunde. Sah, dass er so zumindest alles etwas besser nachempfinden konnte.

„Annähernd zwanzig Jahre lang erlebte ich bis vor wenigen Wochen immer wieder die erste Liebe. Das Blümchen, das gleichzeitig *grand amor* und *grand dolor*[7] ist. Weil du niemanden teilhaben lassen kannst. Weil sie wie Milliarden von Grashalmen wächst und niemand es bemerkt, wenn einer niedergetrampelt wurde. Weil sie unscheinbar und folgenlos bleiben muss, da sie keine Obsessionen erlaubt, denn genau diese wären gesellschaftsfähig. Die Zeitungen sind ja voll davon. Oder glaubst du etwa, die Männer würden auf den Bällen und Festen, während der Meetings und Besprechungen untereinander nur über Geschäfte, Geld, Autos und Weine reden? Diese Alten, diese fetten Gibellatos, Tordesis, Benacaus stehen beisammen, zu dritt, zu viert, was weiß ich und zählen mühelos die unzähligen Namen ihrer Geliebten auf. Die Nächte, in denen sie zusammen sind. Nur das Wort Ehefrau ist selten zu hören."
Wütend auf die Kante vorgerutscht, griff sie wieder zu seinem Glas, sah, dass er getrunken hatte, und goss es für sich selber voll. Die Flasche hatte deutlich an Inhalt verloren. Den Schwenker emporreißend machte sie ihrem Herzen weiter Luft. Ein Schluck war dabei auf ihre Schulter geplatscht und rann nun die Haut hinunter. Nahezu anstößig verrieb sie ihn auf einer Brust und ihrem Bauch. Ihr Körper glänzte und seine Wärme ließ den Duft des Getränkes, vermischt mit Tizianas betörend verströmen.

„Dabei hätten Avi und ich durchaus für die pikanten Inhalte sorgen können. Auch wenn er nie davon erfahren hatte. Ein *grand dolor* sollte sich gleich in unserem ersten Jahr in meine Seele graben, bevor sie kapitulieren musste. Mein Körper hatte sich noch einmal aufgebäumt und zur Frau erklärt. Ich habe nie erfahren, ob es ein Mädchen oder Junge geworden wäre. Und doch

---

[7] Große Liebe, großer Schmerz (venetisches Sprichwort).

hatte ich ihm einen Namen gegeben. Leontina. Ich mag altertümlich klingende Namen. Und dieser hat bis heute keine schlechte Bedeutung für mich. Rein und unbelastet. Niemand, den ich kenne, wird so genannt. Dies wäre *unser* Kind gewesen. Avis und meines."

Noch einmal schaute Berlingui Tiziana ganz unverhohlen an. Ihr Alter spielte keine Rolle mehr. Sie war schlichtweg attraktiv. Ob durch den Nebel in seinem Kopf provoziert oder nicht, es spielte keine Rolle. Doch dann ließ er das ebenfalls langsam keimende Gefühl zu, einer bizarren Groteske beizuwohnen. Zögernd hatte ihn die verrückte Situation, trotz der zwei oder drei gut eingeschenkten Grappas, wieder zu sich kommen lassen. Die Erregung, die ihn erobert hatte, würde heute Nacht reichen, Carla für sich zu erobern und in Gedanken fremdzugehen. Nun wollte er nur noch vollkommen Unvorhersehbares ausbremsen. Schon seiner Prinzipien wegen.

„Ist Ihnen nicht kalt Tiziana?"

„Unter deinen Augen? Wüsste ich nicht Bescheid, könnte ich mich vergessen. Aber du hast recht, ich werde mir etwas überziehen und uns vor allem etwas zu essen holen. Diese Kekse da sind deiner nicht würdig. Und – du wirst dich noch etwas gedulden müssen. Ich bin noch nicht ganz fertig."

Sie stand auf und ging in den Raum nebenan. Schranktüren und Gegenstände, die sie verborgen hielten, klapperten. Für lange Sekunden fiel kein Wort. Aus dem Fenster schauend sah er etwas links durch Bäume hindurch auf die Häuser gegenüber. Ein anderes Dorf, weit entfernt. Der Verkehr auf dem weitläufigen Platz vor der Bastion war von hier nicht zu sehen. Zu Hause, vor dem Eingang stehend, hätte er einen Stein keine zwanzig Meter werfen müssen, um auf der anderen Straßenseite ein Fenster zu zertrümmern. Aber es wären auch nur gerade diese zwanzig Meter gewesen, um auf der anderen Seite mit Valentino und seiner Frau eine Flasche Wein zu trinken. Dieser Palazzo hier war ohne diese Option gebaut worden. Die da drüben hatten seine Bewohner nie zu Besuch.

Trotzdem, Tiziana hatte es doch eigentlich nicht schlecht getroffen. Zwar war es eine vergoldete Klösterlichkeit, aber allein Chiaras Geschichte empfand Berlingui als schlimmer. Vergewaltigungen waren wenigstens polizeilich zu verfolgen. Liebesverweigerung galt in keinem Gesetz als strafbar. Die Kirche hätte Tizianas Ehe sogar annullieren und sie ein neues Leben beginnen können. Und die Narbe? Wer weiß, was wirklich passiert war. Im betrunkenen Zustand hatten schon viele Ehen die Schmerzen dümmster Ideen ertragen müssen. Hätte jede eine Anzeige ergeben, wäre die Anzahl der Polizisten, Richter und Anwälte wenigstens mal zehn zu nehmen. Und die Schreiberlinge, wie sie sagte, hätten doch längst ihre Gerüchte gestreut, wenn zwischen dem ganzen Saus und Braus etwas Mitteilenswertes gewesen wäre: Die ganzen Hopps and Flops. In und out. Schon wieder vergrämt. Sie alleine auf Einkaufstour in Mailand, Florenz oder Rom. Er oder sie öfter in neuer Begleitung. Oder Vergleichbares. Hätte sie nicht auch längst – wie hieß es doch? – die Fronten wechseln können? Scheidung war ja nun nicht etwas *so* Ungewöhnliches. Dieser Avi war ja wohl eine mindestens genauso gute Partie wie dieser Gibellato. Mein Gott, selbst in seiner Dienststelle kannte er genug, die sich nach solchen *Vorfällen* arrangiert hatten. Sein Mitleid begann zu schwinden, als er ihre Stimme hörte.

„… des Öfteren an Scheidung gedacht, aber ich hatte Angst, Avi würde dafür mit dem Rest seines Besitzes bezahlen müssen. Und ich wäre mit schuld an dem Verlust seines hart erarbeiteten Erfolgs. Er war schon stark von den wirtschaftlichen Klauen Fabrizios gefangen und zu fein, sie selber vorzuschlagen. Im letzten Sommer lud mein Mann Avi ein. Hierher. Das erste Mal überhaupt. Sonst trafen sie sich auf Baustellen oder in einem Büro. Mich befiel schlichte Panik. Jetzt würde Fabrizio ihn zur Rede stellen, weil wir es miteinander trieben. Ich kannte ja seinen Jähzorn, das, was passieren könnte. Im ersten Moment war es daher eine Überraschung, einen Vorschlag zu hören. Einen, der nichts mit uns zu tun hatte. Und doch am Ende alles. Auch dieses Gespräch, seinen Inhalt werde ich nicht vergessen. *Sullavenga möchte, dass wir beim Bau des Kongresszentrums die Hauptrolle spielen. Natürlich erhofft er sich einen großen Einfluss auf die Ausführungen. Und natürlich soll es ihm auch etwas einbringen. Er denkt an einen größeren Posten nach den nächsten Wahlen. Er gab mir diese Papiere. Preislisten anderer Baufirmen. Mit ihnen können wir unser Angebot kalkulieren. Sind wir fertig, könnten wir fusionieren. Danach sind deine Schulden passé.* Es klang so einfach. Doch Fabrizio nutzte jeden Trick. Das Ende ist schnell erzählt. Avi hätte im Winter, noch während der Fertigstellung aufgeben und alles verkaufen müssen. Das klingt, als hätte ein Gewinn erzielt werden können. Lachhaft. Die Schulden hätte er losgehabt. Vielleicht. Aber sicher auch die Firma. Deren Namen, ihr Renommee. Seinen Einfluss. Aber ein Unfall vor sechs Wochen verhinderte dies auf noch grausamere Weise. Kurz vor Mitternacht schoss ein BMW mit viel zu hoher Geschwindigkeit über einen Zebrastreifen in Albignasego und begrub Gianna unter sich. Avis Tochter. Gerade zwanzig geworden. Welch eine Parallele, in diesem Alter ein Leben zu verlieren! – Der Fahrer war sturzbesoffen. Zwei Tage später hatte Avi einen Herzinfarkt. Von allem überfordert, hatte er fast

das Leben aufgegeben. Seit diesem Tag liegt er im Krankenhaus. Ich kann ihm am allerwenigsten Hoffnung darin bieten. Würde ich ihn besuchen, würden Fragen gestellt. Und das mit jedem Mal mehr. Gleichzeitig wächst die Furcht und Ahnung, dass die Schicksale und der Weg zu ihrer Logik mit dem Namen meines Mannes in Verbindung stehen. Und nicht nur mit der Geschichte zu tun hat, das Unternehmen noch größer zu machen und eine Aktiengesellschaft zu gründen."
Ein metallisches Geräusch ließ ihn zur Tür schauen. Genau in dem Moment, als sie mit einem Tablett in den Händen darin erschien. Angezogen zwar, aber sie hatte sich lediglich einen Bademantel übergestreift. Allerdings waren nun ihre Beine und Füße nackt. Bevor er etwas entgegnen konnte, war sie bei ihm angelangt und setzte das Tablett auf dem Tisch ab. Voller belegter Toasts, einer Flasche Wein und diversen Gläsern. Noch in ihren Händen, an den Bauch gepresst, hatte es dafür gesorgt, den Mantel geschlossen zu halten. Aber nun fiel er auseinander. Ein aufgezogener Theatervorhang. Nur das kleine, jetzt als seidenes zu erkennende Dreieck, war nunmehr zwischen ihren Schenkeln auf der Haut zu entdecken.

„Ungeachtet einer solch schicksalhaften Veränderung soll noch dieses Jahr aus der Gibellato S.r.l. eine Aktiengesellschaft werden. Aufgeteilt zwischen Fabrizio, seiner Bank und Avi. Selbstverständlich hält Fabrizio dann den größten, den allergrößten Teil. Ich überlasse es deiner Fantasie, wie er es geschafft hat, und was aus Avis Unternehmen werden soll. Nun wohne ich hier und betrachte allabendlich dieses kleine Schränkchen dort drüben. Das, wie du ahnst, ein Geschenk von ihm ist. Die einzige Provokation, die er hinterlassen hatte und die unkommentiert geblieben ist. Dabei denke ich an die ungenutzten Möglichkeiten in meinem

Leben. An die bescheuerte und mit mir älter gewordene Naivität. Ich hätte all das tun können, was andere Frauen längst getan haben, aber ich war zu feige. – Ich sehe Fabrizio in dieser Wohnung schon seit Langem nur, wenn er in der Stadt zu tun hat. Vielleicht kommt er morgen, vielleicht erst im nächsten Jahr. Gott sei Dank. Ich brauche ihn nicht. Zum Glück werden auch die öffentlichen Termine seltener. Dann schnippt er mit den Fingern und ich habe anzutanzen, wie am vergangenen Sonntag zur Eröffnung der Rennsaison, damit sein spezieller Freund genug angeblich große Namen zu Gast hat und mit diesen für sich Werbung machen kann. – Seit Jahren mache ich Sport, von morgens bis abends. Avi sollte die Jahre nicht sehen und ich wollte sie nicht spüren. Aber jetzt laufe und schwimme ich allem davon. Jedem Jahr, jedem Gedanken, jeder Konsequenz, jeder Entscheidung. Versuche ich dieses Abbild meiner glücklicheren Jahre einzufrieren in der Hoffnung, Avi würde genesen und das hat für diesen Teil des Körpers scheinbar funktioniert, wenn ich deine Augen sehe."

Sie schlug den Mantel hinter ihrem Rücken zusammen. Spielte noch einmal das unanständige Mädchen und setzte sich, erneut fast gänzlich entblößt, wieder neben ihn. Nach all dem Gesagten. Nach dieser für sie unermesslich großen Offenheit. Die Tränen flossen nun unentwegt.

„Vio hat nicht gelogen. Sie hat viel erlebt. Mehr als ich. Wenn es um Lust geht, sind Männer häufig genug genauso auf ihr eigenes Ziel fixiert, wie beim Einsatz ihres Geldes an der Börse. Mit aller Vehemenz. Mit aller Brutalität. Dies habe ich glücklicherweise nur einmal erlebt. Mit diesem Brandeisen auf meinem Rücken. Im Alltag danach wurde ich vergessen und lebte unter einem eigenartigen Schutzmantel. Aber in einer Art Iso-

lationshaft. Deinem und Avis Blick fehlt diese Triebhaftigkeit. Nein, euer Blick hat etwas Sentimentales, Reines, Rauschhaftes, voll jung gebliebener Neugier, was mich, meinen Körper und seine Wirkung adelt. Ausgerechnet am Namenstag meines Vaters, dem Despoten, dem Patriarchen, dem Mädchenhändler, der die eigene Tochter verkaufte, am Tag nach Weihnachten, werde ich sechzig Jahre alt. Wenn du nachher gehst und Avi sterben sollte, bin ich von heute auf morgen eine alte, einsame Frau. Dann würdest du mit einem Mal die Unzulänglichkeiten meines Körpers sehen. Du kannst nicht ermessen, wie sehr ich jetzt, in diesem Moment, den Umstand dieses, meines Alters bedauere. Diese vielen verlorenen Jahre."
Berlingui schaute sie an. Vielmehr die drei, vier Stellen ihres Körpers, die seinen Blick erwarteten: Ihre Brüste, die Rippenbögen, der flache Bauch unter ihrem Nabel und die sichtbaren Innenseiten ihrer Schenkel. Wartete währenddessen darauf, dass der Monolog weiterfließen würde, und war nach ein paar Sekunden über die Stille verwundert. Er sah in ihr Gesicht. Sanft lächelnd schaute sie ihn an, vielleicht eine Antwort erwartend.

„Ich bedauere, Tiziana, nicht einmal Ihrem, deinem kleinsten, von mir vermuteten Wunsch nachgeben zu können. Trotz deiner mädchenhaften Verlockungen, deiner Schönheit und Reize und der Gewissheit, nicht bloßgestellt zu werden."

„Ich wiederum weiß seit deiner Ankunft und durch Violetta, dass Carla ein guter Grund dafür ist. Sie darf sich freuen, du verhältst dich tadellos. Aber wie hätte ich sonst einen Polizisten genug verblüffen können, damit er mich mit seinen Fragen nicht daran hindert, das zu erzählen, was ich dir erzählt habe? Sonst hätte mich die dritte oder vierte Frage wahrscheinlich an die bescheuerten Interviews der Presse erinnert und verstummen lassen. Ich kenne die Spielchen der Gesprächsführung. Aber ich wollte und konnte die Geschichte nur so mitteilen. Dieses eine Mal wollte ich als Frau wahrgenommen werde. Das letzte Mal ist viel zu lange her."

„Die Verblüffung hat tatsächlich dazu beigetragen", stellte der Commissario fest und betrachtete anerkennend ihren Körper.

Mit einem Lächeln legte Tiziana die offenen Teile ihres Bademantels wieder über sich und meinte:

„Ich hätte sogar eine Hand von dir – nicht nur ausgehalten, aber ..." Sie drehte sich zu ihm und legte ihre Finger sanft auf seinen Arm: „... nur noch eine Frage, warum kannst du Violetta nicht leiden?"

Fast hätte sich Berlingui an einem Schluck Grappa verschluckt.

„Weil sie sich für eine Story hergibt", war seine ebenso schnelle, wie hart klingende Antwort.

„Ein mutiger und absolut unrichtiger Verdacht. Wenn ich in deine Augen schaue, sehe ich etwas, das du ihr verweigerst. Kennst du überhaupt ihre Geschichte?"

Berlingui zuckte mit den Schultern. Nicht, dass er Violetta hasste, oder verachtete, aber wenn auch dieser Nachmittag wie ein seltsam gedrehter Film wirkte, so fehlte in seinen Augen der Baù jegliche Eleganz und Würde, die Tiziana Gibellato trotz aller Schamlosigkeit – die sie ja sogar noch geplant hatte – seit ein paar Stunden zeigte. Fast bedauerte er in diesem Zusammenhang, Tiziana nur anschauen zu können. Vio hingegen wirkte schon immer grob auf ihn. Eine rote, mit den Augen klimpernde Bombe. Eine Zeitbombe. Auch wegen ihrer Ausdrucksweise. Obschon es Momente gab, in denen er sie anziehend und durchaus sympathisch fand. Sie in einer vergleichbaren Situation, und er würde sich überfallen vorkommen, denn ihr traute er diese mädchenhafte Weiblichkeit voller zögerlicher Distanz nicht zu. Und das war, was ihn störte, trotz ihres Aussehens, nämlich ihr burschikoses und ungeniertes Verhalten. In diesem Moment schaute er in seine Handflächen, als seien sie ein Buch mit Lösungen, als hielten sie eine Kugel für Weissagungen und schielte kurz darauf für Sekunden auf die Stelle des nun geschlossenen Bademantel über der zuvor nur schwach verhüllten Scham neben sich. Er spürte, dass er rot wurde, und fragte sich: Aber warum beklage ich Vios Verhalten und nicht Tizianas? Tiziana tat, als hätte sie nichts bemerkt, beugte sich vor und schenkte einen weiteren Schluck Grappa in sein Glas ein. Veränderte dabei ein wenig ihre Haltung und öffnete damit einen Spalt breit den Stoff. Ihre dann folgenden, merkwürdig sachlich klingenden Sätze wollten nicht dazu passen.

„Nachdem sie begonnen hatte, die Geschäfte und Machenschaften Sullavengas zu durchleuchten und sie Unregelmäßigkeiten beim Bau des Stadions seinerzeit herausgefunden hatte, hatte sie eine Artikelserie verfasst, die ohne große Vorankündigung erscheinen sollte. Zwei Tage bevor diese in Druck ging, bekam sie Besuch von vier Männern. Sie durchwühlten ihre Wohnung, zerstörten Möbel, Bilder und Geschirr. Nahmen Unterlagen, Aufzeichnungen und Notizen mit. Alles, was am nächsten Tag auf die Druckplatten hätte gebracht werden sollen. Doch damit nicht genug. Sie fesselten sie an ihr Bett, zerfetzten die Kleider und vergewaltigten sie auf brutalste Weise. Alle vier, als sei es das Selbstverständlichste der Welt. Eine Gummipuppe wäre menschlicher behandelt worden. – Der Artikel erschien nicht, natürlich nicht, aus Angst um ihre Sicherheit und vor weiteren Martyrien. Und damit aus Sorge um ihr Leben. Den Vorfall kannte ich, aber gestern Abend beschrieb

sie die Männer. Mehr oder weniger zufällig, weil es Momente gibt, in denen man bestimmte Dinge und Phasen in seinem Leben von innen nach außen dreht. In denen man aus einem unscheinbaren Fluss einen Wasserfall machen muss. In denen man nicht länger stillschweigen kann. Es sind die Momente tiefster Freundschaft."
Tiziana machte eine kleine Pause und umfasste Berlinguis Arm. Er hatte still zu bleiben.

„Zwei von diesen Männern werden durch euch gesucht, wegen der Morde am *Prato della Valle*. Ich kenne sie. Leider. Zu gut. Denn diese zwei arbeiten in Fabrizios Firma. Sie sind ihm ergeben."

4. April, 18 Uhr 20

Der Schlüssel, mit voller Wucht auf den Schreibtisch geworfen, riss das Schreibkästchen, einige Blätter Papier, die leere Tasse vom Vortag und ein halb gefülltes Glas Wasser zu Boden, das dort unten in unzählige Splitter zerbrach. Berlingui fluchte. Doch die Scherben und das heruntergefallene Sammelsurium waren ihm egal. Auf ein riesiges gelbes Motorrad schauend, stand er dann am Fenster seines Büros. Ohne Ahnung, wie viel Zeit verstrichen war. In seinem Kopf herrschte ein vollkommenes Tohuwabohu. In der einen Sekunde ärgerte ihn seine Zurückhaltung, Tiziana nicht doch benutzt zu haben, in der nächsten schalt er sich mit treffenden Beschimpfungen, genau daran zu denken. Sein Trieb war nicht besser als bei anderen Männern, er hatte sich also auch nicht besser in der Hand. Und die Geschichte entsetzte und ärgerte ihn gleichermaßen. Angesiedelt zwischen frustrierter Pubertät und männlichem Größenwahn. Eher etwas für einen schmierigen Tresen in einer einschlägigen Bar. Wie würde er all das nur erklären können? Und wie wäre dieser Tag zu Ende gegangen, wenn Tiziana es gewesen wäre, die ihn zu sich gezogen hätte?

Dann war er mit seinen Gedanken bei *der Baù* und wie er nun feststellen konnte, dachte er eigentlich *Vio*. An sie und den Hintern, der plötzlich der von allen war: Tizianas, Alessias, Carlas und ihrer. Er starrte auf die gelbe Maschine und versuchte all das Gesagte von vorher in neutrale Sachverhalte zu verwandeln. Den Frust weniger kindlich zu gestalten und den Größenwahn auf eine harte Konkurrenz zu reduzieren. Ohne dabei an Tiziana oder sonst wen zu denken. Aber immer blieb er am Schluss bei ihr und Violetta Baù hängen. Um eine eigene Meinung zu bekommen, brauchte er weitere Erklärungen, statt die eigenen, dann vielleicht auch noch unzutreffenden Vermutungen. Er drehte sich um, setzte sich an seinen Schreibtisch und rieb sich über die Stirn. Den Kopf in der Daumenbeuge abstützend nahm er den Telefonhörer in die Hand.

Es dauerte keine drei Sekunden.

Als wenn sie auf seinen Anruf gewartet hätte.

„Warum hast du nie etwas davon erzählt, Vio?"
„Tja."
„Ich habe es bis vor zwei Stunden nicht gewusst."
„Sie ist eine tolle Frau, oder?"
„Bemerkenswert!"
„Wie nah ist sie dir gekommen?"
„Sehr nah."
„Ihr ...?"
„Nein, nicht zu nah."
„Sie hat es auch erst gestern erfahren und war natürlich entsetzt. Aber sie meinte am Ende auch: Wenn es stimmt, was du sagst, wird mich sein Besuch aufbauen. Und hoffentlich kriegt er die Schweine."

„Ich habe es ihr versprochen."

„Mandroni hätte es dir schon vor Ewigkeiten fein säuberlich berichten können."

„Giuseppe? – Verdammt noch mal, was hat er damit zu tun?"

„Es ist seither ein Bestandteil *seiner* Karriere."

„… ? …"

„Du weißt nichts über diese Artikel?"

„Welche Artikel? – Nichts! Woher auch!?"

„Hast du Zeit?"

„Jetzt?"

„Nein, du Schwachkopf, nächstes Jahr Ostern. – Natürlich jetzt!"

„Ich glaube schon."

„Komm vorbei."

„Nein, Vio. Nicht noch so ein gefährliches – Date. Komm du her! Das ist in dieser Beziehung waffenfreies Gebiet. Ich besorg derweil etwas zum Essen und Trinken. Meine Bar müsste noch offen haben."

Sie seufzte nur leicht.

„Also gut. Auch das soll kein Problem sein. In zehn Minuten bin ich da."

4. April, 19 Uhr 55

Er glaubte es nicht, weil er nicht die geringste Ahnung hatte. Weil in keiner Sekunde ihrer Freundschaft in seinen Augen ein Verdacht hätte aufkommen können. Weil ihm nämlich die High Society, über die Giuseppe bisweilen schrieb, bisher egal gewesen war. Man hatte mit ihr genug zu tun, wenn es um Mord und Totschlag ging. Da brauchte man sich nicht noch für deren Eifersüchteleien interessieren. Es reichte, wenn Mandronis Frau und Carla sich über die VIPs den Mund fusselig redeten und bis ins letzte Detail unterhielten. Wenn die

Gespräche mit *Hast du eigentlich schon gewusst ...* begannen, hatte er seine Ohren bisher immer auf Durchzug gestellt und den Kopf eingezogen. Ihm war es schlicht entgangen, wenn Giuseppe dazu seine, jetzt im Nachhinein nun merkwürdigen Kommentare abgab, weil er ansonsten doch ein politischer Mensch war – wie er bislang glaubte. Aber wer hätte auch gedacht, dass da ein Zusammenhang bestanden hätte. Zwischen dem Geschwafel über Partys und den dekuvrierenden politischen Berichten. Sollten sich die da oben zwischen Hummer und Austern doch selbst zerfleischen. Aber jetzt, spätestens seitdem Vio ihm nun gegenübersaß, war alles anders.

Vor über einer Stunde war sie ganz entspannt wirkend ins Büro gekommen. Keine rote Satinhose, keine dünne, provozierend durchsichtige à la Tiziana, keine weite Bluse ohne was drunter, keine blinkende Haut, nein, er war sogar davon überzeugt, mehr als die sonst üblichen vier Kleidungsstücke zu sehen, selbst wenn er die Schuhe dazuzählte. Ihre glühend roten Haare hatte sie mit einer Klammer am Kopf regelrecht gebändigt, wodurch ihr Gesicht sogar unvermutet streng wirkte.

„Was ist passiert? – Bist du in ein Kloster eingetreten?", war daher seine Begrüßung.

„Nein, aber ich habe dazugelernt."
Prompt hob sie wie ein Kind aus dem Kindergarten, das auf den Topf wollte, den Rock in die Höhe und bewies, dass darunter sich eine Strumpfhose und ein vorbildlich normaler Schlüpfer befanden.

„Fast schade, ich war gerade dabei, mich daran zu gewöhnen."

„Ach?", gleichermaßen erstaunt und beleidigt, „mit Tiziana lümmelst du auf dem Sofa herum und mich behandelst du, als sei ich ein Flittchen."

„Na na, ich glaube, dir immer großen Respekt zu zeigen."

„Eher meinem Hintern."

„Verlocken und nachgeben sind zwei Paar Stiefel. – Ich habe ja meine Prinzipien", antwortete Berlingui mit erhobener Hand.

„Das ist ja was ganz Neues! Und warum spüre ich die in Form deiner Hand immer noch auf meinem Arsch? Und hättest du dich womöglich eine halbe Stunde später doch entschlossen, Tiziana etwas näherzukommen?"

„Siehst du Vio, das ist es, diese lose Art, mit der du dich und alles darstellst …"

„Lose Art? Ja? – Verdammte Scheiße, du hast wirklich gut reden. Klingt, als würdest du die Möglichkeit in Erwägung ziehen, die Dinge, die mir passiert sind, selbst provoziert zu haben."

„Ach Vio. Quatsch …"

„Also gut! Dann andersrum. Wie wollen wir das nennen, was mir angetan wurde? Vier Gentlemen erlauben sich nämlich einen unangekündigten Besuch bei mir. Ohne Einladung, wohlgemerkt! Und glauben, mich durch eine geringe Neugestaltung meiner Wohnung und ein wenig Blut, Schmerz und Schande zu beglücken? – Das waren Männer, vier hirnverbrannte Arschlöcher und du nennst meine Art lose. Seitdem habe ich in schöner Regelmäßigkeit schlaflose Nächte oder Träume, die ich meinen ärgsten Feinden nicht wünsche. Dein Giuseppe hat es im Übrigen die ganze Zeit gewusst und nichts Besseres zu tun gehabt, als zusammen mit anderen bescheuerte Gerüchte über mich in die Welt zu setzen. Und da er dein bester Freund ist, glaubst du alles, was er berichtet und machst dir ein Bild von mir. Stimmt's?"

„Vio, ich sagte doch …"

„*Sciocchezze!* – Es ist zwar schon ein paar Tage her, aber statt meines Artikels erschien seiner im Konkurrenzblatt. Und seitdem war ich kaltgestellt. Nicht mal mehr zweite Wahl."
Damit fläzte sie sich, jetzt dann doch den Anstand vergessend, ihm gegenüber in einen Sessel und warf eine Zeitung, die sie aus ihrer Handtasche zauberte, über die Tischfläche. Kurz bevor sich diese mit den restlichen Zetteln, Büroklammern und einem Bilderrahmen zu dem Chaos auf dem Boden gesellte, blieb sie an der Kante mit einem rot umrandeten Artikel vor Berlingui liegen. Daneben das Bild von Tiziana im Arm dieses Gibellato. Als Datum war Samstag, 5. Mai 2001, oben rechts auf der Seite abgedruckt. Berlingui zog das Papier näher zu sich und raunte:

„Vio, es tut mir leid. Aber das alles ... Ich wollte dich nicht kränken. Bitte entschuldige! Als Kriminaler habe ich meist mit Leichen als Opfern zu tun, die verlangen keine psychologische Zuwendung von mir. Bei lebenden Opfern sind andere zuständig. In dem Fall versage ich einfach. Da bin ich eine Niete. Immer. Erst recht, wenn es Freunde sind."
Sie winkte ab und strich ihren Rock glatt. Das Wort *Freunde* genügte, erleichtert zu sein. Dann schaute er das Foto genauer an. Sehr genau. Der Nachmittag mit seinen Bildern eroberte noch einmal seine Gedanken. Jetzt, wo er Tiziana auf dem Foto sah, begann er noch einmal zu wanken. Ja, vielleicht, eine halbe Stunde. Was hätte, wäre, könnte ...
Sie war damals etwas mehr als vierzig und erst recht aufregend schön. Eine Frau, wie jeder vernünftige Mann sie sich wünschen würde. Doch auch die besitzergreifende Miene Gibellatos nahm er wahr. Er nahm die Zeitung vom Tisch und hielt sie in beiden Händen so, dass er das Bild im Licht des Fensters noch besser

anschauen konnte. Die Fratze dieses Kerls war tatsächlich an Überheblichkeit nicht zu toppen. Violetta bemerkte den langen auf das Foto gehefteten Blick des Commissarios.

„Tiziana muss mir nachher erzählen, was ihr getrieben habt. Aus deinen Augen sprüht mehr Zuneigung als ich jemals, trotz deiner Finger da hinten, von dir erhalten habe."

Eine Antwort darauf war nicht nötig, seine Gedanken wurden wie tackernde Zeilen eines Fernschreibers auf seiner Stirn lesbar. Violetta schüttelte etwas betrübt den Kopf und meinte:

„Das Schwarze unter dem Bild sind Buchstaben, falls du es noch nicht weißt, so was kann man lesen."

Dank Fabrizio Gibellato wird das Stadion rechtzeitig fertig

Mit einer beispiellosen und risikobehafteten Finanzierung übernimmt seine Firma die Gesamtleitung des Baus. Senator Sullavenga bedankt sich beim Presidente der S.r.l.

Ohne die Verpflichtungen der beteiligten Baufirmen genauer zu kennen, sagte gestern Fabrizio Gibellato auf dem „Ball der Regional-Abgeordneten" dem Senator zu, diese zu übernehmen. Ferner würde er, bedingt durch den Ruf seines Hauses, jetzt schon zusichern können, dass alle Arbeiten pünktlich und mit äußerster Sorgfalt durchgeführt werden können. Im Laufe der Jahre hätte sich die Gibellato S.r.l. genügend Know-how angeeignet, um auch als Generalunternehmer solch komplexe Aufgaben in Gänze zu übernehmen. Selbstverständlich, so der Presidente weiter, würde er auch die vermutlich falschen Kalkulationen der anderen Beteiligten innerhalb des Konsortiums überprüfen, um am Ende ein in jedem Falle preis-

würdiges Ergebnis vorzuweisen. Aufgrund der Ausschreibungspflichten wären bestimmte, aber eigentlich selbstverständliche Leistungen durch die Gibellato S.r.l. ja nicht darstellbar gewesen, und vielleicht könnten seine Planungs-, Konstruktions- und Bau-Firmen nun dadurch das in der Region bekannte Renommee überregional wirksam beweisen. Im Anschluss sicherte Sullavenga ihm als Gegenleistung zu, sich dafür stark zu machen, Fabrizio Gibellato als unabhängigen Sachverständigen vor Vergabe von Baulosen einzusetzen.

„Hast du eine kleine Ahnung, was das bedeutet?"
Der Commissario schüttelte den Kopf. Er hatte nicht die kleinste Vermutung. Die Tragweite war für ihn nicht ahnbar. Mit Wirtschaft hatte er nichts am Hut, außer er las die Börsenwerte der zwei, drei Papiere, in die er Geld gesteckt hatte. Die ansonsten mörderischen Effekte bedeuteten Kugeln im Bauch, Gift im Blut, eingeschlagene Schädeldecken oder sonstige Qualen vor dem Tod zu ertragen. Für den Rest waren andere Abteilungen zuständig. Deshalb war er jetzt über sein Unwissen selber verärgert.

„Er setzte alles daran, sein Unternehmen in eine Aktiengesellschaft zu verwandeln – selber Aufsichtsrat zu werden und dann das große Geld herauszuziehen. Dann wollte er, wie er immer auf diesen Partys im Suff meinte, *die Welt kaufen oder sie zerstören.* So, wie der Krieg und die Jahre danach es angeblich mit seiner Familie gemacht hatten. So, wie die Familie Tomè es in diesen Jahren zu verantworten hatte. In seinen Augen waren sie die Mörder seiner Eltern, war Stefano Tomè der Mörder seiner Schwester. War Flaviano ein verabscheuungswürdiger Tropf, den es auszuschalten galt. – Diese Familie zu zerstören, auf den Böden *seiner* Bauten, an den Wänden *seiner* Häuser zerschellen zu lassen, das war all die Jahre sein einziges Lebensziel. Allein für dieses hatte er Dutzende von Jahren Anlauf genommen. Hatte er sich einen raffinierten Plan ausgedacht, um all die leiden zu lassen, die er für verantwortlich hielt. Einschließlich Tiziana. Und dabei war ihm jedes Mittel recht. Irgendwann im Mai 2001 hat er deinen Busenfreund Giuseppe eingeladen und passenderweise einen *compromesso* mit ihm geschlossen. An den hat Mandroni sich wohl bis heute gehalten, ohne dass du es gemerkt hast. – Ich frage mich, worüber ihr euch die ganze Zeit immer unterhalten habt."

„Über die Unzulänglichkeiten des Lebens. Und über den Hass, den er gegenüber Sullavenga hegte. Und darüber, wie man diesen abschalten könnte, diesen Hass. Er war immer mit dabei, immer mittendrin ..."

„... und du hast nicht gemerkt, wie er deine Informationen für seine Spielchen ausgenutzt hat."

„Mir ist nichts komisch vorgekommen."

„Freundschaften machen blind, machen taub und bisweilen sprachlos."

„Was redest du? Das, was er über Sullavenga gesagt hat, war mehr als Hass."

„Und wann hast du jemals eine Zeile davon in seinen Artikeln gelesen? Ich sag es dir! Nie! Nur auf seiner Terrasse, in deinem Sofa hockend oder in eurer komischen Bar hasste er. Sonst keine Minute. Kann sein, dass er Angst hatte. Aber die behielt er für sich."

„Wir haben zusammen studiert."

„Du, Frauen, er – keine Ahnung. Er kann und konnte einem den Fliegenschiss auf der Windschutzscheibe als Neulackierung des Wagens verkaufen. Das waren seine Qualitäten. Wie damals in Abano, als er nicht nur den Bericht über den Mord an Tossatello, sondern doch noch den über den Vortrag über fernöstliche Heilungsmethoden im Pietro d'Abano bezüglich der dann beginnenden *Higan* herausgebracht hatte, dieser Messe für irgendwelchen asiatischen Kram. – Schon vergessen? Nein, ich sage dir: Er hat diesen Gibellato in dessen Krisenzeiten sogar noch wie ein Hofschreiber beschützt, dass sich keiner traute, nachzuforschen. Solche Artikel", sie beugte sich vor und schnippte gegen die Zeitung, „findest du immer wieder. Ist mir schon klar, dass du solche Sachen in der Zeitung überblättert hast. Mit Mord und Totschlag hatte das ja nichts zu tun, und freiwillig hat er dir davon nicht erzählt."

5. April, 6 Uhr 20

In der Nacht war er dann doch eingenickt, obwohl er vorher den restlichen Abend und die halbe Nacht mit Carla über die Geschehnisse des Tages gesprochen hatte. Sie hörte wie immer geduldig zu, wusste, dass sie Tizianas Gebaren ignorieren konnte, Vios Berichte viel entscheidender waren, und die viel wichtigere Freundschaft mit Giuseppe bedroht war. Er trank derweil einen Espresso nach dem anderen und dazu einen weiteren Grappa. Bis sie ihn umarmte, meinte, nun sei es genug, und ihn ins Schlafzimmer schob.

Irgendwann ließ ihn eine Bewegung neben sich wieder hellwach werden. Wie der berühmte Löffel schmiegte er sich sodann an ihren Körper, umarmte ihn und suchte den Bund ihrer Pyjamahose. Doch seine Hände spürten sofort die schon längst nackte Haut unterhalb des Nabels und schoben das kurze Negligé weit nach oben. Wie herrlich, wie schön, wie zart. Kurz nahm er einen Duft wahr, der dem aromatischen Grappa auf Tizianas Haut glich. Carla klappte die Oberschenkel etwas auseinander, griff mit einem Arm zwischen ihnen hindurch und umfasste sein bereites Geschlecht. Ein Hauchen. Ein kurzer glucksender Laut. *Che bello!* Dann begleitete sie es an die einzig richtige Stelle. Das Gefühl, dieses warm umhüllende Empfinden war für Berlingui gleichbedeutend mit dem Glück endlich wieder zu Hause zu sein. Erst sehr viel später waren sie noch mal eingeschlafen.

Und jetzt gerade wieder hatte er eine der wunderlichsten, eigentümlichsten, morgendlichen Zustände am männlichen Körper, auch zur Freude Carlas, dazu genutzt, sich beiden eine weitere, beiderseitige Erfüllung zu schenken, als sein Mobiltelefon keine sechzig Zentimeter von seinem Kopf entfernt glaubte *Azzurro* schmettern zu müssen. Carla lockerte ihren stimulierenden Griff, streichelte an den Innenseiten seiner Schenkel entlang und er nahm ab.

„*Pronto?*"
Collasso.
„Piero, es tut mir leid, aber Sie sollten mich so schnell wie möglich zum *Piazzale di Porta San Giovanni* begleiten."
„Scheiße. – Verdammte Scheiße."

Gefühlt stand er schon seit mehreren Minuten in der Tür und schaute hinüber. Von der letzten Nacht und diesem Morgen noch überwältigt. Ebenso wunderbar müde wie völlig ratlos. Und – unbeweglich. Sie hingegen war vorbereitet. Hatte ihn wieder erwartet. Leicht geschminkt sogar und nur mit diesem bisschen schwarzen Stoff bekleidet. Wie er es gemocht hatte an diesem einen Tag. Es war doch so beruhigend. In ihrem Alter solch eine Figur. Und sie war schön. So schön wie auf dem Bild, das sie ihm vorgestern geschenkt hatte. Aufgenommen an ihrem fünfunddreißigsten Geburtstag –

damals schon keine Sünde mehr, in einem knappen Bikini – von einer Freundin am Strand. Gar nicht weit von hier. Drüben in Rosolina Mare. Ihr Blick damals wie jetzt völlig entspannt. Glatte Züge. Alle Last der Welt schien von ihr abgefallen zu sein. Gestern hatte er das Bild immer wieder, lange angeschaut. Wenn er die Freundin gewesen wäre. In jenen Tagen. Wer weiß?

Tizianas Brüste. Orangenhälften. Gerade richtig. Waren nur leicht zur Seite gekippt. Eine Hand locker auf ihrem flachen Bauch etwas unterhalb des Nabels. Die andere, etwas neben dem Körper. Wenn Pantatti recht hatte, seit ungefähr vier Stunden. Deshalb war ihre Haut an den betreffenden Stellen auch noch nicht fleckig oder blass. Leuchtete noch in diesem erdnussbraunen Ton. Vielleicht etwas blasser. Das Licht empfand er nicht als optimal. Sie hatten das Tuch, das sie bedeckt hatte, zur Seite geschlagen. Frierend wollte sie nicht sterben. *Möglich, wenn das Barbiturat oder, und die Benzodiazepine nicht schnell genug wirken*, hörte er eine Stimme sagen.

„… Clonazepam und Diazepam, selbst in diesen Mengen genommen, reichen an sich nicht, um zu sterben. Aber es sind die einzigen Schachteln, die wir bisher gefunden haben. Nach der Obduktion kann ich dir mehr sagen. Ihr beantragt doch eine, oder?"
Der Commissario nickte gleichzeitig beiläufig und genervt. Er hätte jetzt einiges dafür gegeben, wenn seine Kollegen ihn für ein paar Augenblicke mit ihr, mit Tiziana, allein gelassen hätten. Noch einmal an sie herantreten, im Bewusstsein ihres Todes, und trotzdem noch einmal ihre Haut spüren, den Arm, ja, auch ihren Bauch und die Narbe an der Seite und so tun, als sei diese nicht mehr vorhanden, durch ihre Tat vernichtet und ersetzt mit einer weiteren Makellosigkeit, zwar ohne die Wärme des Lebens, aber mit der ganzen Deutlichkeit,

die sie mit ihrem jetzigen Erscheinen ihm zeigen wollte. Stattdessen konnte er nicht einmal dies in Gedanken geschehen lassen, denn:

„Hast du ihn schon gesehen?"

„Ihn?"

„Gibellato."

„Wann sollte ich?"

„Nun ja, *wann* ist nicht mehr so interessant. Paolo geht runter mit dir."

Gibellato war wirklich ein fetter Kerl gewesen. Ein fetter und alter Kerl. Kahlköpfig dazu. Davon hatte sie gar nichts gesagt und die Bilder in den Zeitschriften waren womöglich zu alt. Wann der einmal ansehnlich genug gewesen sein sollte und erfolgreich Avancen machen konnte, war Berlingui unklar.

Nun musste er nach allem, was er bisher zu diesem Fall gehört und gelesen hatte, sogar zugeben, dass das da vor ihm ein ausgesprochen besänftigendes Bild war. Tiziana hatte ganze Arbeit geleistet. Sein rechter Arm war an einem Rohr festgebunden, der linke an einer der Türangeln. Das Ergebnis ein Kreuz, aber kein Gekreuzigter, kein Engel. Schon gar nicht Jesus. Nur eine absolute Karikatur des Nichts. Von Gibellatos Körper war genug hinter diesem verteilt. Sie hätte vielleicht nicht ins Herz schießen sollen. Wie viele Liter Blut hatte ein Mensch? Er hatte keine Ahnung. Anatomie war für ihn während seiner Ausbildung nicht das wichtigste Fach. Es reichte, dass sich Ravanelli darin so gut auskannte.

Berlingui fühlte die Übelkeit nach oben steigen. Räusperte sich und hüstelte mehrfach. Er konnte förmlich spüren, wie sie nach dem achten oder neunten Schuss nur noch ihre Wut herausgelassen hatte. Ihm ihr Leben an den Kopf geschmissen hatte. Voller Hass. Schreiend. Stampfend. Obsessiv. Wie sie dort gestanden hatte, vielleicht nur mit diesem Höschen bekleidet. *Sieh mich an, du Widerling, sieh mich an! Es ist das Letzte, was du in deinem Leben sehen wirst. Schade, dass ich mich für dich hergeben musste ...*

„Die ersten vier, die fünfte auf jeden Fall, hätten schon gereicht. Vor allem aus dieser Distanz. Da ist schon die erste Kugel genug, wenn nicht innerhalb von wenigen Minuten Hilfe kommt. – War 'ne SIG 220. 7,65 mm Parabellum. Drei ins Herz. Sie hat gleich zwei Fünfzehner-Magazine leer geschossen und noch ein paar Kugeln dazu. Mit Wonne würde ich sagen, und mit 'nem Schalldämpfer. Vierzig Schuss. Ich bin zwar kein Psychologe, aber sie scheint ihn ganz schön gehasst zu haben."

Die Stimme von Paolo, einer von Ravanellis Männern, zerschnitt seine Gedanken wie eine Aufschnittmaschine. Berlingui seufzte und blinzelte, als würde er von einem Nickerchen erwachen und antwortete:

„Darauf kannst du dich verlassen."

„Diese Mappe lag neben ihm."

Paolo griff neben sich und reichte sie dem Commissario, der sie langsam, ja nahezu andächtig öffnete, als ahnte er, was er darin finden würde. Es waren zunächst jede Menge Papiere, die er nicht besonders genau studierte. Irgendwelche Rechnungen und Schriftstücke. Vielleicht Verträge oder Abmachungen, die Gibellato notiert hatte, um später seine Stricke aus diesen Details zu drehen. Auf jeden Fall in einer schludrigen Schrift verfasst. Für einen Mann, der die Welt *kaufen oder vernichten* wollte, in jedem Fall ungewöhnlich. Dann ein paar Fotos von Behältern, Bauabschnitten, Ausschnitten von Plänen oder Ähnlichem.

Und zuunterst ein Briefbogen mit ihrer Handschrift. Sie wollte, dass er sich mit den anderen Sachen noch beschäftigte, bevor er den Brief in der Hand hielt.

Mein liebster Piero,

es tut mir leid, wenn ich Dir nun doch zuvorgekommen bin. Aber Avi ist gestern Nacht gestorben und Fabrizio wollte mir dies mit größter Freude selbst mitteilen.
Doch irgendwie hatte ich alles geahnt, ja sogar gefühlt und war deshalb vorbereitet.
Denn er ist ein Schwein. Er hat alles längst gewusst von mir und Avi. Mit größter Freude hat er mir alles erzählt, jedes Detail und Avis Leid, alleine sterben zu müssen.
Und dass er nächste Woche verkaufen wollte. Alles. Auch Avis Firma.
Nicht einen Cent davon gönne ich ihm. Nicht Avis Geld.
Du hast mich stark gemacht, es zu tun. Deshalb habe ich ihn auf Mord verklagt und gleich verurteilt.
An Munition zu kommen, ist nämlich leicht in diesem Land.
Teuer ist sie auch nicht. Du kannst nachzählen, für jedes Jahr eine Kugel.
Pech, er war schon immer unsportlich. Es war leicht, ihn zu überwältigen. Mein Training

all die Monate hatte sich gelohnt. Ein kräftiger Schlag auf jeden Oberarm und schon konnte er sich für genügend lange Sekunden nicht mehr wehren. Großmaul, aber Schlappschwanz.
Ich war auch aus einem anderen Grund schon seit Langem vorbereitet.
Du wirst ihn in den Papieren finden.
Schnapp Dir Sullavenga, seinen größten Freund, und mach ihn fertig.
Fertig, wie der dicke Gibellato da nun ist.
Ja, ich gebe es zu: Ich war kurz davor mich zu verlieben.
In Dich. Zumindest genug für einen Tag.
Wie albern von einer so alten Frau.
Doch dieses Gefühl neben Dir zu haben war einfach zu schön.
Bitte nimm es mir nicht übel. Ich habe es genossen! Und das Letzte, was ich deshalb spüren werde, ist noch einmal der Kuss von Dir und Avis Liebe.

Auf Wiedersehen!
Ich bin davon überzeugt!
Tiziana

5. April, 18 Uhr 45

Ab jetzt Wochenende. Sein Mobiltelefon war still geblieben. Komisch, dass ihm das als Erstes auffiel. Nach einem solchen Tag.
Was für drei Wochen lagen hinter ihm!?
Unfassbar.
Berlingui schüttelte unwillkürlich den Kopf. Tiziana hatte seinen ansonsten normalen und häufig auch vorhersehbaren Polizistenalltag auf den Kopf gestellt und ihn als Mensch gleich mit. Monatelang normale Leichen. Tötungen im Affekt, aus Habgier und Eifersucht. Daneben Beschaffungskriminalität, die allein durch die Täter immer internationaler wurde. Was hatte Messedaglia einmal gesagt? *Schauen Sie sich hier doch mal um. Sie sehen kaum noch Italiener.* Auch wenn die letzten Tage nicht den Anschein hatten, er hatte recht.
Und jetzt das.

Sicher mehr als zwanzig Minuten hatte er schon im Auto gesessen, Notizen gemacht und gleichzeitig versucht, etwas Abstand zu gewinnen. Sofern das so kurz danach überhaupt möglich war. Alles Mögliche schoss ihm dabei durch den Kopf. Und er wusste nicht, was ihn mehr durcheinandergebracht hatte. Gibellatos durchsiebter Körper, die Geschichte, die hinter jedem Loch in seinem Fleisch steckte, oder doch Tiziana. Ihre Geschichte. Ihr Verhalten. Ihre nackte Haut. Ihr Spiel bis zum Schluss. Er atmete tief durch. Dann schaute der Commissario in den Rückspiegel, schob lächelnd die CD von Ligabue in den Spieler, die Allessandro im Wagen gelassen hatte, und drehte auf. Er wendete den Wagen und fuhr die *Via Sorio* Richtung Tencarola. Aber es war eher ein Schleichen, wie jeden Freitagabend. Herdentrieb. Gruppenzwang oder Ähnliches. Vor ihm in einem frisch gewaschenen, eierschalenweißen Audi ein junges Liebespärchen, das mit einigen Zärtlichkeiten Schwierigkeiten hatte, bis zu Hause zu warten. Sie knutschte ihn, fast schon auf seinem Schoß sitzend, mit langer Zunge ab und seine beiden Hände waren auf jeden Fall nicht am Steuer. Hinter ihm ein mindestens genauso nervöser Motorradfahrer, dessen Gasgriff Ersatz für anderes war. Die Maschine grollte jedenfalls ständig und unruhig geworden auf. Den Kopf hin und her bewegend sah Berlingui im Spiegel ein paar Autos hinter sich ein gelbes Ungetüm. Da alle Autos standen, drehte er sich um. Das Ding hatte er schon mal gesehen. Gleichzeitig vernahm er ein eindeutiges Signal aus seinem Inneren. Eine brummende Intuition. Er kapierte sie sofort. Alle gerade noch geplanten Vorhaben für den weiteren Abend und Vorstellungen darüber, wie Carla und er ihn verbringen würden, hatten sich mit einem Mal in Luft aufgelöst. Eine schimmernde Seifenblase, die lautlos platzte, ohne weitere Spuren zu hinterlassen. Als wenn er Deckung suchen würde, schaute er sich um. Keine hundert Meter weiter wurde die Straße zweispurig und seine innere Stimme befahl ihm, auszuscheren und regelwidrig auf der linken Abbiegespur geradeaus zu fahren. Nun immer mit einem Auge im Rückspiegel. Gleich darauf war es klar: Sein Gefühl hatte ihn nicht getrogen. Das auffällige Motorrad war nur noch zwei weitere Fahrzeuge hinter ihm. Er beugte sich zum Handschuhfach und nahm das mobile Blaulicht heraus. Öffnete das Seitenfenster und schaltete das Signal ein. Anschließend gab er Gas und raste auf die für gute sechzig Meter autofreie Gegenfahrbahn. Der dann entgegenkommende Verkehr hastete an die Seite. Er ahnte, dass er kaum eine andere Chance hatte, und wusste nicht, dass sie in bereits fünf Sekunden vertan war. Es ging verdammt schnell. Mit über achtzig jagte er zwischen den ausweichenden Fahrzeugen hindurch. Er wunderte sich, dass ihm nicht einmal die Außenspiegel um die Ohren flogen. In jedem mittelklassigen Kinofilm gab es bei ähnlichen Verfolgungsfahrten mehr verbeultes Blech als bei allen Unfällen in Padua an einem Tag zusammengerechnet. Das gelbe Monstrum war nun schon längst hinter ihm. Im gleichen Moment als sich die Maschine neben ihn quetschte, dachte Berlingui an die offene Seitenscheibe und betätigte den Knopf. Der Sozius machte eine seltsame Bewegung, die den Bruchteil einer Sekunde später alles Rätselhafte verlor. Berlingui versuchte sich rechts in eine Lücke hineinzuzwängen, die ängstliche Autofahrer geschaffen hatten, und in die *Via Col Berretta* zu gelangen. Doch musste er noch einmal korrigieren, um nicht doch den Wagen neben sich zu rammen. Die Reifen quietschten und er sah die schreckerfüllten Augen des Fahrers. Das blöde Ding von Seitenfenster surrte immer noch viel zu langsam nach oben und die Hand des Sozius glitt mit der kleinen MP gerade noch durch den Spalt, als Berlingui das Lenkrad nun nach links riss. Trotzdem krachte die Salve in einer sauberen Linie, am Türöffner auf der Beifahrerseite beginnend, *tack – tack – tack*, über das Polster des leeren Sitzes, *tack – tack – tack*, neben Berlingui, *tack – tack – tack*, durch seinen rechten Arm und Oberschenkel, *tack – tack – tack*, in den Kranz des Lenkrads und die Armaturen. Ob durch den Schmerz oder einen kurz zuvor gefassten, weiteren Entschluss hatte er den Wagen doch wieder hart nach rechts gelenkt. Jedoch zu wenig, um die Kurve in die Straße zu schaffen. Berlingui wollte korrigieren, doch sein Arm versagte. Aus den Augenwinkeln sah er das Blut. Viel Blut. Und bemerkte das nächste Hindernis. Aber das Gaspedal war keine Bremse. Doch lastete sein ganzes Körpergewicht darauf. Keine Sekunde später raste er in einen an der Ecke geparkten knallroten Ape. *Pizza Pronto*. Heute nicht mehr.

Für den schweren C5 war das blecherne Etwas nichts anderes als eine übergroße, butterweiche Dose, die dieser als Sprungschanze verwendete. Dabei rasierte er mithilfe des Kerls, der von der hinaufgefahrenen Scheibe immer noch festgehalten an der Fahrertür hing, einen Lampenmast und Elektroverteiler. *Tack – tack – tack.* Die Kugeln irrten durch das Wagendach in den Himmel. Nach mehr als fünf geflogenen Metern landeten sie gemeinsam, statt in der gedachten Straße, passgenau in der Ecke des dort stehenden Hauses. Berlingui schleuderte trotz des Gurtes nach vorne. Seine Hand traf dabei den Lautstärkeregler des Radios und drehte ihn bis zum Anschlag auf. Genau in dem Moment als Ligabues *Buonanotte all'Italia* in den bombastischen Instrumentalteil überging. *Buonanotte all'Italia che si fa o si muore o si passa la notte a volersela fare ...* Einer der Finger peitschte auf die Repeat-Taste. Und nach einigen Sekunden begann der Song von vorne. Durch die in diesem Augenblick noch nicht zerborstene Frontscheibe sah Berlingui links vor sich das gelbe Riesenteil auf mehreren Autodächern sich ähnlich einer losgerissenen und sturmgepeitschten Blüte überschlagen. Dann wirbelte der Typ an der Tür, von seinem Arm für eine Millisekunde wie von einer Longe gehalten, vor die Frontscheibe. Für einen weiteren Bruchteil der Sekunde, dachte Berlingui: „Was für ein schöner Glitzerregen", als er die platzenden und blutverschmierten Scherben um sich herum sah. Das Krachen in die Hauswand bekam er nur noch zur Hälfte mit.
Und nach drei Minuten achtunddreißig von Ligabues Lied nichts mehr, dessen Schluss ein weiteres Mal unpassend pompös aus den Lautsprechern dröhnte. Denn alles andere um ihn herum war längst still und schwarz.

Bücher mit geschichtlichem Hintergrund haben bisweilen verschiedene Sichtweisen und Perspektiven. Die einen sehen die Zusammenhänge so, andere empfinden anders, manche glauben das ein oder andere nicht genügend berücksichtigt, manche sogar falsch geschildert. Im Nachhinein ist Geschichte entweder an Zahlen festzumachen oder an Schicksalen. Letzteres war für mich wichtig.

Ich danke in erster Linie Signor P. (Jahrgang 1929), der namentlich unerwähnt bleiben möchte, für die Geschichte, die er mir an vielen Tagen erzählt hatte und die seine persönliche Empfindung der damaligen Umstände schildert. Ohne seine Informationen wäre dieses Buch nicht zustande gekommen. Weiterhin danke ich Peter, Lucia, Michael und vielen mehr, die mir den geschichtlichen Kontext klargemacht haben.

Danke wieder an Werner Deininger, der mich schon seit Jahren mit seinen Korrekturvorschlägen begleitet.

Und besonders gerne danke ich Brigitte Bausch für das Korrigieren und Lektorieren und die Einführung in den richtigen Gebrauch von Schreibsoftware.

Andreas Heßelmann
Keine Rückkehr
Ein Mallorca-Krimi

ISBN: 978-3-7407-1523-6

Oktober 2016

Verlag Twentysix/Random House

13,-- €

Ausgerechnet als er sich auf Mallorca von einem Mordanschlag erholen soll, findet der aus Padua stammende Commissario Berlingui schon nach wenigen Tagen in unmittelbarer Nähe zu einem kleinen Kloster die Leiche einer jungen Frau.
Am liebsten würde er sich aus den Untersuchungen heraushalten, doch Inspector Sanchez Olivero bindet ihn in einen immer komplexer werdenden Fall mehr und mehr ein.
Ein rasanter, harter, mitunter dunkler und leider immer aktuell bleibender Krimi.

„Andreas Heßelmann entspinnt geschickt eine Geschichte auf Mallorca, in der es nicht allein um das Katz-und-Maus-Spiel einer Mördersuche geht."

(Peter Bausch, Feuilleton, Sindelfinger Zeitung)

Andreas Heßelmann
Keine Zeugen
Der zweite Mallorca-Krimi

ISBN: 978-3-7407-4341-3

Januar 2018

Verlag Twentysix/Random House

14,-- €

„Ich hatte tatsächlich gehofft, derartige Fälle vorerst nicht wieder untersuchen zu müssen."
„Und doch landen solche früher oder später wieder bei uns auf dem Tisch. Die Kundschaft dafür geht einfach nicht aus. – Die Nachfrage wird immer perfider, und die Angebotsseite passt sich an."
„Vielleicht ist es auch umgekehrt", seufzte Inés.
„Könnte sein, es geht ja dabei um viel Geld."
„Mein Gott, die armen Mädchen."

„Auch in ‚Keine Zeugen' geht es Heßelmann um mehr als die Suche nach dem Mörder. Er schaut hinter die Bühne des Postkarten-Mallorcas. Das schafft er nicht nur durch einen gelungenen Plot, sondern vor allem durch glaubwürdige Figuren. Allen voran der liebenswerte, keineswegs perfekte, aber stets Gerechtigkeit suchende Inspector Sanchez Olivero. Eine Ermittlerfigur, mit der man als Leser gerne seine Abende verbringt, mit der man mitleidet, mitfiebert und mitliebt."

(Tim Schweiker, Sindelfinger Zeitung)

Andreas Heßelmann
Der Tote unter der Explanada
Ein Alicante-Krimi
Teil 1

ISBN: 978-3-7407-1125-2
Neuauflage 2018

Verlag Twentysix/Random House

11,99 €

Nur noch wenige Tage bis zur Johannisnacht, den Hogueras de San Juan, eines der größten und buntesten Feste in Spanien. Doch ein grausamer Fund unter den Steinen der Flaniermeile Explanada de España in Alicante bedroht die Durchführung des Festes.
Inspector Xarneracomte, manchmal etwas langsam, bisweilen ungelenk und viel zu lang schon allein, stößt bei seinen Ermittlungen zusammen mit seinem besten Freund und Kollegen und mit viel Intuition auf merkwürdige und ungewöhnliche Spuren.
Ein aufwühlender und aktueller Krimi vor dem Hintergrund der Flüchtlingskrise in Spanien.

„Kennen Sie einen Afrikaner, der freiwillig nach Europa kommen würde? Das ist kein Wunschtraum, sondern nur der letzte Ausweg."

Andreas Heßelmann
Der Tote auf Tabarca
Der zweite Alicante-Krimi

ISBN 978-3-7407—5050-3

Verlag Twentysix/Random House

13,-- €

Spanien ist einfach zu nah, als dass die Menschen des afrikanischen Kontinents nicht den riskanten Weg über das Mittelmeer in die vermeintlich bessere Welt wählen würden.
Doch sind sie angekommen, sind die Verlockungen in dieser Welt genauso groß. Inspector Xarneracomte und sein Freund Primo müssen im neuen Fall einen weiteren Mord aufklären, der wohl mit dieser Sehnsucht nach Freiheit in Verbindung steht.
Wären die beiden weniger mit ihren Angehimmelten, Mónica und Cristina, beschäftigt, würden sie sich sicher besser auf die Antwort darauf konzentrieren können.

Auch „Der Tote auf Tabarca" spielt vor dem hochaktuellen Hintergrund der Flüchtlingskrise in Spanien.

Andreas Heßelmann
Schlammschlacht
Ein Padua-Krimi

ISBN: 978-3-7407-3027-7

Oktober 2017

Verlag Twentysix/Random House

12,50 €

Abano Terme bei Padua. Ausgerechnet in diesem weltbekannten Kurort wird in einem Hotel Monsignore Tossatello mit einem Eimer Fango umgebracht. Commissario Berlingui hat es nicht nur mit einer ungewöhnlichen Methode von Mord zu tun, sondern auch der Ermordete ist als kirchlicher Würdenträger des Vatikans nicht gerade alltäglich. Aber es bleibt nicht bei dieser Leiche, und Berlingui findet sich in einem zunächst unübersichtlichen und viele Jahre zurückreichenden Fall wieder, dessen Ende überrascht.

„Einmal mehr hat Andreas Heßelmann einen Kriminalroman verfasst, der den Leser nicht mehr loslässt. Atmosphärisch dicht, voller historischer und politischer Bezüge und vor allem: spannend bis zum tatsächlich überraschenden Ende."
(Tim Schweiker, Sindelfinger Zeitung)